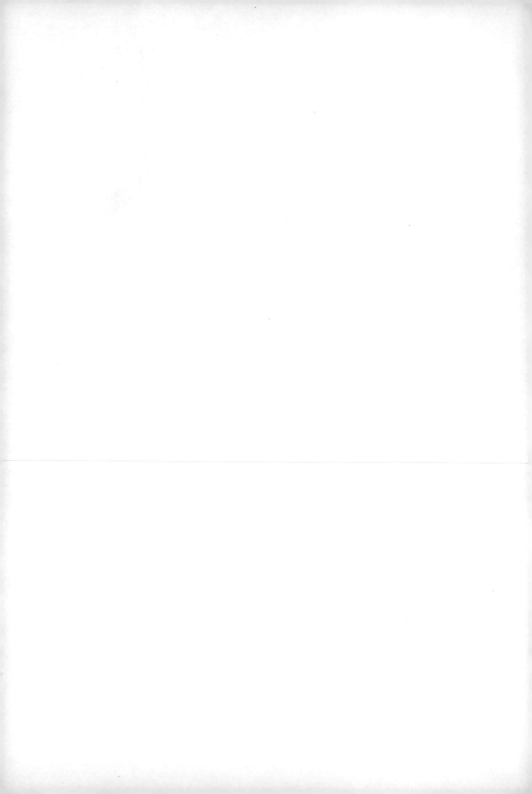

大畫情聖
第二輯
二
兵行險著
上山打老虎 著

大畫情聖 II

【目錄】

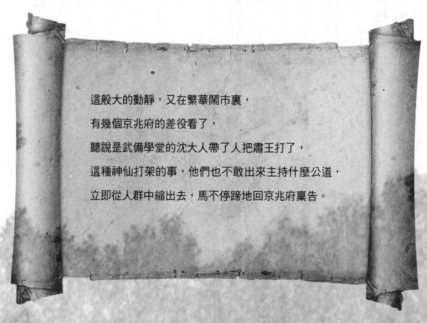

第十六章 神仙打架

這般大的動靜，又在繁華鬧市裏，
有幾個京兆府的差役看了，
聽說是武備學堂的沈大人帶了人把肅王打了，
這種神仙打架的事，他們也不敢出來主持什麼公道，
立即從人群中縮出去，馬不停蹄地回京兆府稟告。

到了正午，人大致都來齊了，沈傲特意看了那陳夫人一眼，陳夫人臉色靜謐，端莊大方，倒是看不出什麼異樣；敬德伺候著宮裏的貴人和皇子們落座，沈傲坐在三皇子的邊上，其餘的皇子，有的與母妃同坐，有的則是和一些關係要好的人聚在一起。

宮裏的派系複雜，物以類聚，一開始雖然有些嘈雜，可是很快所有人都坐好了。

陳夫人由著幾個嬪妃陪坐著，表情淡然。至於其他皇子，則是吵吵嚷嚷的，各自說著話，也有不少人跑來和沈傲湊幾句熱鬧，沈傲只和他們閒扯幾句，便向敬德使了個眼色。

敬德會意，朗聲正色道：「諸位貴人、殿下，太后今日身體不適，就不來陪大家一起吃酒了，太后最喜歡的是新鮮，因此，這次酒宴也是別開生面，來人，上單子。」

眾人皆顯得驚奇，等到一個個小內侍過來給大家遞了單子，才知道原來單子裏寫有各式各樣的菜肴名字，由著大家任意點選。這樣的酒宴，許多人是第一次參加，頓時覺得新奇又有趣，有人道：「這鬼主意多半是沈傲想出來的了。」

眾人都看向沈傲，沈傲尷尬地當作沒有聽見。

一旁的三皇子捅了捅他，低聲道：「沈傲，你到底故弄什麼玄虛？」

沈傲低聲道：「殿下作壁上觀就是。」

大家都點好了菜肴，菜肴陸續送上來，只是這一頓酒菜吃得有些索然無味，雖有佳餚，可是在座的人都各懷著鬼胎，氣氛並不熱烈。

吃得差不多了，沈傲突然起身離座，道：「諸位慢用，我記起武備學堂那邊還有一些事要辦，先告辭了。」

趙楷無奈地搖搖頭：「吃得好好的，怎麼就走了？」

其餘的皇子有些和沈傲關係不好的，則是譏誚道：「沈大人是我大宋第一忙人，連吃個飯也不安生？」

五皇子趙樞冷笑道：「老九這是什麼話，沈大人當然是忙人，人家忙的是軍國大事，和我們這些混吃等死的人當然不同。」

沈傲淡淡一笑，說了句慢用，便踱步出去，敬德從後頭追過來，道：「沈大人，怎麼吃到一半就走？」

沈傲對敬德道：「回去告訴太后，沈某人幸不辱命，其他的事，到時再說，我還有一件事要辦。」說罷，不理會敬德，叫人拉了一匹馬來，從宮裏直接到武備學堂。

武備學堂剛剛用過了午飯，沈傲立即將教官們叫來，厲聲道：「把第一隊的校尉全部叫來，集合！」

韓世忠不敢怠慢，一炷香的功夫，一列校尉已經到了沈傲面前，沈傲翻身上馬，道：「隨我走！」

從武備學堂出來，一隊明火執仗的校尉列隊過去，頓時引起不少猜疑，市井裏頭以爲出了什麼大事，流言紛紛；幾個斥候徑直往宮裏方向打探，過了一會兒來回報：「大人，皇子們出宮了。」

沈傲正色道：「我只問五皇子趙樞的消息，他在哪兒？」

「往步馬街方向走。」

「先派一隊人去截住他，韓世忠，你帶隊騎馬過去！」

韓世忠頷首點頭，想說什麼，卻看到沈傲面無表情地坐在馬上，咬咬牙道：「遵命！第一分隊騎上馬，隨我來。」

十幾個校尉騎上馬，由韓世忠領著，絕塵而去。

趙樞的車駕比尋常的皇子要華麗不少，他的性子本就有幾分張揚，再者，在宮中不受寵幸，索性也就無所謂了，平時的用度都是最好的。

坐在車廂裏，趙樞一頭霧水，稀奇古怪地赴了宴，正主兒沒有見到，就連那沈傲也中途離了席，不知這背後到底在弄什麼玄虛。

趙樞不安地張開眼，撩開車窗道：「福安。」

隨身伺候的主事福安立即快步到趙樞的車窗前，一邊追著車子一邊道：「殿下有什麼吩咐？」

「打聽清楚了？只是太后要辦的一個家宴？」

「都打聽清楚了，準沒有錯的。」

趙樞這才稍稍放下心來，正要鬆一口氣出來，車馬卻突然停住了，趙樞道：「是什麼事？」

福安道：「有一隊校尉攔住了殿下的去路。」

「又是校尉？」趙樞惡狠狠地從車廂裏鑽出來，果然看到車駕的正前方是一隊騎馬的校尉不聲不響地駐馬而立，日頭正烈，十幾個人端坐在馬上不動，座下的戰馬似有不安，偶爾抖抖鬃毛打個響鼻。

趙樞勃然大怒，怒斥道：「好大的膽子，知道這是誰的車駕嗎？你們是瞎了眼嗎？來人，趕開他們。」

馬夫應命，好歹是王府出來的下人，腰桿子挺得直，得了主人的吩咐，立即拿著鞭子過去：「瞎了狗眼，肅王就在這裏，誰敢攔路？」想用馬鞭去抽開爲首韓世忠的馬，韓世忠卻是比他更早先動手，揚鞭狠狠甩下，朝車夫的頭上抽了過去。

車夫的臉上立即一道血痕，痛得嗚哇作響，耳邊聽到韓世忠慢吞吞地道：「好大的膽子，天子門生也是你這奴才說打就打的？記著，這一鞭子是要你記住本分。」

趙樞臉色更是難看，大喝道：「叫你們的主子沈傲過來，我要看看，他哪裡來的膽子，敢支使人衝撞我的車駕。」

韓世忠恬然道：「沈大人即刻就到。」

正說著，街尾處一陣喧鬧，沈傲領著一列校尉打馬過來。

「沈傲！」趙樞怒不可遏地用手指向沈傲：「你要造反嗎?本王在這裏，你也敢帶兵來堵?這大宋的天下，還輪不到你姓沈的來說話。」

沈傲落了馬，當沒有聽見他的話似的，將馬繩交給一個親衛手裏，一步步走過來，撇撇嘴道：「敢問兄台是誰?」

趙樞怒道：「我是肅王趙樞，莫以爲當作無知便可將此事揭過去，我要向父皇稟告，要向宗令府那邊狀告你。」

沈傲淡淡笑道：「你若是肅王，我就是太子了，諸位看看，我大宋朝的皇子個個都是高貴無比，就他這個樣子，像不像是皇子?」

校尉們哄笑，偶爾有幾個膽大的道：「不像。」

沈傲負著手，走到趙樞面前，冷笑著打量他，一字一句道：「這就是了，狗模狗樣的也敢冒充龍子龍孫！」

趙樞咬牙切齒，大怒道：「狗東……」

後面一個西字還未落下，沈傲手已揚起來，趙樞眼中閃過一絲驚恐，隨即啪的一聲，已被打翻在地。

趙樞的長隨頓時慌了，福安匆匆過來：「你……你們好大的膽……」

沈傲一腳踩在倒翻在地的趙樞身上，連正眼都不瞧他，慢吞吞地道：「狗東西是不是？這三個字也是你能叫的？你再叫一句來看看。」

趙樞抹了一把嘴角的血跡，他哪裡受過這樣的屈辱，憎恨地盯著居高臨下的沈傲，啐地吐出一口含血的痰：「我不殺你，誓不為人！」

沈傲呵呵一笑，臉上卻只是漠然：「好，我等著！」說罷，將腳從趙樞身上收回去，下令道：「來人，將這冒充皇子的狗賊拿了，帶回去細細地審問。」

校尉們立即蜂擁上去，將趙樞拖起來，用繩索將他綁了。趙樞的幾個長隨要來攔，這些校尉也絕不是好惹的，一拳過去，便將他們一個個打翻，捂著頭臉肚子嗚呼不絕。

趙樞吼叫道：「瘋了，沈傲，你瘋了，福安……快，快去稟告太子，去宮裏報信，還有宗令府，快！」

他的聲音越來越小，已被校尉們拖著越走越遠；福安嚇得面如土色，又不敢過去搶人，站在街上愣了片刻，才意識到真正出了大事，堂堂皇子，竟被人當街如死狗一般地拖走，這……還有沒有王法？

福安謹記著趙樞的吩咐，立即將長隨召集起來：「一個回府去向王妃報信，劉三，你去太子那邊，宗令府我親自去……」

這般大的動靜，又在繁華鬧市裏，這裏已圍了不少人，也有幾個京兆府的差役看了，聽說是武備學堂的沈大人帶了人把肅王打了，這種神仙打架的事，他們也不敢出來主持什麼公道，立即從人群中縮出去，馬不停蹄地回京兆府稟告。

京兆府的當值判官聽了這個消息，也是嚇了一跳，有宋以來，固然皇子宗親的權勢得到了極大的壓制，可是當街毆打皇子的，那是絕無僅有的；便忍不住地問：「被打的當真是肅王？」

差役答道：「鐵定是的，肅王家裏有個主事叫福安的，也是經常在街面上露臉的人物，當時他也在場，還被校尉打了一拳。」

判官苦笑，道：「立即去請府尹大人來。」

那府尹心急火燎地過來，劈頭就問：「打的是肅王？肅王府上有沒有人來京兆府狀告？」

判官朝府尹行了個禮，道：「大人……這倒沒有。」

府尹鬆了口氣：「沒有就好，沒有就好，若是他們有人來，京兆府這邊少不得要硬著頭皮去向沈楞子要人了，肅王惹不起，可沈楞子我們也惹不起啊，這件事就當作什麼也沒有聽說過，不要插手，若是有人來問，就說京兆府沒有聽到傳報。」

判官頷首點頭：「下官明白了。」

京兆府沒有動靜，刑部、大理寺也沒有動靜，各大衙門都有傳送消息的方式，可是難得的是，竟是一片沉默。

當街打皇子固然是死罪，卻也要看打的人是誰，沈楞子要打，你敢咬他？這種事還真不能去出頭，只能乾瞪眼，瞪眼也不對，只能當作什麼都沒有發生。

倒是事情傳到了御史台那裏，御史們就像打了雞血似的興奮起來，如蒼蠅盯到了臭蛋，一個個捋起袖子，就等著趁這個機會揮斥方遒一番。

兵部這邊，兵部尚書蔡絛的態度卻不是息事寧人，聽了傳報，他先是拍案而起，隨即道：「好大的膽子，姓沈的是要造反嗎？」

下頭的各司主簿卻都是一副不以爲然，尚書大人太小題大做了，這是京兆府和宗令府管的事，兵部名義上雖然轄著武備學堂，但這種事又何必要管？

蔡絛的心思卻不同，這件事不管也得管，至少也要作出一個管的樣子，五皇子趙樞和他關係不錯，若是他作壁上觀，到時候怎麼好相見？雖說事情棘手，涉及到了沈傲，蔡絛也不得不作出個姿態，眼眸落在兵部侍郎身上，道：

「楚大人……」

兵部侍郎叫楚文宣，一聽到尙書大人點了他的名字，背脊一涼，心裏想：「莫不是叫我去交涉吧？」想著，已嚇得身如篩糠，眼珠子都快要突出來了，期期艾艾地道：「下官在……」

蔡絛道：「本官下個條子，你立即帶到武備學堂去，叫那姓沈的放人。」

楚文宣啊呀一聲，卻不敢答應，一邊是部堂，一邊是沈楞子，哪邊都不好得罪，若是其他的上官，他身爲侍郎的頂回去就是了，可是偏偏蔡絛乃是太師的次子，身分擺在這裏，那也不是好玩的。

猶豫了一下，楚文宣道：「大人……若是武備學堂不肯又當如何？」

蔡絛沉吟片刻道：「拿我的條子，先去步軍司那邊借人，本官不信，他們武備學堂敢翻了天。」

楚文宣只好應命，等蔡絛寫了條子，攥著條子坐著軟轎到步軍司去，兵部名義上管著步軍司，可是高級軍官的任免卻不是兵部說了算的，不過，糧餉和低級軍官的功考卻是攥在兵部的手裏，多少要給幾分顏面，再加上下條子的是蔡絛，不看僧面看佛面，總算是調撥了一隊禁軍給他。

楚文宣心頭有了點底氣，立即帶人趕赴武備學堂。

一到武備學堂門口，撲面而來的就是令人生畏的肅殺之氣，數十名校尉按著腰間的刀柄，如標槍一樣在門口站定，連眼珠子都不去瞧他們一眼。

楚文宣要進去，卻被一個校尉攔了，厲聲道：「什麼人，可知道這是什麼地方嗎？擅闖的，殺無赦！」

楚文宣止了步，略帶些尷尬，好在身後也有禁衛，朗聲道：「我是兵部侍郎，要見你們沈大人！」

那校尉上下打量他一眼，道：「先拿名刺來，看我家大人見不見你。」

楚文宣好歹也是從二品的大員，沈傲的幾個差事，不管是寺卿還是司業，滿打滿算也不過是正三品，只是形勢比人強，見個下官少不得要低聲下氣，只好拿出名刺，正色道：「快去稟告吧。」

校尉進去，過不多時，沈傲快步過來，門房處的校尉立即以他爲首，以扇形拱衛住他。

沈傲慢吞吞地道：「兵部侍郎楚文宣？沒聽說過，找我何事？」

楚文宣見沈傲這般態度，心裏苦笑不迭，只好道：「奉尙書大人之命，請沈大人放人。沈大人，你是聰明人，毆打皇子已是罪無可赦，再拘禁龍子，就形同謀逆了。」

沈傲淡然地道：「兵部下個條子，我就得放人？當日我下的條子，兵部爲什麼不理

會？你這算不算欺負我？」

欺負他？楚文宣心裏想：「誰敢欺負你？你倒是會惡人先告狀了。」面上只能正色道：「沈大人三思，這事兒鬧大，對誰都沒有好處。」說罷，忍不住看了周圍的步軍司禁軍一眼，膽氣大壯地道：「今次只是下條子讓你借坡下驢，下次只怕就是直接來拿人了。」

沈傲撣了撣身上的紫衣公服，慢吞吞地道：「我若是不放，你能如何？」

楚文宣一時愣住，隨即也有些怒氣了，道：「武備學堂還是不是下轄在兵部？你今日不放人，莫說宗令府那邊尋你的麻煩，將來就算你躲過這一劫，兵部這兒也絕不讓你好過。」

原以爲說一句重話，能讓沈傲服軟；誰知沈傲眉宇一壓，一巴掌甩過來，直接打在楚文宣臉頰上，這一巴掌並不重，卻也讓人消受不起，楚文宣愕然，捂著腮幫道：

「你……你瘋了……」

沈傲一巴掌下去，後頭的校尉頓時升騰起無窮殺機，一個個將儒刀拔出半截，鏘的一聲，明晃晃的尖細長刀嗡嗡作響。

楚文宣身後的步軍司禁軍，原本還想爲楚文宣討個公道，見到了這個地步，又看這些校尉隨時要殺人的勢態，一個個如霜打的茄子立即癟了，只好當作什麼事都沒有發生。

沈傲撇撇嘴，冷笑道：「回去告訴你的那個什麼尚書，就你和他還不配和我說這個，我給兵部下條子，那是給你們臉面，就憑你們的條子也配支使我？滾吧！」接著旋過身去，對校尉們道：「沒有我的允許，誰敢踏入武備學堂一步，就是蔡京父子來了，也立即格殺，人死了再來稟告！」

話說到這個份上，沈傲理也不理外頭的人，已大步進去，留下目瞪口呆的楚文宣。

「聽到沒有，沈大人叫你們趕快滾，不要在這兒堵路，再敢停留，殺無赦！」校尉呼喝一聲，按著的儒刀仍然沒有回鞘，虎視眈眈地看著楚文宣和禁軍。

楚文宣看著隨來的一個步軍司禁軍虞候，那虞候當作沒有看見，咳嗽一聲，道：「沈大人的面子，我們要給的；他說什麼就是什麼，大家都在汴京當差，抬頭不見低頭見的，何必要弄得這麼僵。」說著乾笑兩聲，不忘拉扯了一下楚文宣：「大人，咱們還是不要打擾了，走吧。」

楚文宣丟了面子，卻又無可奈何，只好乖乖回到兵部，心裏對步軍司那些禁軍忿忿不已。來的時候，這些人拍著胸脯保證，只要他們出馬，武備學堂多少會給幾分顏面，實在不行，也能保住侍郎大人的周全，誰知真遇到了事，一個個連大氣都不敢出。

回到兵部，楚文宣添油加醋地將沈傲的話說了，尤其是加重了他吩咐校尉時那一句

「就是蔡京父子來了也立即格殺」。蔡絛臉色大變，道：「豈有此理，姓沈的辱我太甚！」說罷又看向臉頰高腫的楚文宣：「楚大人的臉沒有事吧？」

楚文宣咬牙道：「下官在回來的路上已經想好了，好歹下官也是讀書人出身，那沈傲在大庭廣眾之下毆打下官，下官一定要上疏彈劾。」

蔡絛頷首點頭：「不但要彈劾這個，還要彈劾拘禁皇子的罪，這事要鬧到滿城風雨，才能讓那姓沈的知道厲害。這事本官會去聯絡，一定會爲你討個公道。」

楚文宣心裏想：「挨了一巴掌得了蔡絛引爲心腹，倒也值了。」接著道了一聲謝，才退了出去。

武備學堂明武堂。

左右兩隊校尉叉刀而立，幾個博士各在案下落座，沈傲高踞在案上，臉色淡然。堂中的趙樞被幾個校尉按在地上，雖在掙扎，可是哪裡掙得脫？口裏忍不住大罵：「沈傲，你記住今日……你這天殺的狗才，竟敢動我……」

沈傲不去理會他，那趙樞也是罵得累了，氣喘吁吁了一陣，再發不出聲音。

沈傲這才慢吞吞地開了口：「沈某人活在世上這麼多年，還沒有見過有人敢冒充皇子的，你是頭一個。」說罷冷笑道：「這般大的膽子，我今日算是見識了。說吧，你原名叫什麼，說了就輕饒了你。」
趙樞怒不可遏地道：「我叫趙樞，你裝什麼糊塗？」
沈傲淡淡一笑道：「你還在嘴硬是不是？還敢冒充皇子是不是？來人，賞他兩巴掌。」
一個校尉毫不客氣地抓住趙樞的頭髮將他的頭昂起，另一個左右開弓，啪啪地兩巴掌下去，打得趙樞嗚嗚地叫了兩聲。
沈傲闔著眼，又慢吞吞地道：「再問你，你原名叫什麼，是哪裡人士，竟敢冒充皇子？」
趙樞的門牙也落了一顆，臉色猙獰地吐了一口含血的吐沫：「你比我清楚！」
沈傲微微一笑道：「看來你是不見棺材不落淚了，到了這裏，你還想心存僥倖？來，掌嘴！」
校尉們如法炮製，四五個巴掌下去，打得趙樞差點兒昏厥，他咬著牙關，一字一句道：「沈傲……你……你這是要謀反，是要指鹿爲馬……好，好，有本事，你殺了我……」
沈傲面無表情，繼續問：「你到底說不說？叫什麼，哪裡人士？」
趙樞咬牙不語，沈傲輕描淡寫地道：「繼續掌嘴！」

十幾個巴掌下去，趙樞的臉已經腫得老高，牙齒被打掉好幾顆，痛得趴在地上抽搐。

到了這個地步，固然他心裏再有傲氣，也不得不服軟了，自生下來起，雖說受人冷落，趙樞卻不曾吃過這樣的苦，終於含糊不清地道：「我說……我說……」

沈傲用眼神制止用刑的校尉，淡淡一笑道：「來，作記錄。」

一個博士已提起筆，蘸墨做好了準備。

「你叫什麼名字？」

「我……我叫趙……劉書。」

「籍貫？」

「汴京人士。」

「家裏還有誰？」

「……」

「爲什麼不說？」

「有高堂在。」

「爲什麼要冒充皇子！」

「我……」趙樞無力的吐出一口血水，這個時候卻是乖了：「臨時起意罷了。」

「臨時起意？」沈傲冷笑：「你好大的膽子，天潢貴胄那都是雲端上的人物，何其尊貴？當今聖上更是睿智神武，英俊不凡，他生出的皇子，豈是你能冒充的？」

沈傲說完這番話，隨即對記錄的博士道：「這番話要記好，一個字都不要漏。前頭最好寫上沈傲面北而拜，曰：……」

博士汗顏，點了個頭，按沈傲的吩咐繼續記錄。

沈傲繼續道：「冒充皇子，這就是謀逆，不過本官念你還能知錯，就打三十板子吧，來人，叉出去。」

如狼似虎的校尉將趙樞帶下去，隨即便傳出慘呼。

沈傲好整以暇地叫那博士取了筆錄來看，確認沒有差錯，才道：「立即報到宗令府去，到時候把這人一併帶過去，就說本官抓了一個該死的傢伙冒充宗室，只是打了一頓，具體如何處置，還要請宗令府那邊拿主意。」

博士頷首點頭，沈傲慢吞吞地喝了口貢茶，口中含著茶香，愜意地坐在位上，等那慘呼聲戛然而止，過了片刻，便有個校尉疾步過來，低聲道：「沈大人，按你的吩咐，搜出了點東西，請大人過目。」

說著，一塊香帕小心呈上來，沈傲摸了摸香帕，微微笑道：「一看就是御用之物，果然不出所料。」

說罷叫人備了馬，徑往宮裏去，甫一入宮，那邊楊戩聽到傳報，立即過來，急促地道：「沈傲，你是不是拿了五皇子？」

沈傲朝他點點頭。

楊戩嘆了口氣道：「宮裏頭已經有了消息，現在官家還不知道，被咱家壓住了，你快把人放了，去官家那兒請罪去。這是大罪啊，不管怎麼說，那趙樞也是龍子龍孫，當街毆打不說，還拘禁起來，到時候若是有人彈劾，誰也捂不住。」

沈傲含笑道：「泰山放心，我自有辦法，這件事和你一時也說不清楚，到時再向你道明吧，官家那邊，還得您老人家先穩住，我先去見太后。」

楊戩還要勸，那邊敬德也匆匆過來，這宮裏的消息本就靈通，沈傲入宮的事只怕早就傳到不少人耳中了，敬德含笑過來，先給楊戩行了禮，才道：「沈大人，太后聽說你入宮了，請您速速過去。」

沈傲頷首點頭，向楊戩行了個禮：「泰山大人，小婿先去了。」

說也奇怪，當著楊戩的面，沈傲也不好自稱小婿，可是有別人在場，他反而叫得順溜至極。

楊戩嘆了口氣，沒說什麼，隱隱覺得這背後或許和太后有什麼干係，只好道：「你好自爲之吧。」

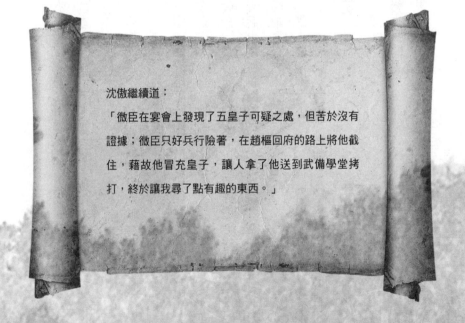

第十七章 兵行險著

沈傲繼續道：

「微臣在宴會上發現了五皇子可疑之處，但苦於沒有證據；微臣只好兵行險著，在趙樞回府的路上將他截住，藉故他冒充皇子，讓人拿了他送到武備學堂拷打，終於讓我尋了點有趣的東西。」

隨著敬德入了後宮，景泰宮裏，太后已摒退了左右，只放沈傲一人進去。

太后高坐在椅上，幾日的功夫，她已蒼老了一些，鬢角處生出斑斑白髮，勉強擠出一些笑，道：「據說你打了五皇子？」

沈傲供認不諱：「回太后娘娘的話，五皇子是微臣打的。」

「你爲什麼打他？」

沈傲抬頭，與太后對視一眼，朗聲道：「因爲微臣已經有了線索。」

太后愕然道：「這麼快？是誰……」她話到一半，突然警覺起來：「你先出去看看，叫所有人在宮外五十丈候命，沒有哀家的吩咐，誰敢靠近一步，賜死！」

涉及到了宮中的隱晦，太后也變得殺機重重了，沈傲頷首點頭，到殿外去，吩咐敬德一聲，敬德點點頭，立即吩咐宮人、太監們退避。

沈傲重新回到殿室裏，尋了個錦墩坐下，慢吞吞地道：「這個人就是五皇子趙樞。」

太后的手中捧著一杯茶盞，聽到沈傲的話，那茶盞不自覺地從手中滑落，砰的一聲，摔得四分五裂。

殿中鴉雀無聲，坐在帷幔之後的太后突然聲音沙啞地道：「連天理倫常都不要了，這種醜事也做得出？這種事，原本只出在野史趣聞裏，我大宋以孝義治天下，想不到……到了今日，竟出了這等醜事，哀家……」她吁了口氣：「都是哀家的錯……」

沈傲道：「太后也不必自責，龍生九子、九子個別，總會有一個目無倫常的。」

太后嘆息道：「何以見得就是趙樞？」

沈傲道：「一開始，微臣請太后宮中設宴，陳夫人去了，皇子們也去了，微臣別開生面，請皇子和嬪妃們各自點菜，其實這是微臣設下的一個陷阱。」

「嗯，你繼續說。」

「微臣一開始就已經猜測到，陳夫人端莊大方，又是名門之後，斷不會做出這種事的，除非……那個男人對她極爲體貼，關懷備至。況且，這陳夫人懷了他的孩子，若換了其他人，爲了自家的性命，一定會想方設法將孩子打掉。可是這陳夫人冒著天大的干係也要把孩子生下來，便是想爲她的……那個生個孩子。」

太后怒道：「娼婦！」

沈傲輕輕嘆了口氣，繼續道：

「二人苟且到這個程度，就一定會有蛛絲馬跡，所以在點菜的時候，微臣注意到，五皇子點的菜乃是五彩鴿子羹，而陳夫人點的卻是醋溜魚骨。微臣後來打聽到，這鴿子羹乃是陳夫人最愛吃的菜，且對有身孕的人極有好處。至於醋溜魚骨也很對五皇子的口味，宴會之上，嬪妃皇子們大多都吃自己點的菜色，因爲每個人點的菜都是最合自己口

味的。而唯獨只有五皇子吃的卻是陳夫人點的菜，而陳夫人吃著五皇子所點的菜，敢問太后，這可以不可以叫作心意相通？」

太后臉色鐵青：「虧得你的機智，這一對娼婦小人……」原想罵些什麼，可是身爲太后，實在不知用什麼來形容自己的怒氣，話說到一半，一時頓住了。

沈傲這個陷阱巧妙在先假設二人姦情正熱，再在點菜上做文章，若真是一對情侶，自然會爲對方著想，哪裡想得到，就在這背後，有一雙眼睛將這一切全部看在眼裏，才讓他們露出了馬腳。

沈傲繼續道：「微臣在宴會上發現了五皇子可疑之處，但苦於沒有證據；既然太后已經放手讓微臣去查，微臣只好兵行險著，在趙樞回府的路上將他截住，藉故他冒充皇子，讓人拿了他送到武備學堂拷打，終於讓我尋了點有趣的東西。」

沈傲將那香帕取出來：「微臣之所以斷定趙樞身上一定藏著這東西，是猜測那趙樞既是入宮去見陳夫人，爲了讓陳夫人知道他的情意，一定會將他們的定情信物隨身攜帶的。」

沈傲步入帷幔，小心翼翼地將香帕交在太后手裏，道：「請太后看看。」

太后接了香帕，輕輕地聞了聞，厭惡地道：「不錯，陳夫人最喜歡蘭花，帕中有蘭花的香氣。這香帕確實是御用之物，乃是陳國公進奉的料子，說是從江南送來的最好的綢緞，哀家見這綢緞好，便讓人做了幾十條香帕，送到各宮裏去，你看，上頭還有宮裏的印記。」

隨即，太后將香帕收起來，道：「你去把敬德叫進來，哀家有事吩咐。」

沈傲去叫了敬德過來，敬德小心翼翼地進來拜道：「娘娘有什麼吩咐？」

太后正色道：「去，到各宮去走一趟，和她們說，就說哀家賜她們的帕子想拿回來看看，請她們叫人送來。」

敬德不敢說什麼，立即應命去了。

趁著這個機會，沈傲拜倒請罪道：「太后娘娘，微臣孟浪，爲了尋出真凶，竟當街毆打皇子，請太后恕罪。」

太后欣賞地看了沈傲一眼，若不是沈傲有這樣的機智和膽色，再加上那份寧願得罪皇子的忠心，這件事要水落石出只怕比登天還難，朝裏的那些官員也不是沒有幹練的，可是一涉及到內朝和皇子多半就裝糊塗了。

太后勉強地擠出一絲笑容道：「你做得很好，請罪就免了，若真是趙樞做的，這一頓打還只是輕的。」

有了太后這句話，沈傲算是放下了心，普天之下，太后最大，到時候，莫說是那些言官和一個小小的蔡絛，便是皇上親自問罪，沈傲也絕不怕要擔什麼干係。

足足等了半個時辰，景泰宮裏一陣沉默，太后只把玩著手中的香帕而沉默不語，沈傲也不好說什麼，乾坐著胡思亂想了一陣，敬德終於拿了一遝香帕來了，跪下行禮，隨即道：「娘娘，各宮的帕子都取來了。」

太后慢條斯理地問：「都取來了？」

敬德聽出太后的話外音，立即道：「也不全是，陳夫人說，帕子在御花園遊玩的時候不小心丟失了，奴才也不好問，只是叫幾個內侍去御花園四處找一找，不知道還能不能找到。」

太后淡淡地道：「你出去吧，還是那句話，所有人都離得遠遠的，你給我盯著，靠近景泰宮的，殺無赦！」

敬德不安地道：「奴才明白。」說罷，小心翼翼地碎步出去。

等到敬德的腳步走遠，太后霍然而起，臉上帶著似笑非笑的表情，拉開帷幔走出來，冷笑道：「好，好得很，皇子和夫人勾結上了，禮義廉恥他們不要，也就別怪哀家不講什麼祖孫之情。沈傲，你來說，哀家該怎麼辦？」

沈傲猶豫了一下道：「懲處是肯定的，可是這事兒還要瞞下去，一旦流傳出去，天家和陛下的聲譽可就全完了。」

太后頷首：「你說得沒錯，哀家也是這個意思。可是，又該如何懲處那一對姦夫淫婦？」

沈傲淡淡地道：「隨便安插一個罪名，該怎麼處置還得怎麼處置。」

太后冷笑道：「陳夫人由哀家來處置，至於趙樞由你去辦，怎麼安罪名是你的事，讓他自縊吧。」

沈傲猶豫了一下：「這只怕不妥，按我大宋的祖制，皇子只能由宗令府處置，臣畢竟是外臣，傳出去，微臣的聲譽……」

太后板著臉道：「你還有聲譽？沈楞子的大名，天下誰人不知？哼……」語氣放緩了一些：「若是讓宗令府去辦，就繞不過拿出確鑿證據來，這種醜事越少人知道越好，自然由你去辦。」

她撫了撫額頭，臉色顯得更加差了，幽幽地道：「你下去吧，立即帶你的校尉去拿人，官家那邊，哀家還不知道怎麼和他說呢。」

沈傲被太后說了一句「你還有聲譽？」真真是心都涼了，原來在別人眼裏，自己是這樣的形象，連久居深宮的太后都糊弄不了，沈傲只好尷尬地道：「微臣告退。」

趙樞被押送到了宗令府，接到消息，幾個宗室的老王爺立即把晉王請來，晉王雖說不怎麼靠譜，但這事兒由他出面卻是最好的；王爺這東西和人一樣，也是有三六九等

的，同樣是親王，晉王比起別人來，自然高人一等。

晉王一聽到皇子被人當街毆打，立即大肆叫囂：「這事絕不能善罷干休，是哪個混賬打的？不打回去，咱們這些宗室豈不是任人騎在頭上撒尿？」

晉王這一怒氣沖沖地大叫，老王爺們紛紛捋著花白的鬍鬚頷首點頭，心裏都想，別看晉王平時瘋瘋癲癲，卻也不是全然沒心肝的，事到臨頭，還是很靠譜的，之前真是看錯了他，於是紛紛欣賞地看了他一眼。

「打人的就是那個沈傲沈楞子，本來嘛，他和我們井水不犯河水，王爺裏頭和他親近的人也不少，今日出了這麼大的事，宗令府先要把人救出來，這是其一，第二就是要給他一點教訓，當街毆打皇子，這放在哪朝哪代都是死罪，晉王，這事兒還得由你去出面，要嘛稟太后，要嘛稟官家，總得討要一個說法。」

「對，今日能打皇子，明日豈不是連太子都敢打了？這還了得，不教訓一下，沈楞子哪裡知道天高地厚？」

這一些老王爺七嘴八舌，聽得晉王目瞪口呆，隨即哈哈一笑：「原來是沈傲，早說嘛，哈哈……我知道他，他這人最愛和人開玩笑，這事兒……先不說這個，把人救出來再說，我去下個條子，那沈楞子保準放人……」

王爺們頓時震驚了，原來晉王還真不靠譜，如果放人就沒事，還用得著驚動你這官家的親兄弟，太后的嫡親兒子？眾人一個個目瞪口呆，捋鬍子的開始扯鬍子，點頭的變搖頭。

晉王條子還沒有遞出去，那邊武備學堂已經把人送來了。這個時候，趙樞已經昏厥，那隨來的博士還遞了趙樞的筆錄來，說是抓了一個冒充皇子的狗賊，送來給宗令府處置。

王爺們議論紛紛，辨認了一下趙樞，還真是肅王，一時扯著那博士道：「胡說，這是屈打成招，送來的明明是肅王，什麼冒充？尋了這麼個由頭就想善了？休想！」

「對，叫那沈楞子來解釋，人都打成了這樣，不解釋清楚，咱們宗令府就下條子叫大理寺拿人，晉王，你來說說看。」

晉王訕訕笑道：「認錯人也是難免的，我這皇侄不是還沒有傷筋動骨嘛，不妨事的，年輕人有衝突是常有的事，再者說，這份筆錄很詳盡，諸位皇叔來看看這個，人家沈傲是怎麼說的？我來念給你們聽。」

晉王清清嗓子，搖頭晃腦地道：「呔！天潢貴胄那都是雲端上的人物，何其尊貴？當今聖上更是睿智神武，英俊不凡，他生出的皇子，豈是你能冒充的？諸位皇叔可看到了嗎？沈楞子這是在誇咱們呢，怪只怪這肅王平日經常衣冠不整，哎……果然是龍生九子，九子個別。」

老王爺們氣得跳腳，看晉王這個態度，擺明了是袒護那沈楞子，有人不滿地道：「晉王，都說你和那沈傲有交情，可這肅王畢竟是你的皇侄，你這樣袒護他，真是讓人寒心。」

趙宗雙眉一沉：「你說得對，趙樞是本王的皇侄，我趙宗怎麼能胳膊肘往外拐，一定要嚴懲，要嚴懲。不嚴懲，咱們宗令府的顏面往哪裡擱？你……」

他毫不客氣地指著隨來的博士，惡狠狠地道：「立即回去告訴姓沈的，說他犯了天大的案子，要活命，立即到本王這裏來請罪，備下禮物若干，否則讓他好看。」

博士低眉順眼地問：「不知晉王要什麼禮物？」

趙宗眉飛色舞地道：「這麼大的事，涉及到本王的皇侄，不能便宜了你們，到時候我下一張單子，按單子來送。」說罷看向諸位皇叔，笑呵呵地道：「這樣處置，諸位皇叔滿意嗎？」

老王爺們紛紛不再去搭理他，當作什麼都沒聽見；趙宗卻是得意地想：「哼，皇侄算什麼東西，宗室這麼大的架子，這東西沒有一千也有八百，誰挨了打，自有他爹去出頭，讓我蹚渾水，想都別想，還是收點好處實在。」

叫人先把趙樞抬進去，打發走了武備學堂的人，趙宗和老王爺們議論了幾句，太子趙恆和幾個與趙樞親近的皇子宗室就來了，趙宗把他們叫進去，慢吞吞地道：

「你們啊你們，趙樞這個樣子，你們為什麼不提前知會一下？看看，現在人都打成這樣，你們現在才來，你們和他都是兄弟，兄弟是什麼？兄弟該要守望相助，好啦，不說這個，你們先把人送回去吧。」

幾個皇子商議了一下，本是要把人送回肅王府去，又覺得肅王府在步馬街，離得太遠受不得顛簸，再者，送回去憑空讓王妃擔心，只好先叫人給肅王府那邊送了信報了平安，把人送去了定王府那邊。

人剛剛送到，趙恆立即叫人去請了太醫。過一會兒，探視的人便來了，率先來的是蔡條，接著是一些平時和太子關係不錯的人，十幾個人圍在趙樞的榻前或坐或站。

那趙樞醒轉，一張眼，見到這麼多親近的人，便嗚地大哭起來，訴說自己如何被打，如何被拉去審訊，榻前的人不管是真心假意，都是跟著唏噓一番，趙恆的臉色青白，重重地用拳頭砸在榻沿上，惡狠狠地道：

「有沈傲在，咱們這些皇子還有活路嗎？堂堂王爺，陛下的嫡親兒子，就這樣被人當街攔著說打就打，這要是傳出去，天下人都知道沈傲橫行無忌，知道咱們這些皇子裡外不是人了。這事兒不能善罷干休，宗令府那邊不肯出頭，就由我來出頭，不鬧出點兒動靜，往後咱們都沒法做人了。」

趙恆這麼一說，幾個皇子兔死狐悲，紛紛道：「對，不能善罷干休，沈傲是個什麼

東西，咱們一讓再讓，只會讓他得寸進尺。」

蔡條搖頭：「諸位皇子，這事兒沒這麼簡單，當時聽說肅王被沈傲拿了去，我不也是心急如焚，立即下條子叫部堂裏的侍郎帶著人去要人，結果落了個什麼下場？」他咬咬唇，憤恨地道：「結果連部堂裏的侍郎都被打了，那沈傲說，就是蔡京父子來，也是殺無赦。這武備學堂，真真比皇宮禁苑更森嚴了。」

他這麼一說，等於是火上澆油，臥榻邊的人無不咬牙切齒，趙樞只是哭，說是不想活了，受了這麼大的侮辱，將來沒有面目見人，屋子裏鬧哄哄的，一時也商量不出什麼事。

沈傲撥馬又回武備學堂，此時天色已經不早，陰霾的天空落下最後一道昏黃，更顯蒼涼。

沈傲到了明武堂，立即召集教官、教頭，一雙眼眸殺機重重，冷冽一笑道：「來人，讓人去打探一下，查一查肅王在哪裡。」

立即有幾十個校尉出了武備學堂去打聽，過了兩炷香時間，氣喘吁吁地回來傳報：「大人，肅王被送去了定王府。」

沈傲霍然而起：「諸位，武備學堂的宗旨是克己復禮，更是效忠天子，入學的，都是天子門生，何其尊貴。今日本官偵知，那肅王意圖謀反，咱們身爲天子門生，該當如何？」

「殺無赦！」

沈傲敲了敲桌子，嘴角勾勒一笑：「就這麼辦，管他什麼宗王、皇子，誰敢觸犯天家，就是死路一條，鄧健，你帶隊中校尉，立即到馬軍司去，調撥一營軍馬，去將肅王府圍了，沒有我的命令，誰也不許擅自出入，聽明白了嗎？」

那教官鄧健胸脯一挺：「遵命！」

沈傲慢吞吞地坐下，繼續道：「熊平。」

「在。」

「帶你隊中的校尉，去調撥後軍營禁軍，在步軍司佈防，他們若是瞎了眼敢借機滋事，出來一個宰一個。」

「遵命。」

「其餘的調集人馬，隨我到定王府去。」

夜裏的武備學堂一片肅殺，一隊隊校尉集結起來，馬軍司也聞風而動，點起了火把，做好了準備。

沈傲在一群人的簇擁下，在武備學堂外頭騎上馬，大叫一聲，隨即各路校尉、禁軍

如潮水一般向各個方向湧動。

沈傲騎在馬上慢悠悠地走，韓世忠拍馬追過來，低聲道：「沈大人，這般大的動靜，會不會有什麼不妥？」

沈傲板著臉道：「這是宮裏頭的意思，如此佈置，也是爲了提防生變。」

韓世忠再不說話，拍馬回去佈置了。

到了圓月高懸，一排排校尉禁軍，已經悄無聲息的將定王府圍成了鐵桶，所有人都保持沉默，夜風簌簌，打在一張張臉上，那漠然的臉毫無表情，看著眼前巍峨的府邸，凜然不動。

沈傲坐在馬上，向身後的韓世忠道：

「韓世忠，你去敲門，叫定王府把肅王交出來，告訴他們，本官只給他們半個時辰時間，不交人，就少不得要衝撞太子家眷了。」

深更半夜，咚咚的拍門聲響起，門房驚醒，提著燈籠打開門縫，探出腦袋，差點撞到了一群衣甲鮮明的校尉，門房提著燈籠的手不由地哆嗦了一下，隨即正色道：「什麼人，深更半夜的，可知道這是誰的府邸？」

韓世忠沉默了一下，壓著聲音道：「肅王在哪裡？」

門房怔了一下，隨即冷笑道：「肅王不見你們。」說著就要關門。韓世忠身體向前一擠，沉聲繼續問：「我等奉命拿捕肅王，把人交出來！」

門房大是不滿，這定王府乃是太子居所，幾個軍漢哪裡來的膽子？怒道：「肅王犯的是什麼罪？就算真的有罪，也是你說拿就能拿的嗎？要拿，就請聖旨來。」

韓世忠頓了一下，這時身後發出騷動，校尉們自動分開一條路，恭恭敬敬地道：「大人。」

沈傲排眾而出，韓世忠自動站到了一側；沈傲看了那門房一眼，微微笑道：「肅王犯的是什麼罪？本官來告訴你，他意圖謀反，已被有司偵知，現在明白了吧，去告訴你的主子，限他一炷香之內交出人來，否則我等懿命在身，難免要得罪了。」

門房見來了個官，倒也並不畏懼，道：「你說有懿命，就拿來我看。」

他話音剛落，沈傲已伸出一腳，不由分說地踹了過去，正中他的心窩，將他一下子踢翻在地，冷聲道：「要看也輪不到你！」

門房痛叫了一聲，仰面坐地，這時反而老實起來，心知這些人惹不起，口裏大叫：「你等著，待太子殿下來了，收拾你們。」說罷，立即進去通報。

趙恆還在陪著趙樞說話，前來探視的皇子、官員也都還沒有散去，先是詛咒了沈傲

幾句，發現對那沈傲無計可施，唯有明日清早去面聖，討要個說法。

正說著，那門房便哭天搶地地進來，趙恆厭惡地看了趴在地上的門房一眼，厲聲道：「這裏沒有人死！乾嚎個什麼？」

趙恆馭下之嚴在汴京也是數一數二的，身為太子，別居定王府，正是隱忍的時候，因而家人但凡敢在外耀武揚威的，被活活打死的也不是沒有，看門房這個樣子，又是當著眾多兄弟和大人的面，實在讓趙恆感到大失顏面。

「殿下，不好了，外頭來了許多兵，說是肅王謀反，要殿下交出肅王，否則……否則……」

屋子裏的人都吸了口涼氣，榻上好不容易平復了幾分的肅王趙樞大叫道：「謀反？我看謀反的是那姓沈的……皇兄……」

他突然滔滔大哭：「這一定是沈傲假傳聖命，是要置我於死地……」

蔡絛霍然而起：「那姓沈的從哪裡調的兵？為什麼兵部這邊沒有聽到動靜？擅自調動軍馬，沒有樞密院、兵部的文引，那就是死罪！」

許多人七嘴八舌地道：「肅王殿下若是謀反，那他沈傲算什麼？」

「姓沈的欺人太甚，打人不說，如今竟還敢矯旨，到了這般地步，咱們再不能退讓了，今日是肅王，明日會是誰？太子殿下，早晚有一天，他就敢提兵殺進定王府來了。」

趙恆冷笑一聲：「人不是已經殺來了嗎？諸位還沒聽明白他的話？不交人就要親自帶兵進來！哼，我和肅王都是陛下的嫡親血脈，我倒要去見識見識，到底是誰借他的膽子！」

走到榻前安慰了趙樞兩句，隨即帶著門房出去，裏頭的皇子、官員面面相覷，也有想跟去看的，可是猶豫了一下，想到那沈楞子的可怕之處，竟都邁不開步子。

趙恆到了外面，叫人開了中門，便看到門後頭層層疊疊的校尉，皆是打著火把凜然不動。

趙恆目光一轉，負手看著沈傲。二人隔著門檻對視一眼。

趙恆微微一笑，只是那笑瞬間即逝，道：「沈大人，我們又見面了。」

沈傲呵呵一笑，同樣報之以和煦的笑容：「深夜叨擾，殿下恕罪。不過沈某人身負懿命，就不和殿下寒暄了，殿下，請把肅王交出來，好讓沈某人向太后有個交代。」

趙恆寸步不讓地道：「據說我若是不交，沈大人就要帶兵入府了？」

沈傲慢吞吞地道：「不急，殿下還有半炷香的時間考慮，不過時間一到，沈某只有得罪了。」

趙恆哈哈一笑，道：「好，我就在這裏等著，看誰有這個膽子。」

氣氛霎時降到了冰點，兩個人相互看著對方，似乎在較量耐性，沈傲雲淡風輕，趙恆淡然自若，卻都沒有說話。到了這個時候，閒話顯然已經變成了多餘。

連那經過沙場，歷經過火與血淬煉的校尉們也不禁覺得此刻的氣氛無比的妖異，一個是太子，一個是沈太傅，這兩個，都是大宋朝絕頂重要的人物。表面上談笑風生，怡然自若，可是那兩對深邃眼眸的深處，卻都是殺機重重。

「大人……時間到了。」

沈傲遺憾地道：「是嗎？這麼快？」隨即朝趙恆莞爾一笑：「殿下考慮得如何了？是抗旨不遵？還是交人？」

趙恆故意去看天穹上的月兒，那彎明月散發著淡淡的光澤，忍不住道：「良辰美景，爲何總有人大煞風景。」

沈傲朝趙恆拱手行了個禮，仍是恭謹地問：「太子殿下，下官要問，殿下可做好打算了嗎？」

趙恆那一張平凡的臉突然變得咄咄逼人起來，慢吞吞地道：「還是請沈大人帶兵入府吧。」

沈傲弓著腰，手仍抱成拳狀：「還是請殿下交人吧，下官只是忠人之事而已，何必要鬧到不可開交的地步？」

趙恆負著手，眼睛不去看沈傲，冷哼一聲道：「定王府一百三十四口，悉聽沈大人尊便。」

沈傲搖搖頭：「既如此，下官得罪了。」他直起腰，再不去看趙恆，叫道：「禁軍何在？」

黑暗中萬千人呼應：「聽令。」

沈傲道：「將定王府圍好了，保護太子殿下家眷。」

「遵命！」

「校尉何在？」

「聽令！」

「隨我進府，挖地三尺，尋出肅王！」

「遵命！」

一聲令下，黑暗中無數人湧動，急促的呼吸聲、靴子落地聲；衣甲摩擦聲嘩嘩傳出，黑暗中，隱隱約約的人群衝入王府，將趙恆擠到一邊。

趙恆怒火沖天地大喝道：「誰敢放肆！」

只是這個時候，他的聲音已經淹沒入了人海，校尉立即分成數隊，分頭並進，撞開一個個廂房、閣樓，毫不客氣地把人揪出來，盤問搜查。

「沈傲，你這是要謀反？」眼看那些校尉就要進入後宅，趙恆氣得連手都忍不住打起了哆嗦，厲聲大喝。他無論如何也想不到，沈傲竟真的大膽到這個程度。

沈傲不知什麼時候出現在趙恆眼前，仍是那副懶洋洋的樣子：「殿下恕罪，下官說過，這是奉命行事，肅王反狀已露，太子私藏反賊，下官一定俱言上奏，太子聽參吧。」

趙恆冷笑連連：「你說肅王謀反，可有人證物證？」

沈傲微微一笑道：「有！」他刻意說到這裏頓了頓：「可惜太子沒有資格聽！」

趙恆獰笑道：「那麼說，就是你捏造的了。我再問你，你說奉旨行事，旨意在哪裡，敕命在哪裡？沒有敕命，擅自調兵圍定王府，這是滅族之罪。」

沈傲嘆了口氣道：「沒有旨意。」

「沒有?!」趙恆上前一步，笑得更是猙獰：「沒有旨意，你就敢拿肅王，敢圍定王府？」

沈傲慢吞吞地道：「不過有樣東西，還要請殿下看看。」說罷，從袖中取出一塊玉佩，隨手丟在趙恆的手裏道：「有了這個，能不能拿肅王？」

趙恆借著慘澹的月光看了玉佩，臉色隨即驟變，喃喃地道：「這……這是太后的……」

沈傲打斷他：「這是懿旨，就憑這個，我奉太后之命捉拿肅王，汴京城中各部各衙都要給予方便。殿下莫要忘了，這玉佩乃是神宗先帝的隨身之物，當今陛下入承大寶，太皇太后也是用這塊玉佩教人去端王府相召，此後玉佩落在太后手中，這便是天家信物，等若聖旨，太子殿下還有什麼話說……」

趙恆打了個哆嗦，一下子有些魂不附體，手裏摩擦著玉佩，不可置信地道：「太后為何要拿自己的皇孫？」

沈傲氣定神閒地道：「殿下有任何疑問，大可以去問太后。」

趙恆嘆了口氣，臉色鐵青地喃喃念著：「天家的親情淡薄如紙……堂堂皇子，還比不過一個外臣……你……你立即收兵，我把肅王交出來！」

到了這個時候，趙恆突然發現，自己所謂的太子身分，在這塊玉佩面前竟是黯然失色，沈傲固然是膽大包天，兵圍定王府，可是他又豈能無過？只要沈傲咬定自己私藏反賊，便足夠宮中下旨申飭。

沈傲微微一笑，道：「怎麼？太子殿下回心轉意了？」

趙恆咬著唇，默然無語。

沈傲轉身吩咐身後的韓世忠：「傳令，收兵！」

校尉如潮水一般湧入定王府，將門窗都砸了個稀爛，又綁了不少定王府中的下人，

此時聽到退兵的命令，又如潮水一般退出來，令行禁止，沒有一絲停滯。

沈傲朝趙恆催促道：「殿下，交人吧！」

趙恆拖著步子，一步步回到後院，那邊已經有個皇子迎過來：「皇兄，這是怎麼了？方才我看到許多校尉……」

趙恆擺擺手：「去，準備一輛乘輦，請老五出去。」

「啊……」那皇子驚訝地低呼一聲，道：「這……怎麼……」

「快去！」

第十八章 快刀斬亂麻

宮中亂倫，這是大忌中的大忌，

快刀斬亂麻這句話深得趙佶的心坎，

他臉色沉重，忽而變得睿智起來。

趙佶並不是不聰明，只是不願去面對而已，

一旦此事涉及到了他的切身，

也變得無比果決起來。

汴京城內的消息傳得很快，昨天夜裏這麼大的動靜，朝中的諸位大人沒一個睡得安生的，半夜裏軟轎來往，或是書房中聽著下頭的傳報，有的冷眼旁觀，有的心生竊喜，有的則是焦躁不安。

沈傲固然有調動馬軍司的權力，可是直接繞過門下省、樞密院、兵部，那麼唯一的可能就是有中旨出來；問題是，宮裏頭爲什麼突然大動干戈？突然對肅王動手？

肅王在三省六部九卿眼裏，不過是一個可有可無的人物，趙樞固然貴爲皇子，卻不能影響朝局，突然說是謀反，還真沒有人相信。不說別的，若是謀反，他能調動得了誰？又有誰願意聽他的支使？

問題就出來了，肅王與太子一向交好，突然安了一個謀反的罪名，以肅王的身分，多半只是脅從，那這個主謀是誰？

只這一想，不少人的背脊上不自覺地滲出冷汗，甚至有人不由地在書房中喃喃道：「莫非儲君要易主了？」

能夠得出這個猜測也不難，大宋是禮儀之邦，便是一府一縣裏的博弈都是波譎雲詭，更遑論是天家了，若是宮中發出一個信號，要拿太子開刀，也不排除先敲打肅王，敲山震虎。

只是，爲了儲位易主犧牲掉一個肅王，卻又有些說不通，既然安了個謀反的罪名，這肅王只怕再難翻天了，要嘛是待罪圈禁，要嘛就是賜死，並無其他路可走；肅王再如何不受器重，畢竟也是天潢貴胄，絕不可能是隨意廢棄的棄子。

這般一想，反倒更加糊塗了，汴京的官員府邸大多集結在幾處街坊，這幾處街坊霎時熱鬧起來，一個個黑影出來，大多都是官宅裏的下人，拿著名刺四處去拜訪的到處都是，有的是探聽消息，有的是相互討論。

有幾個言官，心裏正猶豫著是不是該上一封奏疏，請廢太子，拿著身家性命去搏一搏。然而這個念頭也只是一閃即逝，不說現在時局還不明朗，聖意尚且難測，這個節骨眼上上疏，難免會遭同僚鄙夷。這般一想，真真是街外頭殺氣騰騰，官宅裏一個個都是熱鍋螞蟻。

蔡京半夜被人叫醒，他年紀老邁，若不是出了天大的事，下人也不敢驚動他，只是外頭出了這樣的事，再加上二老爺蔡絛還在定王府裏，整個蔡府沒一個人拿得定主意，只好將蔡京叫醒。

蔡京困頓地穿了衣，在小廳裏慢悠悠地喝了口參湯，精神恢復了幾分，目光才落在跪在地上的主事身上，慢悠悠地道：「不要慌，也不要怕，出不了什麼大事。」

「話也不能這麼說，二老爺還在定王府呢，如今那沈楞子調兵圍了定王府，誰知道會做出什麼事來，要不要小的帶了您的條子，到定王府去走一趟？無論如何，先把二老

爺接回來。」

蔡京搖頭：「都說沈傲是楞子，可是你看他的動作，哪一樣是無的放矢？他帶兵圍了定王府，是要表明自己的態度，是向三皇子輸誠的。再者，他能調得動馬軍司的軍馬，那一定是宮裏頭已經有人點了頭，所以才敢如此肆無忌憚。現在沈傲向太子示威，就絕不可能對絛兒怎麼樣，否則老夫站出來和他打擂臺，他會不怕？得罪了一個太子已是萬般無奈，再加上老夫，真要拚到魚死網破，大家都沒好處。」

這時，一個小婢端了銅盆和茶盞過來給蔡京漱了口，蔡京吸了口氣，繼續道：

「只是不知肅王到底是犯了什麼罪，竟到了連宮裏都容不下的地步，這件事，宮裏一點消息都沒有透出來，三省這邊也是一點風聲都沒有。若是我猜得不錯，肅王犯的事非但不輕，而且還事關著天家的聲譽，哎……怎麼就做出這種事？堂堂皇子，什麼妻妾沒有？何至如此……」

蔡京顯得頗爲痛心，肅王在他眼裏算不得什麼，可是一個肅王被人抓到了辮子，就可以作出一大篇的文章來。隨即搖搖頭道：

「罷了，這事和我們沒關係，絛兒那邊等明日回來，叫他安份一些，老夫知道他，待罪了這麼久，心裏肯定不痛快，總想活絡一下，只是今時已經不同往日了。」

聽了蔡京篤定的話，那主事道：「那小人就放心了，只要二老爺沒事就好。太師是不是再打個盹兒，明日小人去門下省說一下，爲太師告假一日。」

蔡京擺擺手道：「這個時候還是謹慎些的好，無妨的，我坐一會兒。」

那主事也不再說什麼，站起來，小心翼翼地在門側站著。蔡京仰躺在太師椅上，闔著眼不知是睡著了還是在想心事，沒有發出一點聲音。

也不知過了多久，門房那邊傳出動靜，主事臉上一喜，道：「莫不是二老爺回來了?小人去看看。」

蔡京含含糊糊地嗯了一聲，便傳來蔡絛的腳步聲。

蔡絛跨檻進來，見了蔡京，立即行禮：「爹，您還不睡?」

蔡京雙眸張開一線，看了蔡絛一眼道：「這麼大的動靜，誰還有心思睡覺?你坐下來，我有話和你說。」

蔡絛尋了個位置坐下，不待蔡京發言，已怒氣沖沖起來，道：

「這事爹想必已經知道了，那沈傲真真是吃了熊心豹子膽，如今肅王已經被他帶去了武備學堂，太子那邊還在生氣呢，堂堂太子和宗王，竟也被逼到這個份上!爹，這個時候你總該站出來一下，您好歹是百官之首，表一下態度也好。」

蔡京呵呵一笑道：「表什麼態度?去和宮裏對著幹?你真以爲沒有宮裏的授意，沈傲敢拿肅王?」

蔡絛愣了一下，道：「那也是沈傲進了什麼讒言，肅王謀反？哼，天大的笑話。」

蔡京不由搖頭，這個兒子不但比不過自己，便是他那個如今待罪的兄長也比不過，或許是在家中待得久了，不知這朝廷的險惡，想了想，便開導他道：

「宮裏要治罪，謀反只是托詞，肅王已不能容於宗室，這是他自己做的孽，怨不得別人。至於那個沈傲，只不過是借著這個做文章，拿肅王來向太子立威罷了。」

蔡絛道：「肅王不是謀反，又是什麼事兒讓宮裏頭容不得他？」

蔡京刻意隱瞞了自己的猜測，道：「這事是沈傲一手操辦的，我哪裡知道。」

蔡絛皺眉想了想，將拳頭握緊，道：「外頭都沒有消息，唯獨讓沈傲一手去辦，看來沈傲的聖眷當真是無人能撼動了。哎，宮裏不透消息給朝廷，多少也該言語一聲給爹知道，好讓我們也有個準備。」

父子說了一會兒的話，蔡京已是倦了，叫蔡絛先去歇息，他再坐一會，蔡絛不敢說什麼，告辭而去。

蔡京紋絲不動地坐在椅上，一雙渾濁的眼眸盯著那搖曳的燭火，若有所思。

朱漆大門前，一頂軟轎小心翼翼地停下，先是有個長隨去拍門，等那門打開一道縫隙，裏頭的門房和外頭拍門的長隨顯然是認得的，在隱約的燈籠光線下交換了個眼色，門房立即會意，打著鄲王府的燈籠出來，走到軟轎旁，低聲道：

「殿下……」

裏頭嗯了一聲，才慢吞吞地從轎子中鑽出一個穿戴著尋常綸巾葛衣的人來，來人年約二十歲上下，生得甚是俊朗，手裏搖著一柄尋常的青竹扇，朝那門房頷首點了個頭：「怎麼？一夜都沒有睡，難爲你了，皇兄是不是歇下了？」

門房躬身答道：「還在書房裏作畫呢，說是答應了清河郡主，要送一幅畫給她。」

這人道：「清河也就是欺負得了皇兄，換作了我，她要是來向我討畫，我立即畫一隻王八給她。」說著，自己也忍不住地笑了起來。

那門房附和道：「莘王殿下是三皇子的同母弟，性子卻是迥然不同。」

說罷，引著來人進了府。

三皇子趙楷的書房乾淨整潔，書架上並沒有堆放太多的書，反而是桌上擺滿了各種古籍、筆墨，他專心致志的作畫，旁邊一個長隨小心翼翼的爲油燈添著燈油。

書房外頭腳步聲傳來，趙楷直起腰來，對著畫搖頭嘆息：「可惜，可惜了……」叫人將畫先收起來，將蘸墨的筆洗了洗放入筆筒，隨即書房門開，有人笑嘻嘻的進來：「皇兄，好消息。」

趙楷坐下，摸著下巴處的短鬚，微微笑道：「我就知道你會來，坐下吧。」

來人便是莘王趙植，趙楷的母妃共育有三子，趙楷年紀最長，趙植是次子，還有一個陳國公趙機年紀最小，還沒到經世的年紀。

趙植顯得很隨意的坐下，道：「皇兄也知道了消息？」

趙楷頷首點頭：「知道一些，今次老五是在劫難逃了。」

趙植搖搖頭：「要怪就怪他自己，謀反是大罪，據說又有鐵證，到了如今這個地步也是他活該。」

趙楷不置可否的笑了笑：「沈傲這一趟倒是做得乾淨俐落，連定王府都敢胡闖，此人是文武全才，又勝在果決，將來必是個叱吒風雲的人物。」

趙植很有深意的看了趙楷一眼：「皇兄就不覺得那沈傲將太子得罪到了這般地步，用意是什麼？」

趙楷笑道：「他的心思我明白，看著吧，明日才是最精彩的時候，太子那邊還沒有消息？」

趙植道：「有是有，據說是明日要帶人入宮去爲肅王求情。」趙植淡然一笑：「宮裏頭給肅王安的是謀反的罪，便已是將他列入罪不容誅了。求情有什麼用，說不準還要碰一鼻子灰，太子平時深沉謹慎得很，這一次倒是糊塗了。」

趙楷搖頭：「他不是糊塗，是無可奈何，五皇子和他打斷了骨頭連著筋，太子黨裏，五皇子是他的鐵桿，今夜他把五皇子交了出去，已是讓人寒心了，若是再若無其事，別人會怎麼想？這汴京城裏頭多少宗室、大臣都看著他呢，若是讓人知道太子如此薄涼，誰還願意甘心為他效命？所以呢，不管肅王犯了什麼罪，宮裏到底是什麼心意，太子也一定要領這個頭，彈劾沈傲，為肅王求情。這場遊戲還只是開始呢，真正的好戲在後頭。」

這個時候的趙楷，一下子變得無比睿智起來，薄唇輕輕抿起，帶著一點兒似笑非笑。

趙植想了想：「那我們明日怎麼辦？」

趙楷手撫著書案，慢吞吞的道：「我們也去求情，不管怎麼說，肅王也是我們兄弟，冷眼看著，別人會怎麼想？再者說，肅王雖然和你我不睦，可是他的身世……」

趙楷吁了口氣，帶著一副酷似趙佶的猶豫，緩緩的道：「就權當是盡盡自己的心意吧。」

柔弱的月光與燭火融合成一片昏暗的天地，隱隱約約，朦朦朧朧，將明武堂渲染得有著幾分黯淡卻又不失真切。

趙樞坐在錦墩上，闔著目，沉默不語。到了這個時候，他已經意識到問題不是謀反

那麼簡單，而是……

沈傲淡淡地笑看著他，坐在趙樞的對面，並不急於問話，而是端著茶慢吞吞地啜飲，還不忘吩咐身側的校尉一句：「肚子有些餓了，去叫人備些小菜。」

隨即，沈傲打量著趙樞道：「肅王有什麼話要說的嗎？」

趙樞冷笑一聲，把臉側過去。

沈傲道：「你不說？好，那就讓我來說。你和陳夫人是什麼時候有了私情的？」

趙樞雙肩顫抖，驚愕地抬眸：「你……胡說什麼？」

沈傲嘆了口氣道：「不要抵賴了，陳夫人送你的香帕已經在我手裏，況且……陳夫人也已經供認不諱，否則以你皇子的身分，誰敢輕易圍住定王府，將你捉來這裏？」

趙樞冷笑道：「她……不會供認我的。」

這一句話不啻是自己招供，沈傲並沒有對這一對鴛鴦有多少同情，玩愛情固然可以，卻也要分身分場合，到了這個地步，也是他們咎由自取。

沈傲抬抬眼看向那邊記錄的博士：「這句話記清楚。」然後繼續問趙樞：「殿下可知道東窗事發便是死罪？」

趙樞這時反倒淡然了，不屑地看了沈傲一眼，並不吱聲。

沈傲淡淡地道：「你可曾想過，你害死的不止是自己，更有許多人要為你陪葬，比如說陳夫人和她……肚子裏的孩子。」
趙楅的神色動了一下，隨即冷哼道：「事到如今，無話可說。」
沈傲道：「你不願說，我也沒興致知道，殿下就在這兒歇著，等候宮中旨意吧。」
說罷霍然起身，從明武堂出去。
黯淡的月光灑落在營房屋脊上，沈傲望了一眼皎潔的月色，心情有點沉重，這個時候，他突然有點理解趙佶了，對君王來說，便是親若父子，原來也是不可信任的。
他走到哪裡，就有一隊校尉簇擁過來，沈傲負手漫無目的地走一步，後頭的校尉便唏哩嘩啦地追上一步，惹得沈傲不由苦笑，回過頭去道：「跟著我做什麼？莫不是方才我叫人去準備酒菜，你們也想跟著混吃混喝吧？」
校尉繃著臉不說話。
沈傲搖搖頭，繼續往前走，他們還是追上來，其中一個道：「韓教官吩咐，說這時是多事之秋，要我們時刻警惕。」
沈傲抿抿嘴道：「說得也對，好戲還在後頭呢。」說罷，又恢復那無所畏懼的樣子，伸了個懶腰道：「我累了，今夜就賴在這兒休息一下，去，給我收拾一間營房出來，睡覺！」
這一夜，沈傲睡得很不踏實，稀里糊塗的聽到外頭操練聲響起，一骨碌翻身趿鞋下楊，叫人牽了馬，帶著一隊校尉先回去洗浴一番，換了一身乾淨的朝服，隨口吃了些糕點，向蓁蓁道：「府裏最近有沒有事？這幾日我忙得很，許多事都來不及問。」

蓁蓁道：「府內事自有我們操持，夫君儘管放心就是。」

沈傲抓住她的柔荑，想說幾句體貼的話，一時竟說不出什麼來，搖搖頭，心裏想：「怎麼油嘴滑舌的功夫越來越沒有長進了，吃飯的手藝都沒了，這可如何了得？」

蓁蓁見他猶豫了一下，笑道：「夫君，該上朝了，有什麼話回來再說。」

沈傲點點頭，起身上朝。

到了正德門，據說今日群臣懇請朝議，官家已經點頭，群臣已在講武殿中等候，沈傲到了講武殿，剛剛跨入門檻，便看到無數的目光朝自己看過來，他若無其事地步入殿中，尋了個位置站定。

時候已經不早，官家遲遲不見過來，朝臣議論紛紛，竊竊私語之聲此起彼伏。

正是所有人等得心焦的時候，楊戩臉色凝重地過來，目光在人群中逡巡了一下，扯著嗓子道：「沈傲，隨咱家來，太后有請。」

沈傲又一次成爲所有人的焦點，沈傲朝楊戩點了個頭，便隨楊戩步出殿去。

楊戩在前引路，順道問：「到底是什麼事？連官家都被叫到景泰宮跪了一個多時辰，皇子們跪了一地，都在爲肅王求情。」

沈傲想了想，倒也不瞞他，低聲道：「有人禍亂宮闈。」

楊戩聽了，臉色驟然變得緊張起來，四處張望了一下，才是謹慎地道：「這件事誰也不要說，禍從口出。」

沈傲邊走邊道：「我哪裡不知道，只是泰山不是別人，先和你提個醒罷了。」

楊戩點了個頭，道：「難怪太后發了怒，據說連太皇太后也到了，應當也知道了消息，還有陳夫人那邊，突然讓女官監視起來。」

沈傲道：「眼下宮裏兩個太后的意思，多半是要快刀斬亂麻，皇子們爲肅王求情，太皇太后和太后那邊肯定是要生氣的，這個當口，泰山對太后，對皇上，什麼話都不要說，小心伺候就沒有錯。」

楊戩哂然一笑道：「咱家知道怎麼做，咱們走快一些，太后那邊想必催得急了。」

到了景泰宮外頭，便看到這裏已跪了一地的皇子，皇子們見有人過來，紛紛舉目看，見來人是沈傲，有的咬牙切齒，有的臉色平淡，其中一個年紀幼小的皇子指著他道：「就是他捉了皇兄。」

沈傲懶得搭理他們，只是和趙楷對視了一眼，隨即在宮外朗聲道：「微臣沈傲求見。」

敬德在宮外候著，急促地走過來道：「沈大人，不必求見了，快進去吧，太后已經

催問過幾次了。」

沈傲舉步進去，感到這平素熱鬧的宮室裏氣氛冰冷，帷幔之後，兩宮太后圍著一張几子坐在榻上，趙佶則是跪在榻下，臉色沮喪，神色複雜。

沈傲下拜：「臣沈傲見過太皇太后，見過太后娘娘，見過陛下。」

太皇太后道：「肅王人在哪裡？」

沈傲道：「昨夜已經拿了，拘在了武備學堂。」

太皇太后道：「這件事你處理得很好，只是有點大張旗鼓了。」

沈傲看了趙佶一眼，道：「微臣以爲，要先聲奪人拿下肅王，就非謀反罪不可，用謀反之罪拿人，若不大張旗鼓，只怕也難以服人。」

太后頷首點頭，對太皇太后道：「人拿了就好，沈傲，你先跪到一邊去。」

沈傲乖乖地跪到一邊，心裏很是壓抑。

趙佶臉色蒼白，朝兩宮太后磕頭道：「兒臣萬死，對皇子們疏於管教，竟惹下這天大的事來，令祖宗蒙羞……」

太后慢吞吞地道：「請罪就免了，好在及時發現，否則貽禍無窮。」說罷繼續道：「今日的事，陛下想怎麼處置？」

趙佶道：「全憑母后明斷。」

太后道：「陳夫人不能留了，賜死吧。至於趙樞，他本是你的兒子，是哀家的孫兒，可是做出這等事，是他自己要取死，到了這個地步，也沒什麼說的，證據確鑿，也賜死吧。」

趙佶不說話，卻也不反駁。

太皇太后道：「陛下，天家無小事，事到如今，就按著太后的意思去辦吧！」

趙佶苦澀地道：「兒臣不察，是兒臣的疏忽，母后這樣做，也是爲兒臣著想，兒臣這就下中旨，治趙樞謀反之罪。」

太后繼續道：「幸好有沈傲在，這件事越少人知道越好，還是由沈傲來處置比較適合，沈傲，待會兒你就去向官家討要中旨，立即去辦。」

沈傲正色道：「微臣明白。」

兩宮太后吩咐得差不多了，太后突然問：「皇子們都在外頭爲趙樞求情？」

沈傲沉默了一下，道：「是，皇子們手足情深，又不明就裡……」

太后厲聲道：「他們這是兔死狐悲，願意跪，就讓他們跪吧，哀家今日就下懿旨，後宮這邊除非年節或是哀家相召，誰也不准隨意踏入後宮。」

太皇太后語氣倒是平淡，疲倦地道：「陛下和沈大人去把後頭的事辦了吧，不要再耽擱。」

趙佶站起來，領著沈傲出了景泰宮，外頭的皇子看到趙佶和沈傲出來，紛紛向趙佶行禮道：「兒臣見過父皇。」

趙佶鐵青著臉不去理會他們，連看都不願看他們一眼，一路默然地領著沈傲到文景閣去，甫一落座，出了一會兒神，突然和沈傲對視一眼，又將目光縮回去，沈傲也垂下頭，一時不知說什麼好。

尷尬的氣氛過後，沈傲才慢吞吞地解釋道：「陛下，微臣原想事先告知一下的，可是當時手裏沒有證據，怕陛下憑空擔心，況且……微臣……」

趙佶嘆氣道：「朕知道，換作是朕，也不知如何開這個口；你四處去緝捕肅王，想必不少宗王、皇子都對你懷恨在心了。」

沈傲正色道：「微臣只是陛下一人的臣子，宗王和皇子如何看待微臣，微臣並不介意。」

趙佶突然尷尬一笑：「朕現在心裏很亂，突然感覺天要塌下來了。」

沈傲想安慰他幾句，再舉幾個聖明君王後宮禍亂的例子，差點兒要脫口說出唐太宗和武媚娘的典故出來，轉念一想，這個時候提這個，好像有傷口撒鹽的嫌疑，故而默不做聲，尋了個錦墩坐下。

沈傲慢吞吞地道：「陛下，要快刀斬亂麻，眼下肅王已經處置，可是爲他求情的皇子、大臣不在少數。」

事情是明擺著的，宮裏是要息事寧人，隨便安個罪名，處置掉肅王，可是不管安的是什麼罪名，皇子和大臣們不明就裡，肯定是要鬧的，這一鬧，就極有可能會把醜事抖落出來。宮中亂倫，這是大忌中的大忌，大宋以文治天下，這個文，指的是忠孝禮義，皇子淫亂後宮，大家還有什麼臉面談什麼忠孝？

快刀斬亂麻這句話深得趙佶的心坎，他臉色沉重，忽而變得睿智起來，趙佶並不是不聰明，只是不願去面對而已，一旦此事涉及到了他的切身，也變得無比果決起來，他的眼眸閃爍了一下，沉吟道：「你來說說看。」

沈傲道：「爲肅王求情的人一旦不能遏制，最後會讓參與的人變得越來越多，到時候真到了千萬人呼應的地步就不好辦了。所以必須予以他們雷霆一擊，下詔群臣不許提肅王二字，帶頭的，該治罪的治罪，該勒令致仕的勒令致仕，切忌的是拖泥帶水，要讓他們看到陛下這邊主意已定，讓他們知道肅王乃是陛下的逆鱗，不可忤逆。人一旦沒了僥倖，至少在明面上，可以先鎮住局面。另一方面，陛下應立即下旨，聲言要繼續追究肅王謀反案，拿捕肅王黨羽，引而不發，試問，誰還敢胡言亂語？」

趙佶頷首，道：「這一手引而不發絕好，誰站出來爲肅王說話，也擔心會成爲那逆子的黨羽。」

沈傲繼續道：「棘手的是皇子那邊，若說皇子們與肅王有什麼牽連，那是無稽之談，肅王固然鑄了大錯，可是其他的皇子還是好的，骨肉親情，他們不明白事情原委，貿然爲肅王請罪，也是情理之中。要讓他們不開口，還得陛下這邊出面才行，該安撫的安撫，該整飭的整飭。」

趙佶沉默了一下道：「朕平日對他們疏於管教，是該好好整飭一下了。朕最怕的是市井的流言，世上沒有不透風的牆，歷朝歷代，多少宮中秘事，還不是鬧到滿城風雨？要不要給京兆府那邊暗示一下，讓他們殺一儆百，拿捕幾個胡言亂語的市井之徒？」

沈傲搖頭：「如此，那豈不是不打自招？陛下萬萬不可！微臣倒是有個法子。」

趙佶嘆了口氣道：「你說吧。」

「以毒攻毒。陛下，與其讓謠言流出來，不如我們自己先把謠言傳出去，邃雅周刊可以故意寫出一些秘聞，就說肅王自幼失了母妃，爲人有怪癖，又信了妖道的慫恿，方才生出謀反之心。當然，只說這個，市井之人也不至於太感興趣，最好添加一些連御數女之類的趣聞那就更完美了。只要咬死了他是謀反，宮裏的聲譽方能保住。」

趙佶嘆道：「誣肅王，豈不也是說朕管教不當？」

沈傲道：「龍生九子，九子個別，大皇子敦厚知禮，三皇子才冠天下，出一個不成器的逆子倒也算不得什麼。不如這樣，就讓肅王沾上天一教，就說天一教的妖人蠱惑肅王，肅王性情大變，才致如此，到時候叫邃雅周刊先把謠言造出去，只要不是官府放出去的消息，市井必然深信不疑。」

趙佶想了想道：「此事就按你說的去辦吧，這篇故事就由你的表弟親自主筆，先送朕這裏來看看，再發出去。」

等沈傲道了一聲遵旨，趙佶嘆道：「昨夜你圍了定王府，算是將大皇子得罪了。」

沈傲立即道：「微臣早已說過，微臣只是陛下一人的臣子，所做所爲，也只爲陛下負責。肅王謀反，必須施以雷霆手段，讓所有人都明白厲害，莫說是得罪太子，便是得罪天下人，微臣亦無所懼。」

這番話說得連他自己都汗顏，可是這個時候說出來，倒也有幾分真摯，他本就不屬於這個時代，願意爲人效忠，實在是因爲趙佶的恩德太重，這份人情只能以效犬馬之勞的方式來償還；至於什麼太子，什麼蔡太師，他打心底深處就不屑一顧。

趙佶撫案道：「朕明白你的心意，講武殿裏的朝臣還沒有散去，方才你說要鎮住朝臣，朕這就擬了中旨，由你代朕去一趟。朕還要回景泰宮去，見見那些不孝子。」

說罷站起來，又是嘆了口氣，突然問：「沈傲，若是你的妾室和你的兒子私通，你會不會……」

沈傲臉色頓時黑下來，這句話若是換了別人對他說，他早已一腳踹過去了，什麼叫

若是你的妾室和兒子私通，就好像是對著人說若是你全家死光光一樣，怨毒無比。

沈傲連忙打斷趙佶道：「陛下，微臣沒有妾室，請陛下立即擬旨意。」

趙佶潸然一笑，也不說什麼，親自手書了一份中旨交給沈傲，沈傲辭出，拉了楊戩，捧著中旨直赴講武殿。

第十九章 新仇舊恨

此後徽宗上位，新黨重新抬頭，

又對舊黨大肆報復，若不是近幾年沈傲挽回元氣，

事到如今，什麼肅王早已不重要了，

新仇舊恨，摩擦一生就很難遏止，

有人高叫：「元祐黨人禍國亂政，諸公隨我打。」

講武殿裏已經鬧開了，官家說廷議，可是現在還沒有見到趙佶的人，許多人向內侍打聽，可還是沒有頭緒，都是議論紛紛，各種猜測的都有。如此一來，反倒激起了不少人的憤慨，宮裏頭到底出了什麼事，何至於風聲都不給朝廷透露一點，說拿肅王就拿肅王，還特意繞過了宗令府，直接叫沈傲一個寺卿去拿人。

此外，拿人也罷了，半夜裏調兵居然也繞過了樞密院和兵部，祖宗的制度和成法都敗壞得一塌糊塗，現在群臣想向官家討個說法，好歹官家也該給出個肅王謀反的理由出來，結果說是廷議，至今都沒見到人，這又是什麼意思？

有人甚至低聲在議論：「自陛下偏信沈傲後，這朝廷是越來越不像話了。」

還有人抱著一副唯恐天下不亂的態度，慫恿道：「咱們聯手起來，一起彈劾那姓沈的一下，他昨夜敢帶兵圍定王府，將來豈不是要帶兵圍皇城？若是這樣，陛下都不降罪，我大宋危在旦夕。」

也有不少人只是默然不語，相互在交換眼色，這些人大多是舊黨中堅，自王安石變法以來，新舊兩黨輪流上臺，早已到了黨同異伐的地步，舊黨出身的，就是自己人犯了什麼錯，都會有人包庇，這種事新黨有，舊黨也有，都不新鮮。

蔡京闔著目，坐在錦墩上，身爲百官之首，既不去制止那鬧哄哄的局面，也不參與其中，只是呆呆默坐，面對一切事都表現得寵辱不驚。

蔡絛乖乖地站在蔡京身邊，想湊過去說幾句話，可是他微微一動，蔡京便突然張眸向他這邊看過來，蔡絛頓時洩氣，只有冷眼旁觀的份。

正是這個時候，突然有人道：「有中旨！」

話音剛落，沈傲領著楊戩爲首的一干內侍跨步入殿，手中捧著中旨，面無表情地一步步走到殿中。

講武殿頃刻間變得鴉雀無聲，所有人都看向沈傲，有人在人群中道：「陛下爲何不來？」

沈傲不去理會，只是展開聖旨道：「都接旨意吧！」

許多人面面相覷，一時也不知該不該接，方才還有不少人熱烈討論，要彈劾沈傲的，現在官家看不到蹤影，倒是沈傲全權代表官家來了，這算什麼事？

沈傲雙眉一壓，道：「怎麼？有人要抗旨？」

石英、周正幾個趁機道：「臣等接旨。」說罷拜下。

沈傲故意側了側身，以示避讓。接著更多人跪下，還有一些人都看向蔡京，等著他發話。

蔡京慢吞吞地站起來，隨即道：「老臣接旨。」說罷，顫顫巍巍地拜伏於地。

有了石英、蔡京開頭，誰也不願再鶴立雞群了，紛紛拜倒：「臣等接旨意。」

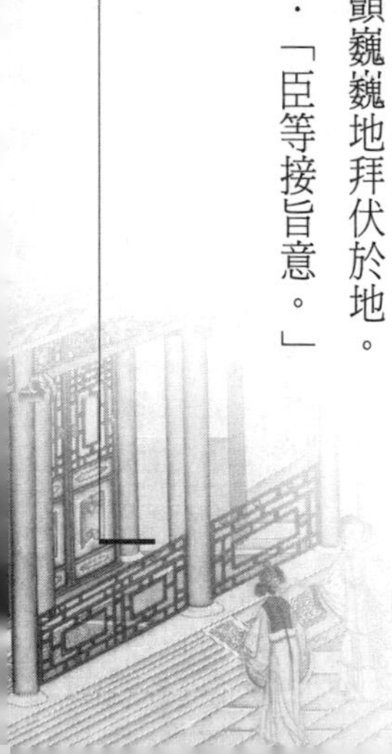

沈傲與楊戩對視一眼，都感覺到今日殿中的氣氛很是不同。沈傲咳嗽一聲，清清嗓子朗聲念道：

「朕賴……今有肅王不恭於行，有不軌之圖，叵測之心，朕嘗念父子至親……逐出宗室，革去肅王爵位，賜自縊，以儆效尤……肅王餘黨，委太傅沈傲搜捕……」

聖旨全文不過百字，裏頭的內容卻是可觀，這份聖旨，算是將肅王釘死了，坐實了他的謀反之罪。此後例行懲處，最後一句才是厲害，還要追究肅王餘黨。有不少和肅王多少有結交的人，也有平時見了面熱絡打招呼的，這時都不由地有著幾分不安，生怕到時候大興牢獄，秋後算賬。

沈傲臉色淡漠地道：「諸位大人，旨意也接了，都起來吧。」

群臣紛紛相攙著站起來，剛剛站定，便有人怒氣沖沖地在人群中發難道：「肅王何辜，反狀在哪裡？」

說話的人夾在黑壓壓的人群裏，倒也不怕有人打擊報復，正好借著法不責眾的心態先起個頭，希望驚起波瀾。

沈傲壓著聲道：「陛下的意思，是叫大家各回衙署，其他的事，不勞諸位大人操心。」

任何事人一多，膽子也就隨著大了，平時一些見了沈傲低眉順眼的大臣，這時忍不住在人群中道：「陛下為何不來？陛下在哪裡，我們要面聖陳詞。」

有人叫囂道：「沈大人好大的威風，帶兵圍了定王府不說，還拿了肅王！肅王何辜，就是謀反，也要拿證據出來。依我看，這裏頭有隱情，陛下身邊有小人，朝中有趙高。」

有人附和道：「既有趙高，就有比干、魏徵，咱們久食君祿，尊王討奸是臣子的本分，諸卿有誰願和我面聖嗎？」

不少人回應：「楚侍郎敢去，我等有何不敢？」

沈傲循目過去，見那領頭的是兵部侍郎楚文宣，上一次打了他一頓，這傢伙多半懷恨在心，這個時候趁亂煽動，是要公報私仇了。

他冷冷一笑，目光鎖在楚文宣身上：「楚大人要面聖？」

楚文宣原本躲在人群裏，誰知身邊的人竟報了他的大名，這個時候想不承認也不成了。畏懼的躲過沈傲殺機重重的眼眸，心裏想，當著這麼多人的面，自己無論如何也不能示弱，否則為士林笑爾。

想及此，他膽子也壯了幾分，這裏是講武殿，身邊都是同僚，得罪了沈傲固然倒楣，卻也能為自己博一個清名。

楚文宣排眾而出，朗聲道：「沈大人，大家是同僚，本來嘛，有些話也不該在這兒說的，可是今日有些話，楚某人不吐不快！」

見不少人給他投來期許的目光，楚文宣更是氣壯，真如自己成了比干、魏徵，連脊梁都不由上提了幾分，道：

「肅王是什麼人？雖貴爲皇子，手中卻無一兵一卒，何來謀反之說？現在宮裏要拿人，爲何不宣示罪名？沈大人是近臣，日夜陪在陛下左右，這幾日進宮甚爲勤快，就請沈大人拿個理由來搪塞我等，教我等心服口服。如若不然，堂堂皇子蒙受不白之冤，咱們身爲臣子的如何能坐視？方才諸位大人的話，不知沈大人聽到了沒有，大家都認爲陛下是受小人蒙蔽，這個小人……」

他咬了咬牙，彷彿得到了無窮的力量，手指沈傲：「莫不就是沈大人？」

沈傲冷淡道：「楚大人說完了沒有？」

楚文宣意猶未盡，繼續道：「楚某還有一言，據說前些時日沈大人下條子到兵部，要兵部給一些賊寇授予官銜，有沒有這件事？」

沈傲目視著他，負著手淡笑道：「難得楚大人記得如此清楚，這件事好像是有的。」

眾臣竊竊私語，不少人低聲道：「授予賊寇官銜，真真駭人聽聞。朝廷命官，代表的是我大宋的臉面，何其尊貴，豈能輕易授人？」

楚文宣言辭更加激烈：「後來兵部不許，將條子退了回去，沈大人親自到了兵部，與尚書蔡大人爭辯，這件事可是有的？」

沈傲目無表情的點了點頭。

楚文宣冷笑：「那一日肅王也在場，還和沈大人起了衝突對不對？哼，沈大人，你未免也太大膽了吧！」

沈傲微微一笑：「這又是從何說起？」

楚文宣擲地有聲的道：「還要說的更明白？沈大人與肅王生出嫌隙，隨即捏造證據，蠱惑天子，肅王貴為皇子，竟是遭了你的讒言，如今連性命都保不住，真是荒誕無稽，可笑，可笑！我大宋立國百年，可有大臣栽贓皇子的典故嗎？朝堂上袞袞諸公可來評評理！」

有了楚文宣開頭，眾人紛紛道：「沈大人，這就是你的不對了，與肅王有嫌隙，又何必要挑撥是非，栽個謀反的帽子，肅王年幼無知，衝撞了你，你大人有大量，放過他就是。」

說這句話的人用心險惡至極，表面上是勸解，可是在這背後，卻是咬死了沈傲因私廢公。

楚文宣咄咄逼人的盯住沈傲：「沈大人，有什麼話，今日在這朝堂，當著諸公咱們

說個清楚，不說出個子丑寅卯來，我等便跪在這裏，一齊彈劾沈大人構陷皇子，指鹿爲馬，禍亂朝綱。」

周正突然擠過來，怒道：「楚大人，你這話是什麼意思？肅王謀反是宮裏的意思，和沈傲何干，你這般咄咄逼人，才是指鹿爲馬！」

那邊有個大臣捋起袖子：「祈國公和沈傲是姻親，咱們不必聽他的話。」

大理寺寺卿姜敏冷笑：「站在這裏的，都是臣子，有什麼說什麼，難道有姻親就不成，王大人，你的一個侄女和楚大人的次子也是結了親的，難道就不是姻親？」

這般一鼓噪，眾人紛紛指指點點相互辯論，許多人的聲音掩蓋下去，有人只好放大音量，才能讓自己的話被別人聽清。

這一吵，講武殿裏就變得涇渭分明了，除了一些不屑去爭吵的大老，幾乎所有人都站不住了。

其實這種朝廷爭議，也有十分激烈的時候，這時沒有皇帝坐鎮，眾人的情緒隨著有人刻意煽動而變得愈漸高昂，讓人看了，還以爲是鄉間兩村械鬥前的爭吵。

沈傲目視著那楚文宣，大叫兩聲夠了，可是到了這個時候，他的話脫口便立即淹沒在口水中，根本不起效果。

「擅自調兵就是謀反，依我看，謀反的人是沈傲，而不是肅王。」

「是不是謀反，宮中自有定論，干你何事？」

「劉大人，你黑白不分。」

「你信口雌黃！」

「元祐黨人禍亂朝綱……」

「新黨血口噴人……」

……

原本還只是討論肅王，後來涉及到了黨爭，就更加不可收拾了，元祐舊黨與新黨宿怨甚深，早已到了水火不容的地步，從王安石上臺主持變法開始，在神宗在朝的十七年裏，新黨占了上風。新黨在變法期間，曾利用台諫製造一些冤假錯案，來擠兌舊黨分子，早已使舊黨分子心生怨憤。

神宗病逝，哲宗繼位，主張守舊的高太后掌握權柄，舊黨分子紛紛返朝，重新執掌朝政，對新法除了保留一些外，一概否定，對新黨透過控制臺諫一一剷除。

由於這次「剷除」，不像是變法期間針對個人，而是針對整個群體，完全公開化，使元祐年間一時出現朝中無新黨的現象，這更使新黨分子感覺到備感忿怒，報復之心更是熾烈。

此後徽宗上位，蔡京上臺，新黨重新抬頭，又對舊黨大肆報復，若不是近幾年沈傲

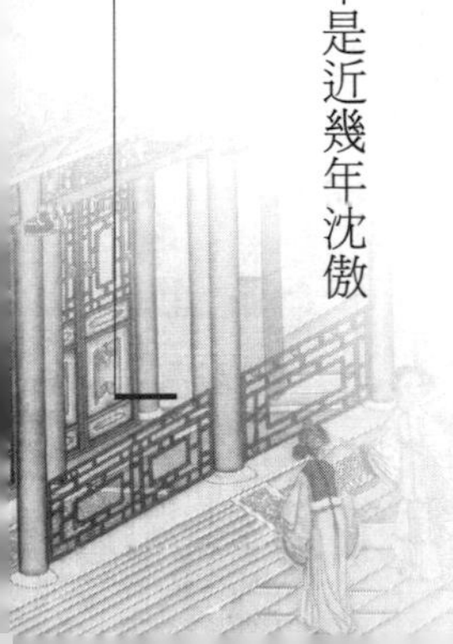

挽回元氣，事到如今，什麼肅王早已不重要了，新仇舊恨，又是聚眾在一起，摩擦一生就很難遏止，開始有人推搡起來，有人高叫：「元祐黨人禍國亂政，諸公隨我打。」也不知是哪個人先喊出來的，便有人激動起來，推搡變成了揪打，人一激動，不管平時人模狗樣，這個時候火氣上來，什麼也不顧了，像是潑皮打架，一群人擠在一起，咬耳朵的，抓臉的，勾脖子的，廝打一團。

沈傲摸了摸鼻子，與楊戩對視一眼，今日真是大開了眼界，方才還在說什麼肅王，轉眼就變成了新舊黨爭，而後就成了這個樣子，這個世界……真是奇妙！沈傲突然發覺，自己平時的囂張實在不值一提，這才叫真正的本事，沈傲再跋扈，至少還沒有嘗試過在講武殿裏鬥毆。

他咳嗽一聲，目光落在周正身上，那楚文宣揪住了周正的衣襟，扯得周正差點兒窒息，喘不過氣來。

「吼！」沈傲大罵一聲，朝楚文宣衝過去，抬腿踹了他一腳，楚文宣吃痛，手不禁鬆開，一個趔趄還沒有回過神來，沈傲一巴掌扇過去，抓住他的衣襟，惡狠狠地道：「連我泰山也敢打？」一拳過去，砸中他的面門。

楚文宣吃痛，哎喲一聲，高聲大叫：「沈傲要殺人滅口了……」

「都他媽的住手！楊戩，去把殿前司禁軍叫來！」沈傲給了楚文宣幾個耳光，大喝一聲。

楊戩在那邊團團轉，道：「沈大人，不成啊，按祖制，禁軍不得入講武殿，違者處死！」

新黨這邊見了沈傲打楚文官，頓時譁然，竟是士氣如虹，咬牙切齒的湧過來：「打死奸人沈傲！」

「打！」

舊黨人數畢竟不足，被他們這一衝，立即七零八落，有幾個老邁的，更是差點喘不過氣來，好在年輕力壯的守望相助，這才避免了被圍毆的命運。

十幾個捋著袖子面目猙獰的大臣往沈傲這邊衝，沈傲手裏頭沒有校尉可用，只有硬著頭皮親自招架的份，心裏想這一下算是完了，若是被這些王八蛋打死，八成青史留名，絕對是第一個朝堂裏群毆致死的大臣。

正在這個時候，楊戩急得嘴角冒煙，朝沈傲大叫：「沈傲……快……快躲！」

沈傲倒是想跑，可是這樣一跑，丟人現眼不說，平日裏積下的威信算是徹底葬送了，咬了咬牙，學黑社會打架的樣子，把長袖子紮起來，腰馬合一，大叫道：「誰敢過來送死！」

偏偏送死的人反而更多了，見沈傲如此囂張，圍過來的舊黨大臣反而更多，一個個

群情洶湧的道：「奸佞小人，禍國殃民，打死他！」

沈傲心都涼了一片，暗叫香港黑社會電影害死人，耍橫這一手連一群讀書人都唬不倒，嚇唬變成了群嘲，結果引來了更多對手。

周正那邊叫沈傲小心，黑壓壓的人已將沈傲圍住，沈傲只好硬著頭皮，先抓了一個爲首的踢了他的腿，接著後退一步，貼到了殿柱上。

楊戩急瘋了：「瘋了，瘋了，你們都瘋了！」大叫一聲：「還愣著做什麼，保護沈大人去！」

殿門口許多內侍在探頭探腦的看，都不敢入殿，等到楊戩大叫一聲，便是命令他們動手了。楊戩乃是宮中宦官之首，哪個在宮裏當差的不要仰仗他的鼻息，他的話和聖旨也相差無幾了。聽了楊戩的吩咐，內侍們嗷嗷大叫，洶湧的往殿裏衝，還不忘大叫：「楊公公說話了，打新黨的。」

那邊還有人叫：「保護沈大人。」

這些太監固然都少了那麼點兒東西，可是打架的本事卻比書呆子強得多了，數十上百人蜂擁衝進來，十足的生力軍。新黨剛剛揚起的士氣頓時被遏制下去。

沈傲見有幾十個太監搶功似的衝過來解圍，大鬆了一口氣，好不容易從人群中脫開身來，擦擦額頭上的冷汗，楊戩氣喘吁吁的過來接住他：

「沈大人，再這樣打下去也不是辦法，要出人命的！」

沈傲點了點頭，咬咬牙道：「懿命在這裏，誰敢放肆！」從腰間掏出太后賜的玉佩出來，高高揚起，抹了一把唇角被人扯破的血痕，朗聲大叫：「再有人動手動腳的，以謀反論處！楊公公，你盯著，到時候擬出單子來！」

那邊正打得筋疲力竭，沈傲這一聲大喊恰如晴天霹靂，聽到懿命兩個字，頓時都噤聲停滯了。

在朝廷裏混過的人都知道，懿旨往往比聖旨還要有用幾分，聖旨裁處人還要講個道理，可要是懿旨，太后讓你滾蛋，你就得滾，陛下將你留住，那就是不孝，哪個皇帝會爲了一個大臣背一個不孝的帽子?!所有人各種動作僵住，都紛紛道：「臣等接懿旨。」

沈傲心裏大罵了一句，冷酷的望著講武殿中的一片狼藉，總算鬆了口氣。

眼見沈傲並沒有拿出所謂的懿旨，許多大臣已是不滿了，餘怒未消，雖說此時已是冷靜下來，紛紛去撣著身上的灰塵，或是扶正自己的衣冠，也有人忍不住怒斥道：「沈大人，懿旨在哪裡？」

沈傲目光掃視他們一眼，此時新舊兩黨涇渭分明，一群人站在左側，一群人站在右側，至於楊戩和內侍，此刻也乖乖的站到了沈傲身後，事情鬧到這般啼笑皆非的地步，委實讓人想不到，等所有人定下心來，反而抱著破罐子破摔的想法，反正已經撕破了

臉，那也不必有什麼顧忌的了。

沈傲冷笑道：「懿旨在我的手上，這是神宗先帝的玉佩，後分別傳予先帝、太皇太后、太后，我要問問，這玉佩算不算懿旨？」

新黨黨人默然，目光紛紛落在蔡京身上。方才新舊兩黨廝打，蔡京一直坐在錦墩上旁觀，倒也沒人過去為難他，蔡京捋鬚頷首：「不錯，這確實是先帝的玉佩。」

眾人這才噤聲，楚文宣道：「是又如何？沈大人還是先將事情講清楚，肅王謀反，證據何在？」

沈傲眼中掠過一絲殺機，原本他還想息事寧人，將此事悄悄抹去，這雖然不符合他的風格，可是這裏好歹是講武殿，是整個王朝的中樞，鬧得太不像話也不好。只是事到如今，不處置一個人是不行的了。

他淡淡一笑：「楚大人當真要問？」

楚文宣也豁出去了：「不說清楚，我等決不甘休。」

沈傲笑了笑：「到底是我等還是我，你等又是哪些人？是誰要追究的，都站出來！」

講武殿中一陣沉默，人群中叫囂一下或是打群架都可以，可是叫他們做這個出頭鳥卻是不肯的，新黨面面相覷，最後目光都落在蔡京身上。

蔡京笑呵呵的道：「沈大人，此事就罷了不是。看看你們，真是成何體統，都散了，回家換換衣衫，官家這邊自有明斷。」

蔡京的態度曖昧之極，是不想糾結在這件事上，更是暗示楚文宣這些人，莫要強出頭。楚文宣眉頭微微蹙起，心裏想，我做了這出頭鳥，太師爲何說這般話？

至於其他新黨黨徒，這個時候也都沉默起來，也有人道：「是，是，散了吧，楚大人，此事到時候再說。」

沈傲冷冽一笑，淡淡道：「這就想走？我再問一遍，除了楚侍郎，還有誰要追究肅王反事的，站出來！」

「……」

沈傲撇撇嘴：「既然無人響應，那麼就是楚侍郎一人要追究了。」

蔡京從錦墩上站起來，道：「沈大人……」

沈傲打斷他：「怎麼？蔡太師也要追究？」

這句話咄咄逼人，蔡京頗有些惱羞成怒，張口道：「這是講武殿，有什麼事，先出宮再計較。」

沈傲哂然一笑：「出了宮，事情就不好說了，還是在這裏說清楚的好。今日大家罵也罵了，打也打了，索性痛痛快快的在這兒把事情說清楚，省得到時候出了宮，又不知

要傳出多少流言蜚語去。」

蔡京雙目一闔，目光中掠過一絲複雜，似是在權衡什麼，隨即淡淡的坐回錦墩，再不理會沈傲。

沈傲目光落在楚文宣身上：「楚侍郎要計較，那麼我也給你計較一下，來人！」

楊戩那邊朝內侍們使了個眼色，內侍們紛紛道：「沈大人有吩咐嗎？」

沈傲道：「官家口諭，群臣有提及肅王二字，有挑頭滋事的，勒令致仕。楚文宣一而再，再而三的提及肅王，本官一讓再讓，既如此，先把他拿下，請楚大人自行請辭。楚大人，這請辭的奏疏你若是寫不出，沈某人也可代勞。」

內侍們得令，二話不說，一窩蜂的衝過去，要去制服楚文宣。

楚文宣聽得渾身涼了個透，大叫道：「沈大人說是聖上口諭就是口諭？要治罪，也請官家下旨，不勞沈大人代勞。」

說罷要掙扎，內侍們一時制他不住，楚文宣身後的同黨此刻也故意去擠撞，殿中又亂開了，有人道：「楚侍郎是重臣，豈是沈大人一句話就能勒令致仕的，我們要見官家。」

沈傲二話不說，這個時候趁著所有人都被震懾住，雖有人不滿，卻無人敢輕易動手，走到楚文宣身前，扇了他一個耳光：「你是什麼東西，也當得了重臣兩個字，再不束手就縛，就以肅王同黨論處！」

這一巴掌打得很是響亮，楚文宣吃痛，瞬間被內侍們按住，沈傲左右看了一眼黑壓壓的大臣，厲聲道：「還有誰想和我說肅王的，還有哪個?站出來我看看！」

有了楚文宣的前車之鑒，大家倒是都不說話了，沈傲冷笑一聲，再不說話，回身對楊戩道：「楊公公，我們回去覆命。」

楊戩朝內侍們道：「還不先將楚大人押下去。」說罷和沈傲並肩出去，只留下一群目瞪口呆的大臣又是嗡嗡的議論。

到了這個時候反倒有人清醒了，這是講武殿，沈傲絕對不敢亂傳旨意，宮裏頭對肅王嫉恨到了這般地步，連群臣爲他爭辯都不肯聽，這就是擺明了要治肅王死罪，這後面會不會有隱情？

方才那一陣激動，教所有人都身心疲憊，再加上楚文宣的下場，又讓人不由得大是洩氣，那沈傲一走，不論是新黨舊黨也就各自散去，打算再等宮裏的消息，先看看風向再說。

沈傲和楊戩一齊到了景泰宮，宮外頭遠遠看到趙佶負手立著，皇子們哭告著請罪。沈傲不敢走得太近，只好在遠處等著，便聽到趙恆慟哭的聲音：

「父皇，五弟固然有錯，惹惱了父皇，可是他畢竟不經事，謀反大罪他如何擔當得起，請父皇收回成命，令宗令府審問就是了……」

其餘的皇子不管真心假意，都紛紛道：「請父皇收回成命！」

趙佶冷著臉諷刺的看了皇子們一眼，冰冷冷的道：「有人咎由自取，和你們有什麼干係？你們知道自己的兄弟，可知道朕這個父皇？你們要求情是不是？那就好好的在這裏跪著，看你們跪到什麼時候！」

皇子們又哭著道：「兒臣該死。」

趙佶的聲音更是嚴厲：「既是該死，平時更應該修身養性，多讀聖人的書，什麼該做，什麼是不該做的，這些道理若是不明白，你們的下場就和肅王一樣，朕也不會姑息！」

話音剛落，趙佶已甩袖進了景泰宮，留下一片哭告的皇子。沈傲和楊戩這才走過去，有皇子眼尖，看到了沈傲，大叫道：「是沈傲……」

趙恆幾個咬牙切齒的朝沈傲這邊看過來，沈傲旁若無人，只是過去和趙楷打了個招呼，又和幾個相熟的皇子點了個頭，便昂然入了景泰宮。

太皇太后、太后兩個正在詢問趙佶處置結果，見沈傲進來，趙佶問：「講武殿如何了？」

沈傲俱實將講武殿的情形說出來，最後道：「幸好臣機警，拿了太后的玉佩出來，否則當時的場面還真彈壓不住，後來將那楚侍郎處置了，這才讓他們不敢追問。陛下，這個楚文宣是不是當真勒令致仕？」

趙佶聽到楚文宣咄咄逼人的追問，已是大怒，肅王的事已成了他的一塊心病，誰提及不啻是去觸摸他的逆鱗，怒道：「一定要嚴懲，否則群臣還要鬧，今日就殺他這隻雞，讓人明白朕的心意。朕到時會下中旨，勒令他致仕，將他立即逐出京師。」

太皇太后道：「今日的事過去也就過去了，誰也不許再提，這一趟倒是勞煩了沈傲，若不是他鞍前馬後，只怕了結不易。」

太后頷首點頭道：「出了這樣的事，哀家也是責無旁貸，陛下……」

趙佶連忙道：「這一切還是兒臣教子無方，母后沒有過錯。」

沈傲趁著這個機會，將玉佩奉還，告辭出宮，打馬回到武備學堂，立即叫來看守肅王的校尉，問：「肅王情形如何？」

校尉道：「只是呆坐了一天，不吃不喝的。」

沈傲道：「去，送一條白綾進去，不必管他。」

校尉應命，沈傲也是倦了，回家歇息了一夜，臨睡前心裏想，這事在宮裏算是消停了，卻不知坊間會是什麼樣子，邃雅周刊裡還是要及時把謠言刊載出來，引導一下才

好。

清早起來，想著肅王的事，草草用過早飯，立即趕去武備學堂，向人問：「明武堂裏怎麼樣了？」

看守的校尉道：「大人，還在裏頭坐著，時而哭時而笑的，不知是不是瘋了，白綾倒是送進去了，卻不肯用。」

沈傲冷笑：「到了這個時候他還想活命嗎？叫兩個人去幫他一下吧，動作輕柔一些，好歹是皇子。」

那校尉怪異的道了一聲遵命，心裏想，哪有勒人還要輕柔的。

第二十章 如虎添翼

趙恆道：

「沈傲如今權勢滔天，若是再加一個駙馬都尉，和宮裏攀了親，那更是如虎添翼，不過，好事也未必不能是壞事，我已有了打算，帝姬下嫁之後，立即請人代為上疏，奪除沈傲職事，依太師看，以為如何？」

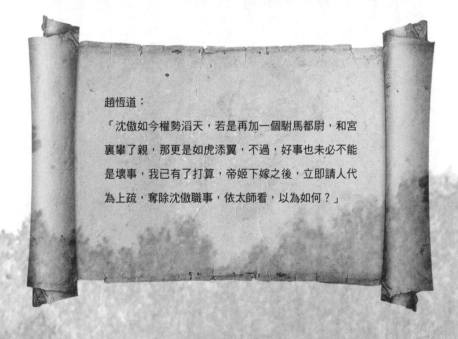

一連串的事，讓人始料不及，先是說沈傲當街毆打皇子，之後連兵部侍郎也打了，這種事，早已成了茶後的談資。在此之後，又說是馬軍司圍了太子府，以謀反的罪名捉拿了皇子，這些消息讓人聽得瞠目結舌，一時間，市井譁然，說什麼的都有。

再就是廷議的事，群臣相互毆打，兵部侍郎勒令致仕。

這些消息串連起來，就不禁有人生疑，那沈傲到底有什麼依仗，竟把手摸到了皇子的屁股上。

汴京的閒人多，閒來無事，到茶肆酒肆坐一下，打聽下汴京的時新趣聞，當然，那些狗屁倒灶的鄰里爭端，如何也比不過朝廷裏大老們的趣事更讓人感興趣，更何況事情涉及如此之廣，少不得要熱議一番。

因此各種的謠言也生出來了，說什麼的都有，更有幾個膽子大的，說肅王一定淫亂了後宮，否則一個皇子犯了天大的錯，宮裏又怎麼會這樣的忌諱？就算是謀反，也該是宗令府去拿辦才是，爲什麼偏偏去委託沈傲？

這樣的消息也只是私下流傳，可是信的人還不少，肅王之事從頭到尾都透著怪異，到底如何，尋常百姓永遠都找不到真相，當然也免不得浮想聯翩。

倒是這一期的邃雅周刊出來，爆了不少猛料，說是肅王和天一教有染，荒淫無道，連御數女，還四處採摘女童修煉云云。

周刊的消息未必是真的，可是人家敢登出來，便讓人開了眼界，漸漸地，周刊裏的理由倒是讓大多數人接受了。理由很簡單，猛料很有價值，很符合大家的口味，連御數女、採摘女童，還勾結天一教，這些八卦都是坊間喜聞樂見的談資，不管信不信，反正到處都在議論肅王的荒淫，也就再沒有人提及什麼後宮了。

誰也不曾想到，這件事竟是以這樣的方式收場，朝中大臣群毆，皇子謀反，這些重磅消息的吸引力竟是比不過連御數女和採摘女童，可見哪個世道都是淫民當道，仁義禮孝說到底只是官話罷了。

對沈傲來說，這一次抓住了肅王的機會，在朝中立下了威嚴，從前的沈傲在旁人眼裏或許只是個二楞子，可是現在，再沒有人這樣想了，從前沈傲只是個寵臣，可是現在足以與蔡京並列，甚至高居蔡京之上，成爲大宋一等一的權臣。

圍定王府，拿肅王，令兵部侍郎致仕，這般的權柄和威風，在大宋朝絕對尋不出第二個來。更何況宮中敕命沈傲督辦肅王謀反案，這就意味著，只要沈傲願意，勾勾手指頭，便可以拿捕肅王同黨的名義對任何大臣的府邸進行搜查，便是拿辦，也有理有據，無人敢說什麼。

等到有人醒悟過來，這才冷汗嗖嗖，當日在朝中，幸好沒有做那出頭鳥，依著沈傲的性子，出頭一個打一個，就算是蔡太師求情，只怕這仕途也盡毀了。

更有人膽戰心驚，想起了當年哲宗的先例，那個時候王安石去世，舊黨重新上臺，立即對新黨進行打擊，但凡是新黨，貶官的貶官，流放的流放，竟是無一人能夠倖免。此後蔡京爲首的新黨把持朝政，幾乎也是如此，如今時局大變，那沈楞子擺明了是個舊黨，這個時候若是排除異己，大肆打擊政敵，只怕朝中半數以上的清貴之人要去交州、嶺南追隨前輩們的足跡。

就這樣雞飛狗跳了幾天，京城裏頭看上去平靜，可是各府的主事、長隨，都在外頭打聽消息，每隔幾個時辰便回去稟告：

「老爺，沈大人今日沒去武備學堂當值，只在家裏頭。」

「老爺，沈大人今日在家會了兩撥客人，一撥是工部的幾個主事，還有一撥是契丹人。」

「今日沈大人去了武備學堂，這幾日學堂說是要招考，正在籌備。」

這一樁樁的消息，匯總到那些各部堂的大老面前，衆人看了，一時也摸不著頭腦了，見契丹人可以理解，見工部主事是什麼意思？

對於這些人精來說，沈大人一定有用意，而且用意不小，因此，那幾個工部主事的資歷單子就成了各方研究的對象，工部下設工部、屯田、虞部、水部四司，其中那個叫于成龍的工部郎中立時引起了大家的注意。

據說沈大人和此人商議了足足半個時辰，這半個時辰之內，誰也不知道他們說了什麼。偏偏這于成龍，竟也算是新黨的中堅，是王黼的門生，後來王黼倒臺，雖說在新黨中的地位大不如前，這幾年也算一帆風順，新黨裏的不少事，他參與的也不少。

這樣的人突然去見了沈大人，居然還密談了半個時辰，這背後有什麼文章，莫非是于成龍這混賬東西見風使舵，委身去投靠沈楞子了？

想到這個，許多人脊背吱吱的冒起涼氣，還有王法和天理嗎？沒有王黼，沒有大家夥兒，會有他于成龍的今天？他的恩師王黼被沈傲整得黯然收場，這傢伙居然認賊作父，真真無恥之尤。

到了這個地步，也容不得大家不猜忌，也有幾個平時和這于成龍關係不錯的，還想著于成龍能懸崖勒馬，要好好去勸說一下，另一方面，也能探點口風出來。

這一來二去，拜謁的任務就落在欽天監副監周如海身上，周如海也是王黼的門生，平時和于成龍走得近，關係也是極好的，一見到于成龍，也不說門外話，開門見山的問：「聽說老兄去見了沈傲，不知那沈傲和你說了什麼？」

那于成龍一頭霧水：「還能說什麼，水師那邊要造艦，工部司這邊代爲監管，沈大人叫我去，自然是說造艦的事。」

周如海就笑，笑得很有深意：「于兄，你我同出少宰門下，雖說少宰不在了，可是你我仍是相交莫逆，有什麼話還要瞞著我的？」

于成龍真摯地道：「哪裡敢隱瞞周兄，說的就只是造艦的事。」

周如海的臉上有點僵了，壓抑住火氣道：「只是爲了造艦，他要和你說半個時辰？」

于成龍頓時明白，原來是周如海疑心到自己頭上，略帶怒意道：

「難道還有假？那沈楞子說要建炮艦，還說是海上格鬥的那種，我覺得爲難，大宋的福船、火船都是一等一的，要建專門放置火炮的艦，只怕不容易，就把難處和他說了，這裏頭最難的就是火炮，我大宋雖有鐵炮，可是這鐵炮太過笨重，放在船上吃水又深，炸開來木船不一定能夠承受，除非採用上等的木料，再改進火炮的大小，還要縮減船上的載重，或許還可以試一下。」

于成龍頓了一下，又道：「於是沈大人便畫了一個圖紙來給我看，問我這樣設計如何，我當時看了，便說若是戰船製成這樣固然能夠更輕便靈活，可是糜費也是不小，木料要採用雲南運來的，還要風乾，製麻、黏船，這些都是要耗人力的，人力就是銀子，用的材料還都得用最上等的，一艘這樣的船，要放置十門鐵炮，耗費的銀錢比一艘福船還要多，實在不值當。」

于成龍說得累了，吐了口氣，繼續道：「沈大人不信，便說先試著造一艘看看，還關照說銀錢不是問題。我見他這樣說，也不敢得罪他，等從他的書房出來，才發現半個時辰過眼雲煙地過去了。」

周如海對工部的細務也不懂，卻總是不信于成龍的話，堂堂沈太傅，還和你一個郎中討論建什麼炮艦？這理由固然好，卻只能糊弄些不經事的市井小人。哈哈一笑道：「既是如此，于兄早點說嘛，說清楚了，大家才放心不是。」

于成龍以爲周如海釋然了，苦笑道：「這有什麼要說清的？下官去見上官總不能不見，沈大人可是欽命督辦造艦的，還能不予理會不成？再者說，從他那裏回來，我急著去看他畫的草圖，看看能否儘量試製，這兩日都是熬到半夜才睡，也想不到這個。」

周如海也不再說什麼，起身告辭，對于成龍的態度立刻也冰冷了。

從于成龍的家裏出去，他立即去了蔡府，蔡京這幾日身體有恙，接待的事都由蔡絛操辦，見了蔡絛，周如海朝蔡絛搖頭道：「蔡大人，于成龍……我是見了，只是……」周如海又是搖搖頭道：「此人見風使舵，真是教人始料不及。」

蔡絛愕然：「這是怎麼說？」

周如海道：「無話可說，原本我還看在同門之情想勸說幾句，可是他話中全是欺瞞之詞，見了沈傲也就是了，卻說沈傲和他商討製造戰船，這般抵賴，可見于郎中是鐵了心要和咱們分道揚鑣了。」

蔡絛冷笑一聲道：「世上總有這樣的人，他趨炎附勢也由著他，不要理會，往後叫大家和他也儘量疏遠一些，在他面前說了什麼不該說的話，說不準馬上就傳到沈傲的耳中了，咱們不缺一個工部郎中。」

周如海頷首點頭：「慚愧，慚愧，虧得我還和他論交了這麼久，這人心還真是讓人摸不透，前幾日還和你在一條船上，今日就是物是人非了。」

唏噓一陣，想去見下蔡京，蔡絛擺擺手道：「家父這幾日心絞痛，還是讓他靜養著吧。」

周如海點了個頭，只好告辭離開。

于成龍覺得這幾日的氣氛有些不同，平時要好的同僚一下子斷絕了來往，便是那摯友周如海，也再不肯來他這裏談天了，他隱隱覺得這事或許和沈傲有關，可是不管怎麼說，這事也沒法去解釋，心裏鬱鬱不平，白日仍舊去工部當值，到了夜裏也不出去會客，閉在書房裏參詳炮艦圖紙。

這圖紙他給不少工匠看過，工匠們做了個小模型來，發現圖紙裏許多東西難以實現，比如將火炮擱在艙中，只留炮口在船身上，不說別的，大宋的鐵炮就算再如何改進，其體積也絕對不小，鐵炮一開，艙裏的結構能否承受得了還是未知數。

最讓于成龍感興趣的是這船的風帆，七八個風帆用起來，船體又是狹長，船速想必比笨重的福船要快得多。

他大致研究了一些細節，差不多敲定了修改之處，這才想起自己已是幾日閉門不出，便伸了個懶腰，叫人備了轎子要去拜謁周如海，好歹也是十幾年的交情，總要去見一見才好。

到了周府，叫人進去通報，門房笑呵呵地過來道：「大人，真是不巧，我家老爺赴宴去了。」

「赴宴?赴什麼宴?」

「小人也不知道，只是說蔡府那邊下的帖子。」

于成龍愣了一下，坐在轎子裏不動了，冷聲道：「打道回府。」

這一路上，于成龍的臉色都不好看，在以往，若是蔡府下帖子，周如海有沒有份說不上，可是他于成龍是保準有的，他好歹是工部郎中，比周如海那欽天監裏職事更響亮一些，眼下蔡府請人赴宴，自己竟是蒙在鼓裏，這不是要故意疏遠自己嗎?

回到府裏，轎夫請他下轎，他咬了咬牙，道：「起轎，去沈傲沈大人的府上。對了，順道去我的書房把桌上的圖紙拿來。」

轎夫去府裏取了東西，立即啓程，于成龍坐在轎子裏搖搖晃晃，心裏卻是翻江倒

海，事情到了這個地步，也沒什麼好忌諱的了，他自認沒有對不起蔡家和周如海的地方，如今刻意疏遠，他也無話可說，既然如此，倒不如心甘情願去給沈傲辦好職事的好。

沈傲剛從武備學堂回來，這幾日學堂招考，實在累得忙不過身，雖說招考的事有下頭的人去辦，可是身爲司業，許多事還是得要他來敲定，再者，如此大規模的考試，武備學堂也籌辦不起來，還得和國子監商議，借個場地來用用；國子監那邊當然好說話，老丈人二話不說，便點了頭。

除此之外，水師教頭的身分也順道敲定了，從朝中回去，沈傲又下了個條子送到兵部，他也考慮清楚了，這一次兵部要是再敢拒絕，就直接以肅王同黨的身分把兵部來個一網打盡，反正他不在乎被人多叫一聲楞子。

好在這一次兵部學乖了，拿了沈傲的條子立即到蔡絛那裏去請示，蔡絛原想置之不理，卻被兵部的主事們哀告乞求，說是沈大人既然下了條子，咱們就順著他去辦，再和他對著幹，天知道又會捅出什麼事來。

這些人心裏一個個的想法都很簡單，蔡絛有個好老子，可是他們沒有，沈傲看在蔡太師的面上不能拿蔡絛如何，可自己這些人還不好收拾？侍郎大人都黯然致仕了，他們還不是隨那姓沈的揉捏？

蔡條咬咬牙，只好道：「按著條子裏的話去辦吧。」據說從兵部回去，蔡條足足摔碎了兩個青花瓷瓶。

萬事俱備，只欠東風，如今招考的事算是了結，現在就等成績出來。沈傲疲倦地回到家，已經做好了打算，趁這個空檔歇息幾天，其他的就是天大的事，他也不管了。

剛剛在廳中歇下，就有門房來報，說是工部郎中于成龍求見。沈傲只好打起精神待客，請人叫于成龍進來。

于成龍見了沈傲立即恭謹行禮，然後將自己修改了無數遍的圖紙拿出來，交給沈傲道：「沈大人，下官回部堂裏和幾個督造商量了一下，又請了一些匠人琢磨了不少功夫，這是炮艦的修改圖，請沈大人看看。」

其實沈傲對所謂的炮艦只停留在後世的影視作品中，拿了圖紙看了下，發現和自己之前所希望的相去甚遠；笑了笑道：「對這個我也不懂，不過看你這圖紙，倒像是費了不少功夫似的。先試製一下，成與不成，都記你的功勞。」

于成龍受寵若驚地道：「下官哪裡敢邀功。」

沈傲和于成龍商量了一下造艦的事，問他船坊設在哪裡方便，于成龍沉吟道：「海船與尋常的船隻不同，船坊靠近良港會更便利一些，再者將來水師操練，也需尋覓一處

港口，何不如現在先未雨綢繆。」

沈傲頷首點頭，想不到這工部郎中有這見識，便笑吟吟地問：「那你說說看，哪處港口最好。」

于成龍道：「本來呢，泉州、蘇杭都不錯，我大宋但凡建了市舶司的地方，大多都不成問題，水深也足夠，造艦也方便一些。只是……」

沈傲端起茶吹著茶沫，見于成龍突然不說話，抬眸道：「都說了但說無妨，不必有什麼顧忌。」

于成龍道：「那下官先說泉州。泉州距離北地太遠，而我大宋新建的水師主要的敵人是契丹、金人，這一來一返，既延誤戰機，又糜費甚大。至於蘇杭，倒是不至離得太遠，可是下官斗膽要說，蘇杭的商船往來甚多，若是將水師設在那裏，擾民不說，水師通行也難免會有阻礙。」

沈傲點頭：「這倒是沒錯，難得你能想得如此周到，只是這麼說來，哪裡最是合適？」

于成龍想了想道：「登州蓬萊縣可以。那裏距離燕雲十六州，若是從海路走，也不過一日往返，可要是走陸路，卻是漫長無期，沒有一個月功夫也不能抵達，這即是說，就算有朝一日契丹、金人從陸路南下，蓬萊也絕對安全。況且，蓬萊一面臨海，西有蹲狗山，南有萊山、岠嵎山，東有之罘山，一面環海，三面環山，是絕好的屏障，只要調一隊軍馬駐紮在隘口，便是賊軍取了登州，水師也可安全無虞。」

「蓬萊……」沈傲嘴角微微一笑，這個縣大致處在威海衛附近，與後世北洋水師的海港倒是不遠。距離汴京若是快馬加鞭也不過三五天時間就可到達，在那裏設港口倒是不錯。

他沉思了一下，才道：「在那裏設立水師指揮衙門也不錯，不過泉州、蘇杭那邊也要有水師駐紮，你是工部郎中，怎麼知道這麼多事的？」

于成龍訕訕道：「下官就是蓬萊人。」又忍不住問：「沈大人，水師還要駐紮泉州、蘇杭？」

沈傲喝了口茶，發現茶已經涼了，入口有點不爽，將茶盞放下，笑呵呵地道：「這是肯定的，這麼大的水師，單靠陛下從內庫裏的撥錢，這還不夠，得另開財源才行，蘇杭和泉州才是生錢的地方。」

沈傲也不好和他透露太多，欣賞地看了他一眼，轉而道：「你倒是個很幹練的人，一個工部郎中有些委屈了你。」

于成龍謙虛地道：「沈大人客氣。」

只是談了一些公務，于成龍便告辭了，回去的路上，他卻想起自己方才說了太多的話，不知沈大人聽了這些話，是真的留了心還是只是虛假的客套，搖搖頭，忍不住想，都說他是沈楞子，可是今日和他一番話，倒不像是個莽撞之人。

秋去冬來，武備學堂三千個二期校尉正式入學，和去年的校尉不一樣，今年的校尉踏入這學堂，多少帶著幾分喜悅，能從這麼多人裏脫穎而出，確實很有成就感，雖然及不上科舉，卻也有幾分躊躇滿志了。

老校尉們看到這些興高采烈的新校尉，卻一個個同情地看著他們，他們已習慣了這種生活，可是入學時的那種煎熬卻是歷歷在目，見了他們，少不得想到一年前的自己。

各科的教官、教頭也都做好了準備，步軍科這邊新增了四十多名教頭，也都是精挑細選來的。水師教頭如今已多了一重官身，再加上這一個月的打熬操練，總算也有了幾分樣子，惡習改沒改掉不知道，反正他們也沒有機會再去觸犯。

至於隊列之類的基本學科，他們也漸漸地適應，這個時候倒是念起沈傲的好來，他們這些刀口舔血的人，表面上自由瀟灑，其實是有苦自知，常年漂泊海上，有親眷也難得見幾趟，旁人又看不起，雖然攢了許多財富，散得也快，如今成了教官、教頭，這身分上就有了差別，雖說告別了從前，也不失是一件喜事。

馬軍科的校尉漢番都有，也是刻意精挑細選的，這些人大多是從邊鎮調撥過來，也都看好這裏的前途，摩拳擦掌。

操練仍是按部就班，沈傲有空閒時會去那兒走一遭，只是隨意看看，督促慰勉一下，少不得要去武備學堂一處角落，這裏用高高的圍牆圍起，門口還有禁軍看守，步入其中，四周便洋溢著藥香，原來是專門設置的護理科，裏頭只有二十多個護理校尉，倒是教頭不少，大多都是老軍醫之流，上午仍舊要她們隊列操練，只是其他校尉頭頂著烈日，承受著雨淋，她們的待遇會好一些，一般都在屋簷下操練。到了下午，就是教她們辨別藥草、處置傷口了。

沈傲走進去時，都是昂頭擴胸，負著手，一副正經八百的樣子，等進去了，便少不得用眼睛去瞄一瞄，看看顰兒是不是曬黑了。其實曬黑不曬黑無所謂，只是漸漸成了一種習慣，改不了。

有時韓世忠也會悄悄地來，他不敢昂首負手，卻也是一副署理公務的正經模樣，撞到了沈傲，立即覺得很尷尬，過來打一聲招呼：「沈大人也在啊。」

「啊……是啊……四處轉轉。」沈傲臉皮厚，架子拿得更大。

韓世忠搓著手，在別的地方見了面，那是一點也不生疏的，唯獨到了這裏，就彷彿被人窺視的小白鼠，很是不安。

這一來二去，兩個人的默契也就來了，臉皮就是這樣練出來的，韓世忠又如何，有

個忠字不代表忠厚，就算從前忠厚不代表現在忠厚，反正後來見了沈傲，只是會心一笑，意思是你懂得，我和大人各有所好。

韞兒和梁紅玉學得最認真，操練時她們也堅持得住，都是習武出身，這點苦也吃得。倒是其他的護理校尉雖然用功，卻及不上她們，沈傲也不苛求什麼，來一趟也只是看看就走。

這邊清閒下來，那安寧下嫁之期也越來越近，沈傲被召入宮的次數也越加頻繁，有時候竟到了一天三次的地步，太后又有了什麼想法，官家那邊有什麼吩咐，還有安寧母妃那邊也要走動，沈傲當作是入宮去散心，權當忙裏偷閒，一點都不覺得煩悶。

宣和七年的年末，天空紛揚著鵝毛大雪，整個汴京銀裝素裹，突然之間，整個汴京輿論大變，焦點一下落在帝姬下嫁上。

宮裏下嫁帝姬，也並不稀奇，宮中帝姬不少，幾乎每隔幾年都有個帝姬下嫁出去。這一次之所以如此熱鬧，還是因爲這一次的新駙馬與眾不同，讓人覺得怪異非常。

徽宗即位，朝中不合規矩的事太多，這一次沈傲娶帝姬，更是規矩大變，不說沈傲已有妻室，還有一件事，也成了議論紛紛的焦點。

大宋的駙馬並不好做，除了有個駙馬都尉的虛銜，是不能參與政務的，娶了帝姬，就成了外戚，爲免外戚當權，不管從前是否有功名，大多都要剝奪。沈楞子如今是毅國公，加太傅，還兼著鴻臚寺寺卿、武備學堂司業、督造大使三重職事，這些職事是不是要削奪，也是一件麻煩之事。

奪除掉倒也罷了，偏偏這幾個差事都是沈傲一手抓著的，不管是鴻臚寺與契丹、金人打交道，還是武備學堂練兵，都是沈傲最在行的事，就算奪除了，交由誰去處置也是個未知數。這時候許多人才發現，有些事沒有沈楞子還真是不行。

就說鴻臚寺，從前沈傲不在的時候，各國的使節在汴京真真是教人頭痛，打架毆鬥的不在少數，殺人放火也不是沒有，可是沈傲做了這寺卿，三兩下功夫，就把那些使節收拾得服服貼貼，一下子在汴京城個個成了縮頭烏龜，哪裡還敢去滋事？

契丹人從前氣焰那麼囂張，還不是沈傲拍著桌子跟訓孫子一樣的說罵就罵；西夏人想滋事，鴻臚寺那邊就敢派差役拿人，換作是從前，多半是要息事寧人的。一旦沈傲辭了這個差事，天知道以後會是什麼樣子。

武備校尉就更不必說了，這是沈傲一手開創的，現在眼看大宋的武備有了起色，這個時候甩手不管，還不知道會出什麼岔子。

對這沈楞子，罵的人還真不少，可是在這一件事上，立場竟是出奇的一致，連士林那些平時一些反沈傲的，天天以作詩作詞來暗暗詆毀沈傲的士子們，突然間也是一口咬

定了沈傲不會放手，不管怎麼說，大多數人還是清醒得很，大宋缺不了沈傲，就像陛下缺不得蔡京一樣。

帝姬下嫁，興奮的不止坊間，連宗室也是騷動不安，肅王的事無疾而終，一些對沈傲不滿的宗室發不了力，這個時候突然發現，一個大好的機會就在眼前，據說不少皇子偷偷去見了太子，太子那兒雖然沒有傳出什麼消息，可是在十一月初七的這一天，特意去了蔡府探病。

蔡太師染病也不是一朝一夕的事，到了這個年紀，每隔些日子都會有些不爽利的地方，朝廷也知道，因此蔡京有恙，也不覺得奇怪，只是將一些重要的奏疏遞到蔡府去，請他拿個主意。

原本，趙恆是打算悄悄去探病的，免得讓人議論，於是先讓人下了名刺，蔡府那邊卻是特意派個主事過來，請太子大張旗鼓地過去。

趙恆沉吟了一下，也就不再堅持，正午用過了飯，也不掩人耳目，直接將自己的車駕停在蔡府門口，蔡府立即開了中門，早有門房過來伺候。

其實趙恆是第一次來蔡府，平時雖然和蔡京照過面，大多是相遇的時候點個頭，今日見了蔡府的氣派，心裏頗有些悵然，想到自個兒的定王府比這裏的規格小得多，更覺得有些如鯁在喉。

只是這宅子的一側，卻是起了一座高樓，高樓簇新，富麗堂皇，遠遠傳出歡笑，他不由愣了一下：「那也是蔡家的宅子？」

門房愣了一下，不平地道：「回殿下的話，那是沈大人的酒肆。」

趙恆心裏突然生出幾許痛快，難怪最近蔡京對他熱絡起來，這沈傲也太大膽了，在旁邊建了這個酒肆，攪得整個蔡府都不安寧。也虧得蔡京不計較，換作是自己，早就帶人將那酒肆拆了。

由人領著穿過數重儀門，終於到了正堂，蔡京已在門口等候多時，顫顫巍巍地向趙恆行了個禮：「老夫身體不便，未能遠迎，請殿下恕罪。」

趙恆連忙扶住他：「太師這是什麼話，說到底，太師還是我的長輩，豈能讓太師降階相迎，慚愧，慚愧。」

寒暄了一番，各自到廳中落座。趙恆先問了病，蔡京呵呵笑道：「不妨事的，老夫年歲大，病痛難免，將養幾日也就好了。」

趙恆頷首點頭，笑呵呵地道：「那沈傲就要做駙馬都尉了，這事兒您應當聽說過吧？」

蔡京若有所思地道：「三書六禮都辦了，老夫豈能不知？怎麼，太子就是爲了這個事而來？」

趙恆道：「沈傲如今權勢滔天，若是再加一個駙馬都尉，和宮裏攀了親，那更是如虎添翼，不過，好事也未必不能是壞事，我已有了打算，帝姬下嫁之後，立即請人代爲上疏，奪除沈傲職事，依太師看，以爲如何？」

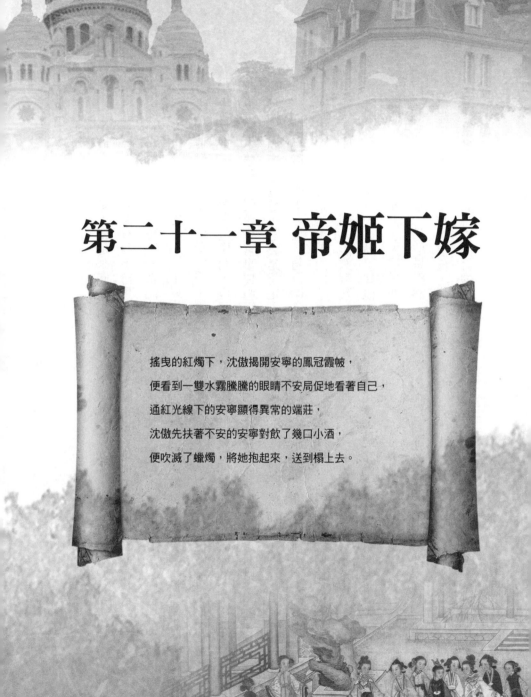

第二十一章 帝姬下嫁

搖曳的紅燭下，沈傲揭開安寧的鳳冠霞帔，

便看到一雙水霧騰騰的眼睛不安局促地看著自己，

通紅光線下的安寧顯得異常的端莊，

沈傲先扶著不安的安寧對飲了幾口小酒，

便吹滅了蠟燭，將她抱起來，送到榻上去。

趙恆之所以來，就是來向蔡京借勢的，他堂堂一個太子，固然也有心腹，可是憑著這點人要造勢，未免有些不自量力，蔡京就不同了，若是他願發力，整個汴京半數的大臣一封封奏疏上去，聲勢一造出來，宮裏能不能保還是兩說。

蔡京淡淡一笑道：「殿下以爲，除了沈傲，鴻臚寺和武備學堂將來誰可擔當？」

趙恆愣了一下，深深地看了蔡京一眼，慢悠悠地道：「太師爲何問起這個？」

蔡京道：「老夫這樣問，也正是宮裏的想法。沈傲這個駙馬都尉到底剝奪不剝奪職事，都不要緊，問題是宮裏要整軍備，不願去觸碰外事，而沈傲恰好得心應手，若是沒有合適的人選接替，宮裏是肯定不會剝奪沈傲職事的。」

經過肅王的事之後，趙恆比之從前更加謹慎，轉念之間，立即明白了蔡京的意思，鴻臚寺在別人看來是燙手的山芋，連自己父皇一聽到外事就大感頭痛，偏偏姓沈的如魚得水，除非尋到一個人能夠替代，否則鴻臚寺那邊，沈傲只能是不二選擇。再者，那些國使也只怕沈傲一人，換了其他人上去，到時候還不是沈傲說了算？表面上看，好像沈傲撤了職，背後操縱之人還是沈傲。

至於武備學堂，趙佶是祭酒，這個司業也不是誰都能接替的，因爲涉及到了兵事，首先，這人要很受趙佶信任，能得父皇信賴的，天下也只有蔡京和沈傲二人而已。蔡京攬著三省，不可能再給他兵權，剩下的也只沈傲一人可以選擇。再者，武備學堂的規矩都是沈傲定下來的，教官、教頭也都是他一手提拔出來，沒有沈傲，就沒有他們今日的成就，一旦換人，難保這些人不會聯合起來滋事。

趙恆嘆了口氣，道：「這麼說，沈傲就算是做了駙馬都尉，也無人能撼動了，太師能不能在外戚干政上頭做點文章？」

蔡京緩緩搖頭，一字一句道：「干政這兩個字一切都在陛下轉念之間，他若說你干政，你便是手無尺寸權責，你也是干政；他若不說你干政，便是政出一人，那也是竭力爲國。太子殿下，老臣有一句話要奉送，沈傲的癥結不在他的權柄，重要的還是陛下如何想，只要他的寵幸還在，固然剝奪了他的職事，又能如何？」

趙恆臉色僵住了一下，沉吟道：「那太師的意思是，就這樣眼睜睜看著他……」

蔡京搖頭打斷他：「眼睜睜不必，事還是要做的，先打發幾個人以外戚干政的名義去彈劾一下，不過，這種彈劾只是例行公事，言辭不要太過分，老夫呢，冷眼旁觀就是了。至於殿下，若是陛下那邊要召問，你就說武備學堂、鴻臚寺離不開沈傲，爲沈傲說幾句好話吧。這也是爲了殿下好，上一次沈傲圍了定王府，天下人都知道沈傲與殿下勢同水火，陛下會不知道？可是這個時候，反正沈傲的地位已不可撼動，殿下若是能在陛下面前說出這番話，陛下會怎麼想？」

趙恆臉色有點蒼白，卻還是忍不住頷首點頭，若是這樣說，父皇肯定認爲自己心胸寬闊有容人之量，既然反對無益，乾脆送個人情反倒能落點好處，至少自己在父皇的印象中能增色不少。只是要爲沈傲說好話，實在讓趙恆有些不甘心。

蔡京笑呵呵的道：「來日方長嘛，日子還長著呢，太子操之太急，非但於事無補，還可能誤了自己。」

趙恆咬牙點了個頭：「太師教誨，趙恆不敢忘，我知道該怎麼做了。」

蔡京慢吞吞的道：「還有一件事，就是沈傲上了一道奏疏要建水師，說是要用泉州、蘇杭、蓬萊做港口，這裏頭的糜費可就大得去了，宮裏頭也在爲難，不願意掏出這麼多錢來，太子殿下怎麼看？」

趙恆沉吟了一下，看向蔡京，道：「宮裏不是說了拿出一億貫來嗎？怎麼？父皇反悔了？」

蔡京笑呵呵地搖頭道：「那沈傲好高騖遠，本來呢，水師就在各港停泊的，可是他卻說要建一座新港，還要設水師指揮衙門，地點在蓬萊。內庫兼顧著操練和造船就已是焦頭爛額，還要建港，這銀錢就更不夠了。」

趙恆道：「太師的意思是在銀錢方面做文章？父皇雖說寵幸沈傲，卻未必捨得再從內庫撥錢，如此一來……」

蔡京又是搖搖頭道：「老夫不是這個意思，以沈傲的爲人，也不會再向宮裏伸手了。」他從袖口裏抽出一份奏疏，遞給趙恆：「你自己看。」

趙恆接過奏疏，奏疏的末尾署的是沈傲的名字，裏頭大意是水師編制的一些事務，主要說的是蓬萊新港停泊水師主力。其餘又提及在蘇杭、泉州分別駐紮一支水師，平時拱衛海疆，消滅海盜，戰時立即北上云云。

趙恆一頭霧水：「蔡大人，這奏疏有什麼玄機嗎？」

蔡京捋鬚呵呵笑道：「既然建了新港，又何必還要派水師駐紮泉州、蘇杭？依老夫看，這沈傲八成是想從蘇杭、泉州市舶司那邊伸手，要從那裏頭撈銀子。」

趙恆想了想道：「太師的意思是，以保護海疆的名義向商船徵稅。這是市舶司的事，和沈傲有什麼關係？」

蔡京搖頭道：「我大宋的海貿可是一本萬利的生意，殿下是不知道，若是從泉州出發，運一船絲綢到大食去，回程就可搬一座金山回來，這裏頭有多大的利潤？」

趙恆悚然道：「這麼多？」

蔡京點頭：「當年老夫在杭州做縣尉，海商的獲利大致都是如此，出一趟海只要中途不出差錯，就是暴利。市舶司那兒當然要抽成，只要船靠了岸，便可徵稅。只是殿下可知道，有些稅是徵不上來的？」

趙恆道：「這後頭又有什麼典故不成？」

蔡京慢吞吞地喝了口茶道：

「一本萬利的生意誰不想做？不說別的，這汴京城裏的官員，十個就有七八個人讓自己的親眷在泉州、蘇杭那邊組織人跑船，表面上那些人是商人，其實哪個人後頭沒有一個官員兜著？問題的癥結就在這裏，市舶司雖是宮裏的人掌著的，卻也知道規矩，因此對這些船，大多都是睜一隻眼閉一隻眼，一支數艘福船的船隊，明明要繳數千貫的稅，可是大多能抽個十貫百貫就已經不錯了。殿下想想看，尋常的商賈出海，都是本分的上稅，可是有的人出海卻幾乎是分文不取，十年二十年之後，這些人銀錢更加雄厚，船隊的規模也就越來越大了。眼下不管是蘇杭還是泉州，真正的大生意都是這些官商在做，因此別看這些年海貿越來越繁茂，可是朝廷每年徵收的稅卻是越來越少。」

趙恆驚訝地道：「這麼說，沈傲就是想從這裏頭拿錢？」

蔡京頷首點頭：「他把水師建在那裏，估摸著就是這個意思，一旦他的手伸進去，每年我大宋的國庫至少可以添加億貫以上的稅收，只是那些官商們就要慘了，他們大多都是組織船隊出海，若是真按貨值來繳稅，等於是剜他們的心頭肉，這麼說，殿下該明白了吧。」

趙恆驚喜道：「明白了，沈傲敢伸這個手，牽涉到的可不是一兩個人，到時候他就成眾矢之的了。」

蔡京打起精神，眼眸閃出一絲精厲光澤：「不錯，當年荊國公變法，也不敢在海貿上伸手，就是怕眾怒難犯，如今沈傲敢伸手到海貿上去，天下必然群情洶湧，到時殿下再站出來，爲大家說句公道話，就揀朝廷不能與民爭利這個理由來製造輿論。殿下想想看，到時候他沈傲便是亂臣賊子，而殿下的賢明必然傳播宇內。」

趙恆攥著手，大爲興奮地道：「不與民爭利……這藉口好。太師一席話，真真是讓人豁然開朗，這幾日我輾轉難眠，便是覺得以這無權無勢的虛名太子，不知拿什麼去和那沈傲周旋，今日總算有了頭緒。」

蔡京搖手道：「殿下謬讚，老夫不過是借花獻佛而已，沈傲要涉足海貿，那是他自尋死路。至於殿下，其實什麼都不必做，只要在恰當的時機站出來直言諫上，不管宮中是否納諫，殿下也是穩賺不賠，比這出海做生意還要值當。」

趙恆哈哈一笑，當然明白這裏頭的好處，正如蔡京所說，不管宮中是否納諫，他都是最大的受益人，官員們要吃飯，要發財，本來好好的，沈傲卻跳出來，把人家熬好的雞湯踢翻了，那些涉及到這裏頭的官員難道會坐視？到時候只要自己站出來，這些人立即會成爲太子黨，宮裏頭若是見群情洶湧，召回沈傲，那麼明面上，他這個太子也是勝利者，而沈傲也會受到挫折。可就算沈傲贏了，整頓了海貿，那些吃了虧的官員更會對自己死心塌地，寄望於等自己即位之後對沈傲進行清算。

趙恆站起來，深深向蔡京行了個禮道：「謝太師提點。」

蔡京顫顫巍巍地站起來扶住他：「殿下這是做什麼?老夫何德何能，哪裡承受得起這般的大禮。殿下是儲君，是未來大宋的天子，老夫竭力報效都來不及，哪裡敢受殿下的大禮?」

二人寒暄了一番，恰好蔡絛那邊從部堂裏回來，見過了太子，趙恆對蔡絛更加熱絡了幾分，與他就差稱兄道弟起來，當夜留在蔡府用罷了晚飯，才告辭而去。

蔡絛將太子送走，回到廳裏，對蔡京道：「今日太子是怎麼了?怎得喜氣洋洋的?」

蔡京捋鬚呵呵笑道：「他這是劉琦上屋抽梯，問策自保來的。」

所謂上屋抽梯，是說三國時劉表偏愛少子劉琮，不喜歡長子劉琦。劉琮的母親害怕劉琦得勢，影響到兒子劉琮的地位，非常嫉恨他。劉琦感到自己處在十分危險的環境中，多次請教諸葛亮，但諸葛亮一直不肯爲他出主意。有一天，劉琦約諸葛亮到一座高樓上飲酒，等二人正坐下飲酒之時，劉琦暗中派人拆走了樓梯。諸葛亮無奈，只好出策讓劉琦避禍江夏。

蔡京這般說，倒也貼切，眼下的劉表便是趙佶，趙恆和劉琮一樣，都是長子，卻偏偏不受寵愛，這個儲君風雨飄搖，若是任由沈傲坐大，將來不說繼承大統，就是能夠苟全性命都是未知數；不過蔡京言辭之中，不免將自己比作了孔明罷了。

蔡絛皺了皺眉道：「父親莫非想到了治那沈傲的良策？」

蔡京淡淡一笑，叫人盛了碗參湯來，慢吞吞地舀了一口喝，才恢復了一些精神，道：「太子的事你不要過問，朝廷裏的事，你也少過問，安心做你的兵部尚書，把部堂裏的事署理清楚，其他的事不必去管，也不要去問。」

見蔡絛臉色有點難看，蔡京嘆了口氣，語氣緩和地道：

「絛兒，我們蔡家樹大招風，做什麼事都要小心翼翼，你是我的兒子，多少人就等著你露出破綻，讓人好藉此拿來整倒蔡家，這個時候，你更該謹慎從事。至於太子那兒，爲父自有打算，眼下我也活夠了，也到了一人之下萬人之上的地步，不求別的，只求在我死之後，蔡家還能在汴京立住腳。」

蔡絛心裏略有不服，心中想，蔡家要立足，難道就不能靠我？口裏卻不敢忤逆，乖乖地道：「兒子明白，往後定會更檢點一些。」

蔡京頷首點頭：「這就好，到了爲父這個位置，莫看是四處風光得意，其實也是舉步維艱，如今又多了個沈傲，一個疏忽就是大禍臨頭，咱們蔡家難啊，看到隔壁的那間酒肆沒有，就因爲那個，害得蔡家的女眷連門房都不敢出，一個個躲在屋子裏見不得日

頭。可這又能如何？你還能找上門去？」

蔡絛咬牙切齒地道：「又有什麼不敢？兒子真想帶人把那兒拆了，再放一把火，把那酒肆燒了。」

蔡京笑著搖頭：「所以說你比不過沈傲，沈傲就盼著你去燒他的酒肆，就等我們蔡家什麼時候忍不住露出破綻。老夫做了這麼多年的官，從一個小小的縣尉走到如今，靠的不是運氣，也不是如何意氣風發，靠的還是隱忍，舊黨當權的時候，老夫從前的那些同僚流配的流配，貶官的貶官，單爲父依然還在汴京，依然還在和舊黨打交道，有些時候，退一步才能向前看，一味的意氣用事有個什麼用？」

說了一大番道理，也不知蔡絛聽進了幾成，蔡京嘆了口氣，疲倦地道：「你且先去歇了吧，聽我的話，做自己該做的事。」

蔡絛點點頭：「父親，兒子走了。」

一大清早，宮裏和禮部便帶著人到了沈府，十一月二十七，難得的良辰吉日，是欽天監和禮部足足用了幾天時間選定出來的，爲了這個，禮部和欽天監不知耗費了多少口水，不管怎麼說，這日子總算定下來了。

天家的規矩多，嫁女也是如此，好在禮部和宮裏都有人佈置，倒不勞沈傲操心，此刻的沈傲穿著吉服，在屋子裏任由夫人們擺佈，這個給他正冠，那個在幫他繫著玉帶，蓁蓁不知從哪裡尋了胭脂來，說是敷在眉心上討個彩頭。沈傲看著鏡中的自己，竟也差點認不出自己來了。

幸好這一次是天家嫁女，旨意已經下了，夫人們也沒有反對的必要，沈傲則是作出一副君要臣死，臣不得不死的樣子，這個時候一定要表明態度，宣誓自己被迫做這駙馬都尉也是大受委屈的，在本心上，四位夫人更爲重要。

禮部和宮裏的人連續催促了幾次，說是吉時就要到了，讓沈傲不要耽誤，沈傲敷衍了幾下，先帶著夫人們去祭告了祖先。

沈傲在這個世上，真不知道自己的祖先在哪裡，乾脆直接拿了塊牌子，寫著「沈傲先祖靈位」幾個字就算敷衍過去。心裏腹誹了一陣，再一臉虔誠地在眾目睽睽之下從家祠裏出來，和四位夫人道別。

看得出來，蓁蓁幾個人都是強顏歡笑，不忍掃了沈傲的興致，但也實在高興不起來，女人若沒有私心，任自己的丈夫屁顛顛地跑去接一個新娘子回來還能興高采烈的話，那才是見了鬼。

沈傲叉著手道：「你們別擔心，帝姬又如何？到了咱們沈家，也就是多個女人，她欺負不了你們，她要是敢，我沈家的家法跟前人人平等。」

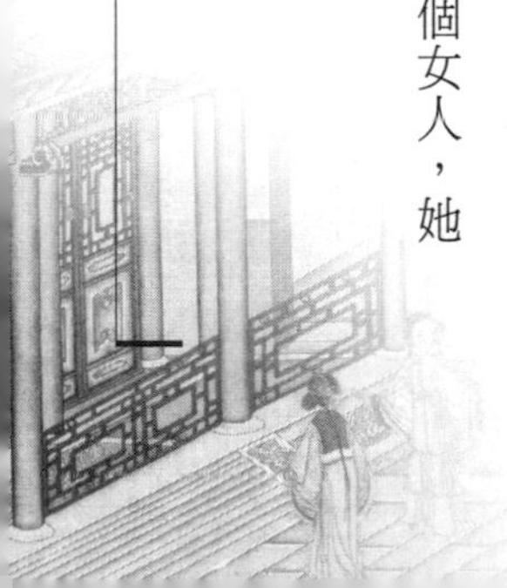

這句話聽得一旁上來催問的太監目瞪口呆，拼命咳嗽，道：「沈大人，時候到了。」

「噢，知道了。」總算見夫人們露出了點笑容，沈傲應了那太監，隨著他落荒而逃。

到了門房處，看夫人們躲在門後的屋簷下遠眺著自己的背影，賊兮兮地對那太監道：「哈哈，王公公是吧，方才我的話，你不要記在心上，這叫善意的謊言，懂不懂？」

王公公連忙道：「是，是，咱家明白，什麼話不該說，什麼話該說都知道的。」

沈傲很滿意地頷首點頭：「王公公這麼懂事，將來肯定大有作爲的，你一定會成爲一個很有前途的好公公。」心裏卻在說，再有前途的公公還是個公公，悲哀啊。

皇家迎親的程序其實和百姓家差不多，只是更爲繁瑣罷了，吹吹打打，熱鬧了一陣便到了正德門，這個時候觀禮的人就得住腳了，由太監領著沈傲進去，先去拜了趙佶，趙佶在講武殿見了他，說了什麼話，沈傲已記不清了，大致是說什麼祖宗社稷之類，出來的時候，沈傲在想，娶老婆嫁女兒也和祖宗社稷有關係嗎？

到了後宮，又去見了太皇太后、太后和安寧的母妃，說的話也都差不多，都是安囑幾句，好在這一次沒有提到社稷。

接著到了安寧的閣樓，吟了一首詩，才放他進去牽了安寧出來，雖說是牽，倒不如說是拉，二人都拉著紅繩的一端，安寧在鳳冠霞帔之下，看不到表情，可是身子好像不情願的樣子，走幾步頓一下，沈傲只好做老牛，在手上用了幾分勁，幾乎是拖著走的。一切的程序，都有一旁的公公提點著，到了哪裡，公公便事先說等下該做什麼，又該說什麼話，沈傲任由他們擺佈，覺得這趟迎親實在不輕鬆。

進宮時是寥寥數人，出來時卻是迤邐著老長的隊伍，天家的嫁妝自然不菲，瓢盆都帶來了，大致是把一些御用的碗碟也要帶到沈家去，以備帝姬用得不習慣；其餘的東西就更多了，都是太監們抬著的，一箱箱過去，放眼看不到盡頭。

接著就是帶回沈府拜堂成親，照例還是外頭設宴，裏頭洞房花燭。

搖曳的紅燭下，沈傲揭開安寧的鳳冠霞帔，便看到一雙水霧騰騰的眼睛不安局促地看著自己，通紅光線下的安寧顯得異常的端莊，如今沈傲已算是輕車熟路，先扶著不安的安寧對飲了幾口小酒，又說了幾句閒話，見她漸漸安靜下來，便吹滅了蠟燭，先遮去安寧羞紅的俏臉，將她抱起來，送到榻上去。

兩人纏綿了一夜，連話也來不及說，直到雞叫，二人才累得睡下。到了第二日醒來，一齊起了床，出了閣樓，蓁蓁幾個過來給帝姬見禮，安寧不安地退了一步，看了看沈傲，顯得很是局促。

沈傲咳嗽一聲道：「一家人行什麼禮？安寧很好相處的，也不喜歡守這些陋習。再者說，帝姬出自宮廷，爲人很和善的，最是平易近人，所以你們也不要拘束。」

安寧聽到沈傲誇她，臉上露出羞澀的淺笑，又怕蓁蓁她們不信，連忙點了點頭，意思是說她真的很平易近人。

沈傲又給安寧介紹蓁蓁幾個，對安寧道：「安寧要相信爲夫的眼光，我挑的夫人，都是色藝絕倫，溫柔又體貼，和藹又端莊的人，若兒，我說的對不對？」

沈傲眼睛看向周若，他最怕的就是周若，周若的性子不比蓁蓁三人恬然，最容易出事的就是她。

周若這時候自然不能否認自己的溫柔體貼，端莊地淺笑道：「是啊。」

沈傲鬆了口氣：「這就好，一家人不說兩家話，今日下午我們一道去靈隱寺裏坐坐。」

安寧好奇地張眼：「去寺廟？」

蓁蓁拉著她的手，方才沈傲說她溫柔體貼，這個時候自然要施展手段表現一下，笑呵呵地對安寧道：「你們做帝姬的，出身固然高貴無比，可是平時囚在宮中，一定極少出宮，待會兒我們去寺裏轉一轉，再去街上給你挑些胭脂水粉。只是就怕你看不上我們這些尋常人家的東西。」

對安寧來說，最重要的是享受採買的過程，平時在宮裏，什麼都有太監來供應，莫說是採買，便是遠眺一下街市都不可能，於是重重地點頭道：「我們都是沈夫人，姐姐們看得上，我當然也看得上。」

沈傲心裏大感慰藉，大家能這樣相處，自己就安心了，看來自己這個做丈夫的，齊家水準還是不低的。

下午便讓人備了車馬出城，先去靈隱寺坐了坐，回城時天已漸漸黑了，眾人尋了一處熱鬧的地方逛街。其實說逛街也不對，只是馬車停在店門口，長隨先進去打量一下，確定沒有危險人物，才過來通報，接著夫人們挽手進去，幾乎沒有拋頭露面的機會。

這個時代大致就是如此，更何況，這一次還把帝姬帶了出來，若是讓言官知道，多半又是一陣牢騷了，須知大宋的帝姬雖然是直接嫁到夫家，可是平時的規矩還是不少的，許多東西宮裏雖然看上去不管，可要是太過分了，宗令府那邊少不得要出面申飭。

直到夜半才回到府邸，對安寧來說，外頭的一切都新鮮得很，又有沈傲陪著，心裏覺得十分快樂，再加上蓁蓁幾個作陪，漸漸也就褪去了羞澀，俏臉上展露出笑容。

一天天過去，沈傲在家歇了半個月，眼看年節要到了，鴻臚寺和武備學堂更加忙碌，沈傲也不好繼續歇著，抽了空就去走一趟。

鴻臚寺裡仍舊是上賀表的事，倒是武備學堂要忙的事卻是不少，因爲近幾日大雪紛紛，今年的年假打算取消，一是道路不便，距離遠的校尉太費功夫，二是二期學員招募得太晚，趁著這個機會多操練一下，否則剛剛定下的心一下子就渙散了。

在沈傲看來，要養成一種習慣，非要半年的功夫不可，現在他們才入學兩個多月，若是馬上放回去，等於是氣球吹到一半突然洩了氣。

這個消息放出去，二期校尉裏頗有怨言，卻也不敢違逆，兩個月的操練，至少規矩已經懂了，多少知道服從。

沈傲敲定一些事務的同時，也留心朝中的變化，本來他做了這個駙馬都尉，應當會有一些不開眼的傢伙打著外戚不干政的名義說幾句閒話的，他也已經做好了心理準備。

其實莫說是他，就是宮裏的那位也已經想好了說詞，無非是國家正在用人，朕於心不忍之類。可是除了幾個人絮絮叨叨不痛不癢地說了一通，居然沒一個人站出來說什麼，彷彿什麼事都沒有發生，大家都沒有看見。

沈傲感到有些意外，卻只是搖搖頭，不作理會。有時他進宮去，見到趙佶，發現二人之間的關係發生了微妙的變化，有了親情的紐帶，許多話說起來更無顧忌，除了談政務，有時也聊幾句書畫，說些閒話，趙佶真正關心的，還是興建蓬萊港的事。

在沈傲的規劃中，水師的艦船至少有數百艘的規模，一部分駐在泉州、蘇杭，大部則是在蓬萊一帶，可是問題出來了，沒錢！

朝廷這幾年的收支勉強還算平衡，擠出百來萬貫或許足夠，可是要數千萬，那是想都不要想的，說得難聽點，就是有這個錢，三省和戶部那邊也未必肯給，非和你姓沈的拼命不可，朝裏的官員最看重的就是這個，事關著自己的政績，歷朝歷代，所謂的盛世，都是以國庫的盈餘多少來衡量，錢都花了，國庫一空，這朝廷還怎麼維持？

至於趙佶的內庫，趙佶是打定了主意絕不肯再拿出錢來的，爲了建水師，他的陵寢規劃已經刪減了不少，若是再掏錢，死後的事怎麼料理？剩餘的錢就是趙佶的棺材本，誰敢再動，他和誰拼命，想摳錢，門都沒有。

沈傲心中早有了一個方案，這幾日多少向趙佶透露了一些，先是旁敲側擊，說市舶司那邊縱容大海商，待時機成熟了，才提出要整頓一下海貿。趙佶對海貿的事一點頭緒都沒有，沈傲說能從那裡摳出錢來，他也不反對，只是這事要談也得等到年後再說。

趙佶不是不講道理的人，見沈傲伸手要錢，心裏雖然不肯給，卻也知道沈傲一心撲在水師上頭，按沈傲的說法，水師干係著大宋的武備，這叫以己之長，克敵之短，契丹、金人擅長騎馬，大宋組建再多騎軍也不是他們的對手，便用水師去壓制。

人家爲了自己焦頭爛額，不表示一下也說不過去，便和顏悅色的按住沈傲的肩，笑吟吟地道：「你看，年節就要到了，現在不必想這個，什麼事年後再說，你要整頓蘇

杭、泉州的海貿，朕當然大力支持，到時候委你做欽差，令你督辦海事也就是了。」

他絕口不提內庫的錢，只希望沈傲當那內庫不存在，意思就是有本事你能從海裏撈多少就多少，但是有一樣，不要惦記到朕就是。

沈傲得了他這句承諾，發現這新丈人也夠陰險的，話說得很好聽，卻全是空口承諾，結果還是教自己跑斷腿，卻不得不說：「陛下隆恩，微臣謹記。」

話不投機，見了皇帝，少不得要去後宮見一下太后。自從肅王之事後，太后對沈傲信任了許多，宮外的事她不好出面，有些事自然託著沈傲去辦，因此對沈傲熱絡了許多，時不時給些賞賜，沈傲也權當是自己跑腿的報酬，毫不客氣的收下。

又是一年的年關，街上氣氛濃郁了許多，雖說沈傲現在已是位極人臣，可是一些朋友同窗的往來還是少不得的，偶爾沈傲還要邀上一些朋友到酒肆裏去喝茶。如今喝茶都是去新開的邃雅酒坊，沈傲直接訂下五樓的大廂房，面朝著蔡府的方向，把吳筆、曾歲安都請來，一邊欣賞蔡府後園的春色，一邊喝酒閒聊。

偶爾隱隱約約看到一個女人模樣，便忍不住吹一聲口哨，其實這只是湊個熱鬧，不近看，天知道那女子是年方二八還是入了花甲之年，遠遠觀看，心理慰藉罷了。

沈傲口哨一吹，眾人就大笑，又來勸酒，沈傲屬於來者不拒的那種類型，喝得酩酊大醉後，被人架了回去。

這樣的好日子過不了幾天，武備學堂那邊卻出事了。沈傲本在鴻臚寺坐著，便有個校尉匆匆過來，道：「大人……不好了。」

沈傲臉色平靜：「身爲校尉，慌慌張張，儀容不整，這是什麼樣子，給我站直了再說話。」

校尉立即胸脯一挺，朗聲道：「大人，不好了……」

沈傲剛剛喝了一口茶，差點忍不住吐出來，好不容易咽下去，拍案而起：「會不會說話，你要嚇死我啊？」

校尉大感委屈，只好輕柔的道：「水師教官周處被京兆府帶走了，說是……說是……」

沈傲臉沉了下去：「說是什麼？」

校尉道：「說是有人檢舉他是江洋大盜，京兆府立時就要開審，人證物證都在。」

沈傲砰地將茶盞重重放在几上，霍然起身：「汴京離蘇杭這麼遠，怎麼會有從前的苦主找上門？這裏頭有沒有玄機，可有其他的消息？」

校尉道：「有的，據說那苦主是嘉國公家中新募來的長隨。」

「噢？」沈傲沉吟了一下，立即梳理出了脈絡，嘉國公趙椅年紀只有十三歲，一年

前放出的宮，和那趙樞是同母兄弟，其實這個皇子在汴京也只是個不起眼的角色，很容易教人遺忘，再加上年紀又小，就更沒有人看重了。

沈傲捉趙樞的時候，趙椅沒有出現，或許那個時候，這個小傢伙已經嚇懵了也不一定，這個時候他突然發難，恰好招募了一個長隨，偏偏那長隨又是從蘇杭來的，更巧的是，居然還認得周處。

沈傲不相信世上有這麼巧的事，嘉國公年紀又小，不可能有這個心機，唯一的可能就是在嘉國公的背後一定有人指點，只是指點的人是誰，就不得而知了。

周處那傢伙從前並不檢點，本來沈傲也沒什麼好袒護的，只是一來事情已經過去，如今的周處也已經洗心革面，再者，這明顯是有人設下的一個局，醉翁之意不在酒，明著是處置周處，暗地裏卻是擺明了要尋自己的麻煩。這口氣咽不下，也不能咽。

沈傲冷冷一笑，負手起來：「這件事我知道了，你回武備學堂去吧，告訴大家，該操練的仍舊操練，其他的事，我去處置就好。」

那校尉立即去了。

耳室裏，一個人小心翼翼的過來，這人是楊林。

楊林如今在鴻臚寺裏算是沈傲的死黨，許多事沈傲也不避著他，楊林先給沈傲行了禮，道：「大人，這後頭想必不簡單，涉及到宗室，又有人證物證，走的又是京兆府，誰也挑不出個錯來，於情於理……」

沈傲搖頭打斷他：「這個時候沒有什麼情理可講，人一定要救出來，不救出來就是讓人看笑話，再者，周處是武備學堂的教官，現在水師校尉操練正急，也離他不得。楊林，你先拿了我的名刺去京兆府走一趟，先探探風聲，看看京兆府那邊怎麼說。」

楊林頷首點頭：「下官這就去辦。」

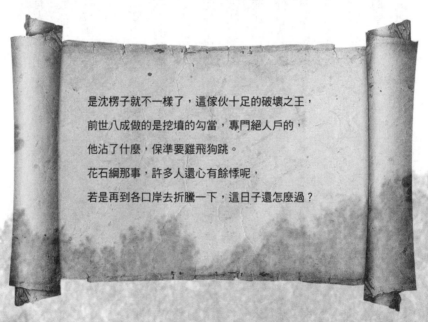

第二十二章 破壞之王

是沈楞子就不一樣了，這傢伙十足的破壞之王，
前世八成做的是挖墳的勾當，專門絕人戶的，
他沾了什麼，保準要雞飛狗跳。
花石綱那事，許多人還心有餘悸呢，
若是再到各口岸去折騰一下，這日子還怎麼過？

京兆府這兒大清早就有人來告狀，京兆府彈壓京畿地面，各種各樣的訴訟是少不了的，因此也習以爲常，大家都不怎麼當一回事。一個堂官去坐了堂，來人是個尖嘴猴腮的漢子，皮膚古銅，有一些怪異，身上一股重重的鹹味，似乎十幾天沒有洗浴，捂餿了一樣。

這漢子自報了姓名，叫劉方，說是從前在蘇杭那裡跑船爲生的，狀告的是武備學堂教官周處，這劉方說自己跑船的時候，有一次自家的船遇到了一夥海賊，甫一靠近，將自己的船洗劫了，還殺了不少的水手，當時他是舵手，嚇得躲在船艙裏不敢出來，悄悄的在木板縫裏往外看，便記住了周處的相貌，現在來汴京討生活，恰好在街面上撞到了他，這才認出了凶手，便來狀告了。

那堂官開始還是哈欠連連的，畢竟昨夜當了值，今兒一大早還沒有人來交接就遇到這麼樁案子，哪裡還有什麼心情。聽到一半，瞌睡跑了，人也精神了，一雙眼睛瞪著那劉方，驚堂木狠狠一拍：「你告的是誰？」

「回大人的話，小人告的是武備學堂水師教官周處。」

堂官蔑視的看了這人一眼，此人果然是外鄉人，告狀告到武備學堂去了，還是個教官，不說別的，武備學堂的事，京兆府早就有了默契，是絕對不問的，府尹大人也有叮囑，牽涉到沈傲的事，更是連問都不能問，京兆府又不是定王府，有朝一日被校尉禁軍們圍了，那真是叫天都來不及。接了這個案子，豈不是自毀前程？

堂官怒氣沖沖的拍了驚堂木，道了一句滿口胡言，不由分說便對差役們吩咐：「打他二十板子，把他趕出去！」

差役們也不客氣，反正是外鄉人，就是欺生又如何？告狀告到沈大人那兒去，這不是活膩了找死？將這劉方架到刑房，扒了褲子便是一陣抽打，那劉方慘叫連連，等板子打完了，整個屁股都鮮血淋漓，慘不忍睹。

一瘸一拐的被人趕出去，人走了，事兒也完了，堂官鬆了口氣，心裏頗爲得意，覺得自己處置得當，總算是避免了和姓沈的有什麼牽連，至於那個叫劉方的，他也不放在眼裏，不過是個刁民，還是外鄉人怕個什麼，今日打了他是給他個教訓，異日他再胡說，肯定還要打的。

結果一炷香之後，那劉方又來了。這一次是乘坐著步輦來的，隨同的人還不少，熙熙攘攘十幾個之多，爲首的是一個緋衣少年，臉上還帶著稚氣，可是臉色卻著實可怕，一進衙堂，竟連拜也不拜，手指堂官：「狗官，你好大的膽子，我的家奴也敢打！」

堂官剛想說什麼，少年身後便有個長隨模樣的人尖著嗓子道：「這位是嘉國公，是龍子龍孫，響噹噹的宗室皇子。」

這一番解釋，差點沒將堂官嚇死，兩邊肅立的差役也都是駭然。

堂官不敢說什麼，立即叫人給嘉國公趙椅搬了錦墩來，乖乖的下來給公爺行禮，尷尬的笑了笑，賠罪說了許多不是。嘉國公卻只是冷笑道：

「賠罪？這罪你也賠得起？我的家奴來告狀，這有沒有錯？他狀告汪洋大盜，這有沒有理？你這昏官，卻是不分青紅將他打了一頓，這京兆府也太黑了吧。」

堂官臉都綠了，心裏霎時明白，從一開始這就是一個局，那劉方故意隱瞞自己嘉國公家奴的身分不提，擺明了就等自己打他；等人打了，這把柄也就有了。人家確實沒有錯，再加上有嘉國公撐腰，自己這瀆職枉法的罪跑不掉的。

堂官面如土灰的拜下，自然是請嘉國公原諒。嘉國公冷笑：「原諒什麼，你這樣的昏官，不知要殘害多少百姓，我一定要將這事告訴父皇，還要叫宗王府的幾個王叔們主持公道。」

堂官更是告饒不迭，聲淚俱下。

嘉國公話鋒一轉：「想贖罪？這好辦，劉方不是說狀告的那個什麼周處是汪洋大盜嗎？既是汪洋大盜，罪大惡極，京兆府爲什麼還不出面去把人拿來質問？」

嘉國公一逼，京兆府也是左右兩難，碰到這種事，只能捏著鼻子認了，立即叫了差役去傳訊周處過來，開始問話。

一開始，京兆府還不敢說什麼重話，無非是和顏悅色地問幾聲周處在案發時在哪裡，可有人證之類的話。那嘉國公坐在邊上旁聽，卻是冷哼一聲，搖著的扇子一收，冷笑道：「什麼時候京兆府待人這般客氣了？真是好笑。」

堂官無奈，只好更急著催問。

周處此時也瘋了，別看他這種人桀驁不馴，可是在官府面前卻有一種與生俱來的畏懼，想到自己好不容易有了個官身，現在竟是陰溝裏翻船，再好的前程也將要化爲烏有。

審得差不多了，在嘉國公的冷眼之下，堂官打起精神，也變得越來越聲色俱厲起來，見周處抵死不從，手中揚起驚堂木，厲聲道：「好大的膽子，人證既在，還抵賴什麼？來，先打一頓再說。」

正是這個時候，一個聲音道：「沈太傅到。」

這一個聲音，嚇得堂官脖子一涼，原本被嘉國公催逼，以爲沈傲不至爲了個汪洋大盜出頭，想不到這時那沈楞子還是出面了。

堂官霍然而起，連忙下了案台去接人，見沈傲快步進來，拱手道：「沈大人。」

沈傲雙目逡巡了一下，目光最後落在嘉國公身上，冷笑道：「這裏好熱鬧，據說京兆府抓了個江洋大盜，我來湊湊熱鬧，大人不必這般，斷你的案去，我只在邊上旁聽。」

說著，叫人搬了個椅子來，坐在案下，與那嘉國公遙遙相對；對嘉國公投來的憤恨眼神，沈傲只當作什麼都沒有看見。

堂官訕訕地回到案首去，欠身坐下，一時倒不知該如何是好了，好不容易想到了說辭正要開口，沈傲突然道：

「且慢！」

這還叫旁聽？人家話都還沒說，他就要說話了。堂官擠出一點笑容道：「沈太傅有什麼吩咐？」

沈傲慢吞吞地道：「吩咐嘛，是沒有，只是有一句話要和周處說。」

堂官道：「沈太傅但說無妨。」

沈傲板著臉對跪在堂中的周處道：「周處！」

周處見沈傲來了，心裏生出幾分僥倖，巴巴地看著沈傲，連忙應道：「卑下在。」

沈傲拍著椅柄劈頭大罵：「你好大的膽子，如此膽大妄爲，本官饒不得你！」

周處面如土色，只當是沈傲要將自己犧牲掉，連忙朝沈傲磕頭：「大人……小人該死，小人從前是……是做了一些該死的勾當……」

堂官愕然了一下，心裏反倒鬆了口氣，只要沈大人不偏頗，自己就能落個輕鬆自在。

嘉國公搖扇含笑，冷冷地看著沈傲，心裏想，沈傲也不過如此，見了本公爺，還不是只有服軟的份？

沈傲站起來，劈頭蓋臉地一腳踹過去，將周處踢翻，惡狠狠地大喝：

「你就是這樣做教官的？就是這樣教校尉的？你是誰？你是武備學堂教官，堂堂正正的五品武官，在一個狗屁堂官和一個亂七八糟的國公跟前，你就跪下了？武備學堂只效忠皇上，眼裏也只有皇上，要跪，也只有皇上才當得起你的大禮，你這一跪，可知道整個武備學堂都為你蒙羞？可知道本官都為你臉紅？」

「……」

差役們臉上古怪起來，忍不住去瞟一眼堂官和嘉國公，沈大人方才那一句話，十足是當著和尚罵禿子，狗屁堂官和亂七八糟的國公，這……堂官臉色更是尷尬，卻也不敢說什麼，只當作沒有聽見；至於那嘉國公趙椅眼眸中迸發出一絲怒色，此刻卻也作聲不得。

周處呆了呆，這下真的糊塗了，實在不知道沈傲是在為他出頭還是訓斥他，立即站起來道：「卑下知錯了！」

沈傲冷哼一聲道：「你來說，自己哪裡錯了？」

周處硬著頭皮道：「卑下是武備學堂的人，眼裏應該只有皇上，至於狗屁堂官和小

小的國公，他們當不得卑下的大禮！」

沈傲恨恨地道：「算你還明白事理；再者說，就算你犯了錯，那也是大理寺和軍法司的事，和京兆府有什麼關聯？方才是誰要告你殺人越貨的？他要告，就拉他到軍法司去告，京兆府是什麼東西，也有權審判五品大員？」

沈傲這句話算是圖窮匕見，有了沈傲撐腰，周處腰桿子自然挺直了，周處也不是膽小的人，只是骨子裏怕官的思想作祟罷了，這時意識到自己原來也成了個官，便免不得後悔自己膽小怕事了。

沈傲的眼睛很值得玩味地看向那堂官，坐在椅上慢吞吞地道：「本官說的這些話，大人以爲如何？」

堂官訕訕地跟著笑了笑，眼珠子一轉，立即道：「對，對，下官一時失察，竟是忘了周大人的身分，實在該死。」

沈傲冷笑，看向那嘉國公趙椅：「公爺，你這長隨既然要告，待會兒就到武備學堂來告，話就說這麼多。」

他站起來準備走，突然轉身朝趙椅冷笑道：

「你年紀還小，好好過你的逍遙日子就是，有些東西你玩不起，有時候，別太拿龍子龍孫當一回事，今天的事就算了，不和你小孩子一般見識，只是下不爲例，要是再敢玩什麼花招。」

沈傲微微抬起下巴，傲然道：「我照樣收拾你！」

這句話可以算是大膽至極，讓人聽得心顫，那堂官嚇得面如土色，只當作什麼都沒有聽見；趙椅臉色大變，憤恨地咬了咬下唇，卻也不敢再說什麼。

帶著周處從京兆府出來，周處鬆了口氣，感激地對沈傲行了個軍禮道：「謝大人。」

沈傲淡淡地擺擺手道：「謝個什麼？靠別人是靠不住的，萬事還要靠自己，你記著，你是武備學堂的武官，身分尊貴，你只需聽皇上的吩咐，其餘的人，都不必放在眼裏。」

周處道：「是，卑下明白，卑下只聽從皇上和沈司業的命令。」

沈傲撇撇嘴，只是笑了笑，繼續道：

「回學堂去吧，年後水師科可能要隨我去泉州，你是領隊，到時候教水師校尉們航海的技巧，今年年節的時候，你要辛苦一下，狠狠地操練一下，省得到時候去了泉州還不知道規矩。還有，回到學堂之後，你和幾個教頭都去軍法司一趟，老老實實地把你們從前犯的罪行都交代一下。放心，不是要和你們算賬，只是留個記錄，省得將來又出什麼么蛾子。但是事先和你講清楚，往後再犯，軍法司絕不會容情。」

周處頷首點了點頭，遲疑了一下，對沈傲道：「沈大人再造之恩，周某人今日銘記在心，周某人對大人真的服了，往後一定盡心竭力爲大人效力。我是個粗人，也說不出什麼得體的話，請沈大人勿怪。」

沈傲呵呵一笑，道：「回去吧，不要說這麼多廢話。」

今年的年節，過得實在平淡，大年三十的時候，陪著夫人們吃了年夜飯，一家人到閣樓去看煙花，安寧第一次在宮外過年節，既緊張又興奮，俏臉都染了一層紅暈，看到漫天的燈火灑落在天穹，緊緊地摟住沈傲的手臂，歡呼雀躍。

沈傲拍了拍她的臉，笑呵呵地低聲在她耳垂道：「有時候覺得你像個孩子。」

安寧瞥了一眼認真在看煙花的蓁蓁幾人，吃吃笑道：「我看你才像，宮裏的人都這樣說，說你當官就像小孩子撒潑一樣。」

沈傲板著臉，大叫委屈：「這叫大智若愚，你不會懂的。」接著訕訕然地故意去看天穹。

到了大年初一，沈家接到的拜帖是一年比一年多，前去拜謁的也是不少，沈傲忙著迎送了一下，最後屁股一拍，老子不伺候了，便叫劉勝去接待。

今年的汴京比之從前更添了幾分喜慶，上一年因爲鬧出了京畿北路的天一教，整個汴京處在惶恐不安之中，如今天下太平，對百姓來說，也實在是一件喜事。

官員們也都難得在家歇息，只是這些人好不容易能安生幾天，卻偏偏不安分，絞盡腦汁地想著拜謁哪些大人，還要隨時看著汴京城的風向，表面上一副採菊南山的灑脫，內心裏卻都是憂心如焚。

前幾日不知從哪裡透露出來的風聲，說是這一次宮裏打算整頓海疆，海疆這東西整頓也就整頓了，其實大家也都不怕，歷代皇帝哪個沒有下過這樣的旨意？可是這一次不一樣，因爲欽命負責整頓的人是沈傲，沈楞子。

是沈楞子就不一樣了，這傢伙十足的破壞之王，前世八成做的是挖墳的勾當，專門絕人戶的，他沾了什麼，保準要雞飛狗跳。花石綱那事，許多人還心有餘悸呢，若是再到各口岸去折騰一下，這日子還怎麼過？

大宋的官大致分爲兩種，一種是駐京，一種是外放，外放的油水多，那是沒得說的，隨便一個縣令放出去，輕輕刮一層油水也夠一輩子花銷了。可是京官不同，別看官大，可是油水卻是少的可憐，每年的進項靠的全是那一點兒俸祿，養自己是足夠了，可是哪一位大人家裏沒有好幾張口嗷嗷待哺，自己吃飽了，家裏幾十口人怎麼辦？

所以但凡是在汴京當官的，沒有不打海疆主意的，有權勢的自己支個灶，放個主事或者親信的家人過去，再自己下條子去打通關節，市舶司肯給點臉面，這就是一本萬利的生意；就是不起眼的官兒也不甘落後，都是三五成群，一起搭夥，推個親信之人，為自己增加進項。

很多時候，旨意並不重要，固然是普天之下莫非王臣，可是皇帝再大，難道能盯著每個人？陽奉陰違本就是臣子們的強項，往年雖然再三昭告要整頓，卻都是無疾而終，這裏頭牽涉的利益實在太大，已經形成了嚴密的蛛網，聖旨再大，也無法撼動。

不過聖旨是一回事，欽命了誰來辦又是一回事，不同的人拿著同樣的聖旨，效果就不同了。就比如這位沈傲沈楞子，那是汴京城最楞的傢伙，誰的台都敢拆，誰的鍋都敢砸，你能拿他怎麼樣？

還真沒人能拿他怎麼樣，這樣的人油鹽不進，你的那點賄賂，人家也瞧不上眼，跟他玩硬的，那就更沒戲了，人家的身後有皇上，更有武備學堂、馬軍司，殺起人來跟切瓜一樣，誰敢和他對著幹？

這樣的人拿了聖旨，還不要鬧翻天來？京裏的大人們哪裡還有心思過這個年，四處去打聽，也打聽不出什麼確切的消息，門下省的幾個書令史倒是說確實有一份這樣的奏疏，是沈傲提出來的，不過送進了宮裏，便猶如石沉大海，也不知宮裏的主意如何。

涉及到海貿的官員們不禁提心吊膽，到了大年初十這一天，蔡府門前穩穩地停了一頂小轎，接著，蔡京在主事的攙扶下出來，鑽入轎中，轎子如平常一樣穩穩當當地抬起，直入正德門。

本來一到年節，宮裏頭忙，外頭也忙，都在忙著節慶，這個時候入宮，除非是官家那兒有緊急的事務要商量。

蔡京的臉色很平靜，仿若無事一般在正德門下了轎子，接著直入宮中，在文景閣等候趙佶過來。隨侍的太監給他端了茶，又說了幾句討喜的話，蔡京只是笑了兩聲，目光卻落在文景閣牆壁上的一幅圖上。

這幅圖不是畫，既沒有人物也沒有花鳥，倒像是一幅地圖，地圖很古怪，蔡京也看不懂，一看之下，卻發現是沈傲的落款，這時不由凝起神來仔細看了，足足半盞茶功夫，還是沒有頭緒，只好苦笑著搖搖頭。

這時趙佶踏步進來，他穿著件圓領員外衫，手中揮著一柄扇子，外頭套著金絲襖，一身便服，不像是君王，卻有幾分才子風采，笑吟吟地道：「怎麼？太師也對這圖有意思？」

蔡京連忙起身行禮，坐回錦墩時才道：「老臣愚昧，竟看不出圖中深意。」

趙佶含笑道：「朕一開始也看不懂，是沈傲畫來給朕賞玩的，叫五洲四洋圖。」說罷，指了正中一塊陸地道：「這便是我們大宋，上面是金國、契丹國、西夏，西面是回鶻、吐蕃諸國，東面是高麗、倭國，我大宋坐鎮其中，乃是天下的中心，中土所在。」

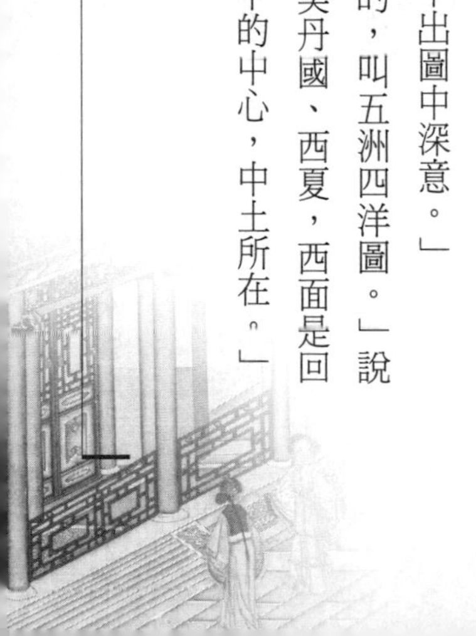

蔡京對這個沒什麼興致，只是配合似地噢了一聲，也實在沒什麼可驚訝的，徐徐道：「陛下召臣來，不知何事？」

趙佶面色一沉，坐上御案，開口道：「前幾日沈傲的奏疏，你看了嗎？」

蔡京淡淡地道：「是那份彈劾市舶司的奏疏？」

趙佶點頭：「市舶司欺善怕惡，不敢欺負大海商，卻只顧著壓榨小商人，朕現在才知道，原來在蘇杭和泉州，那些富可敵國的巨賈可以不必繳納分文，旗下船隊暢通無阻，竟是隨意停靠口岸，稅吏不敢登船。」

蔡京徐徐道：「陛下，這種事歷朝歷代都有，也沒什麼大不了的，莫說是市舶司，就是天子腳下，也杜絕不了作奸犯科的狂徒，門下省擬一道旨意申飭一下也就是了，鬧得太大，到時候少不得各衙門又要擾民，人心不安，就會釀出大禍來。」

趙佶沉吟了一下道：「太師的話也有道理，只是太謹慎了些，有弊就要革除，這對大宋也有好處嘛，今日放縱，明日又放縱，總是不治一下，最後那些豪強越發肆無忌憚，就真要動搖國本了。」

蔡京也不堅持，連忙道：「陛下說得對，老臣愚昧，還是沒有陛下想得深遠。」

趙佶呵呵笑道：「你是年紀大了，做事謹慎，謹慎有謹慎的好。」說罷正色道：「不過海疆是該整治一下了，市舶司不管事，就讓沈傲去管一管。」

蔡京正襟坐著，並不發表意見，只是道：「沈大人出面，一定能迎刃而解的。」

趙佶頷首點頭，笑了笑道：「由著他胡鬧吧，讓他去泉州鬧，總比在汴京鬧的好。」

蔡京充耳不聞，見趙佶說到沈傲胡鬧時的樣子，有一種莞爾的靜謐。

消息總算證實了，據說蔡太師進了宮，官家已經發了話，確實是欽命沈傲整飭海事，說是年後就可出發去泉州。

選擇泉州，也是沈傲精心策劃過的，蘇杭那兒被沈傲嚇破了膽，革新海事，只要泉州辦成，蘇杭的阻力自然而然也就消失，再者，泉州是大宋第一大港，巨賈無數，拿下了那裡，海事靖平只是遲早的事。

尚書省郎中崔志的府邸位於沈府不遠，其占地絕不在沈傲之下，九重門禁將最裏的正廳與門房隔得遠遠的，步入其中，令人生出不可仰視的畏服之感。

崔志就是泉州人，早年只中了一個同進士出身，按道理，以他的出身，莫說是進尚書省，就是進個部堂都難，如今他年紀不過五旬，卻已位居尚書省之首，成爲三省中爲數不多的大老之一，足以叫人仰視。

三省之中，蔡京占了權柄最重的門下省，政令出於蔡京一人之手。中書省由衛郡公

執掌，也是有平衡蔡京的考慮。而崔志以一個同進士出身成爲與石英平級的人物，其背景可想而知。

尚書省在三省中權柄最小，只是負責執行，卻也是三省中真正轄制六部的衙門，門下省的旨意下來，政令如何執行，都得靠門下省安排，因而在宮裏看來，尚書省實在不太起眼，往常宮中召見，門下省郎中也是最容易被人遺忘的人物，可對六部，對整個大宋來說，門下省的每一個政令卻是非同小可，同樣的旨意，是堅決執行貫徹到底還是疏忽怠慢走個過程，都由崔志掌握，只要他高興，一份旨意頃刻間就可以讓它變成廢紙一堆。

崔志也算是新黨的中堅，不過和蔡京走得並不太近，平時見了面也只是頷首點個頭，可是蔡京的吩咐，崔志卻往往爲之貫徹，這種微妙的關係如今卻突然變了。

在往常，事先有什麼旨意，蔡京總會下個條子先來知會一下，可是那一份擔著天大干係的奏疏遞上去，宮裏也有了回音，蔡京卻是隻字不提。眼下最急迫的反而是崔志，崔志能有今日，靠的不是什麼新黨，而是他背後一張張緊密的關係網和數不盡的金銀。

崔家是泉州一等一的大海商，富可敵國，若是沈傲真去了泉州，矛頭第一個指著的多半就是崔家了，這是明擺著的事，沈傲天不怕地不怕，要整肅泉州豪強，第一個要對付的，當然是最大的那個。

這個時候，崔志坐不住了，今日是大年初十，便有零零落落的大臣前來拜訪，來的這些人都是和崔志走得近的，此外大多數在泉州都有海貿生意，大家都在一條船上發財，突然有一天，一個滿臉橫肉、插著殺豬刀的傢伙，叉著手從天而降，大叫一聲爲了大宋、爲了朝廷，把吃的都吐出來，本本分分的去做生意。以往遇到這種不開眼的，直接踩死也就得了，可是現在，所有人都知道，這個人踩不死，因爲人家擺明了是來踩你的。

牽涉到的人都是六神無主，現在就等著崔志來拿主意，到底是負隅頑抗，還是任由沈傲這般欺負，崔志不說話，誰也不敢擅自動作；再者說，崔志是他們中得益最大的人，這個時候他不站出來說句話，誰來說？

高懸的金漆匾額之下，二十幾個穿著便服、養尊處優的人，心不在焉的喝著茶，目光卻都有意無意的瞥向主位上的崔志，此起彼伏的咳嗽聲掩飾不住尷尬，可是誰也不肯開這個口，就希望著崔志開門見山。

崔志低沉著眉，慢吞吞地喝了口茶才道：「本來呢，好不容易遇到年節，大家也該高高興興地樂呵樂呵，如今遇到這事，想必都沒了心情。」

他不痛不癢地說了一句，隨即道：「大家的家業固然多，可是開銷也不少，都是靠泉州那邊撐著，否則也沒有今日這富貴，東西是我們吃下的，有人叫我們吐出來，我們怎麼辦？」

眾人面面相覷，紛紛道：「崔大人，我們拿什麼吐？每年汴京的開銷都驚人得很，打通關節更是糜費不少，現在若是讓我們和尋常的商戶一樣，這海貿的生意怎麼做得下去？這是要斷我們的活路啊。」

他們說得倒也沒有錯，憑著他們那點頭腦哪裡能做什麼生意，派出去到泉州那邊的主事都是伺候人出身的，只看忠心不看本事，之所以能發家，靠的就是稅差。別人要繳稅，你不必繳稅，同樣一船貨物，人家賺三成你能賺到六成，這生意還會做不大？而一旦淪落到尋常商戶的境地，沒有了這項優勢，只怕不出幾年，生意就要被同行擠垮，這飯碗就保不住了。

這幾年，海貿的生意越來越好做，他們也都下了條子到泉州去，囑咐家人們多購大船，現在船款付了出去，原以爲能日進斗金，誰知遇到這種事，這麼大的家業，沒了這個利頭，生意還怎麼做？

眾人發了一陣牢騷，有的說請崔大人去和蔡太師商議一下，有的說發動言官彈劾，更有幾個咬牙切齒，沈傲敢去泉州，他們難道就眼睜睜地看著，沈傲敢殺人，他們就不敢？

崔志冷眼聽著眾人的話，抿嘴一笑道：「殺人？你拿什麼殺人？人家這一趟去，是帶著數百個水師校尉去的，誰殺得了他？」

崔志這般一說，那些動口殺人的大臣頓時噤聲，崔志繼續道：「其實殺人也不是全然沒有辦法，只是不到最後還是儘量不要用，眼下當務之急，還是要等消息，看宮裏頭到底是什麼心思。」

「崔大人，坐以待斃也不成啊，姓沈的做起事來從不計較後果的，真要等到有了回音，這事就難辦了。倒不如這樣，大家湊點份子出來，先給那姓沈的送過去，看他怎麼說，若是收下了禮，至少還有個迴旋的餘地，是不是？」其中一個人看著崔志，慢吞吞地道。

在座的一個個都成了驚弓之鳥，也都同意這麼辦，只要沈傲不砸了這個攤子，送點錢也沒什麼，在座的身家都是不菲，不在乎掏點銀錢出來。

崔志想了想，頷首點頭：「這也是個辦法，只是送多少合適？是按蔡大人的常例去送，還是按寺卿的常例送？送多了，把他的胃口養刁了也不成，送少了又怕他看不上眼。」

眾人七嘴八舌，有人道：「先按寺卿的常例去送送看。」也有人道：「姓沈的不同別人，以他的地位，和蔡太師也差不了多少了。」

崔志猶豫了一下道：「要不湊個三十萬貫過去，他要是願意收，就好辦。若是不收，就只能做最壞的打算了。」
三十萬貫實在不少，也虧得他們家大業大才支撐得住，在座之人中也有肉痛的，可是略略一想，也就釋然了，這個時候能保平安才是正理，其餘的都是小事。
「姓沈的要是不收禮，一意孤行又該怎麼辦？」這時有人提出來，沈傲不比蔡京，這個人實在不能以常理來度之。
崔志冷笑道：「那他就是自尋死路，他要是一意要去泉州，咱們就和他玩一次大的。」
這時，他倒是變得氣定神閒起來，慢吞吞地喝了口茶道：「找個信得過的人去泉州，叫人聯絡附近的海盜，沈傲前腳一到，後腳就讓海盜襲擊泉州，能趁亂殺了他固然好，不能殺，咱們趁機在朝廷裏彈劾一下，就說是他到了泉州，才惹出這麼大的事；陛下就是再袒護，可茲事體大，也得把他召回來。」
眾人倒吸了口涼氣，卻都露出喜色，崔大人最後走的這一步棋雖說有點兒冒險，弄得不好，事情敗露就是要殺頭的，可是這個時候，卻也是最保險的辦法。
所謂的海盜，其實對泉州不過是疥癬之患，可也不能忘了，在海中行商之人，商就是盜，盜就是商，反正襲了泉州，到時候把這黑鍋栽到姓沈的頭上去，說是他在泉州恣意胡為才釀出的大禍。這種事要查也根本查不出，大宋也沒有水師能夠進剿，興化軍那邊倒是下轄了一支水軍，不過那水軍的指揮和大家都是一條船上的，只要按兵不動，這事兒準能辦成。

這般一說，大家心裏都有了底；吃這一行飯的，誰沒有慫恿人做過作奸犯科的事？早也習以爲常，爲了保住飯碗，冒這個險也值了。

眾人商議定了，心裏有了底氣，便不再說這個事，轉而談些風花雪月，臉上逐漸露出笑容。

第二十三章 君子愛財

沈傲收的禮多了，卻沒見過這麼直接了當的，

真讓他開了眼界。沈傲猶豫地道：

「這麼貴重的禮物，怎麼好收下？君子愛財，取之有道……這個……這個嘛。」

眼珠子差點要鑽進那一箱錢引裏，言不由衷地道。

這些人說做就做，一個時辰之後，便有一箱錢引送到沈府。

沈傲收的禮多了，卻沒見過這麼直接了當的，整整一箱子，全是百貫的錢引，真讓他開了眼界；便是那粗魯如契丹人，人家還知道在金銀之後加幾個古董搭配著來送，他們倒好，直接就用錢砸了。

上一次帝姬下嫁，宮裏陪嫁的嫁妝，沈傲清點過，除了一些御用品和賣不出去的書畫瓷瓶，大致也不過百來萬貫左右，雖是天文數字，可是這東西有價無市，你拿去賣了，人家也不敢接，真真讓沈傲懊惱無比；眼前這送禮的倒是夠爽快，直接折現。

沈傲臉色猶豫，慢吞吞地道：「這麼貴重的禮物，怎麼好收下？君子愛財，取之有道……這個……這個嘛。」眼珠子差點要鑽進那一箱錢引裏，言不由衷地道。

送禮來的一個管家笑呵呵地道：「大人，這只是咱們大人的一點小小心意，請沈大人務必收下。」

沈傲咳嗽一聲道：「這樣不好吧，你知道，我這個人一向那個……那個……很有操守的。」說到操守兩個字，沈傲的臉不禁有些紅了。

那管事是見慣了大場面的，笑吟吟地道：「沈大人的操守，汴京上下人盡皆知……再者說，這點小禮，只是我家大人的一點心意，又不是讓沈大人作奸犯科。」

「真的不是叫我作奸犯科？」沈傲瞪大眼睛。

管事笑呵呵地道：「豈敢豈敢。」

沈傲大吼一聲道：「劉勝，劉勝……死到哪裡去了，快，把東西收起來。」

劉勝立即帶著長隨過來，沈傲笑呵呵地道：「這麼說是單純的濟貧了?!這樣也好，好得很，對了，你家大人是誰?算了，你也不必說了，反正你家大人無欲無求，報了名字，反而落入俗套了。好罷，就這樣，送客。」

那管家愣了一下，還真沒見過這麼不要臉的，三十萬貫送給他，他連送禮的人都不問一聲，原本還想跟他客套一下，誰知道他竟一點都不客氣。

「沈大人……」

沈傲連忙擺手：「你不必說了，你家大人的心意，我明白；大家君子論交，你也不必報他名字，我心裏有底的，知道他是誰。」

管家又愣了一下，道：「大人知道我家大人是誰?」

沈傲笑吟吟地道：「當然知道，不就是吳筆吳兄嘛，上一次我幫了他一個大忙，如今他因禍得福入了禮部，這點心意我懂的，來人，快送客!」說罷，悄悄地附在一個長隨的耳畔，低聲道：「再不走，把他打出去。」

那管家臉色大變，還要說話，沈傲已經沒興致聽了，長身而起，大叫一聲道：「我家小公主怎麼還沒起來，嫁到了我們沈家還敢賴床，切，看我去教她家規。」

說罷，人已往後園跑了。

那是女眷所在，裏頭還有個帝姬，那管事想追上去把話說清楚，好歹也是三十萬貫，丟到水裏還有一聲響呢，可是一見沈傲匆匆進了後園，立即傻了眼，不敢往前追了。

「這禮算不算是送到了？」管事一頭霧水，他生平送禮無數，也算是身經百戰，什麼樣的人沒有見過？但像沈傲這樣，拿了人東西還大言不慚地說什麼君子論交的，卻是沒見過。

他搖了搖頭，只好回去崔府通報，崔志聽了管事的話，捋著頷下的稀鬚，陰沉著臉道：「這麼說，那姓沈的收了禮，非但沒有給句準話，連是誰送的禮也沒有問過？」

管事苦笑道：「小的是要說的，可是話到嘴邊，他就打斷了。」

崔志冷哼一聲道：「他這樣是鐵了心要和本官爲難了，你爲何不把禮物收回來？」

管事更覺得冤枉：「大人，小人把禮物送了去，只說了兩句話，他就叫人把禮物收起來了。」

崔志陰惻惻地道：「滾下去。」

管事連滾帶爬地告辭出去，只留下崔志一人在堂中負手踱步，臉色變幻不定，家裏的長子崔炎聽了動靜，立即過來，道：「父親，那姓沈的不識相，也不必和他客氣什麼，何必要傷自己的身子？」

崔志慢吞吞地坐下，突然道：「這一趟我是賠了夫人又折兵了，這樣也好，至少探出了沈傲的本意，他既然鐵了心要和咱們爲難，那就及早做好準備，省得到時候手忙腳亂。」

頓了一下，崔志才對崔炎道：「炎兒，吩咐人去拿筆墨來。」

等到人送來筆墨紙硯，崔志摒退諸人，只留下崔炎在邊上伺候，他連續書寫了幾份書信，一一交到崔炎手裏，囑咐道：

「第一份給泉州知府，第二份是給泉州市舶司的張公公，至於第三份，是給興化水軍指揮，最裏頭的一份送去給你的族叔，他們看了信，一切都會明白，該怎麼做，我就不細說了。還有，他們看了信，就把他們的信收回來，立即燒了，不要授人以柄，凡事謹慎一些。」

崔炎接了信，忙不迭地道：「父親的意思是叫兒子去泉州一趟？」

崔志沉著臉道：「你當然要去，你不去看著，他們怎麼肯齊心？」

崔炎頷首點頭：「父親也太看得起那姓沈的了，爲了一個欽差，何必要鬧出這麼大的陣仗來，以往去泉州的欽差不也不少嗎？還不是沒事？再者說，姓沈的到底去不去泉州還是個未知數呢！」

見崔志的臉色越來越陰沉，崔炎連忙話鋒一轉：「不過他要敢去，兒子就在泉州等著他，肯定讓他吃不了兜著走。」

崔志疲倦地闔著眼，慢吞吞地道：「凡事要小心，沈楞子可不是好對付的角色，看輕他的人沒幾個有好下場的。若不是姓沈的插到我們崔家的碗裏去，我還真不想與他爲敵，這也是沒有辦法的事，現在鹿死誰手，還是個未知數。」

見崔志這般謹慎，崔炎頷首點了個頭道：「那兒子什麼時候啓程？」

崔志道：「立即就走，路上不要停留，我估摸著姓沈的年後就要出發，你先去泉州佈置一下，能聯絡起來的就聯絡，織好一個袋子，等他鑽進去。還有，興化水軍指揮是重中之重，讓他萬事小心，要提防那姓沈的。」

崔炎頷首點頭：「那兒子這就去了。」說罷，也不再說什麼，告辭出去收拾行李了。

宣和八年正月十六，這一日清早，汴京內外生機勃勃，值堂、討生計的都忙碌起來，各衙堂也都開了中門，街上人流逐漸熙攘起來。宮裏清早便來了人，一個小太監請沈傲入宮覲見。

沈傲換了朝服，拜別了嬌妻，興致勃勃的騎馬直入正德門，到了文景閣下停了馬，踱步進去，這一次見趙佶，心裏頗有些發虛，自從肅王的事發生，宮裏頭就一直緊張兮兮的，頗有些如臨大敵的味道。雖說趙佶平時看上去面色無常，可是那自若的背後，終究還是有幾分欲發作而不可得的怒氣。

文景閣裏，趙佶隨手翻閱著奏疏，偶爾抬起頭來，目光落在蔡京身上：「整頓海事，怎麼也有人反對，還說什麼有傷天和，又是什麼緣故？」

蔡京淡淡道：「治大國如烹小鮮，不可操之過急，沈太傅的道理固然不錯，可是要整頓，也需慢慢的來，否則難免矯枉過正，要出大事的。」

「蔡大人說得好。」這個時候沈傲跨檻進來，笑吟吟地拍掌。

趙佶見沈傲來了，淡淡一笑：「清早就叫人去宣你進宮，耽擱到現在才來？坐下說話。」

沈傲在御案下坐下，隨即道：「蔡大人說得一點也不錯，任何事就怕矯枉過正，可蔡大人也是三朝老臣，可還記得神宗先帝在的時候，就曾發旨意要革除海事的弊端，當時荊國公也是這般說的，說是要徐徐圖之，可是整整圖了三十年，直到現在，海事非但沒有靖平，反倒更加糜爛。豪強沒有絕跡，反而一個個腰纏百萬之巨，身攜敵國之資。到了這個地步，已經到了不得不根治的地步了，再來烹小鮮，還要烹到什麼時候？」

蔡京淡淡笑道：「沈大人說得也對，是該去清查一下，只是沈大人打算如何整頓？」

沈傲微微一笑：「下官做事，講的是恣意而爲，現在人在汴京，對泉州一無所知，在談整頓還爲時太早，等什麼時候去了泉州，才能有應對的辦法。」

蔡京便不再說話了，笑著對趙佶道：「陛下，沈大人做事雖然恣意了一些，卻往往能出人意料，讓他整頓海事，倒也是契合的人選。既然沈大人堅持要去，老夫亦不反對。」

趙佶看了沈傲一眼，笑吟吟的道：「門下省沒有異議就好，朕過兩日就擬旨意，沈傲，你自己掂量著辦吧。」說罷又道：「蔡太師年邁，還是早些去歇了吧，朕還有話和沈傲說。」

蔡京起身，顫顫巍巍的行了禮，慢吞吞的退出去。文景閣裏只剩下趙佶和沈傲，趙佶道：「你打算什麼時候去泉州？」

沈傲道：「趁熱打鐵，估摸著也就是這幾日功夫。」

趙佶嘆了口氣：「好吧，朕也不留你，有件事，朕要吩咐你去做。」

沈傲道：「請陛下示下。」

趙佶道：「肅王雖然自食其果，可是他的家人並無過錯，你去吩咐一下，偷偷接濟一點吧。」他凝起眉，顯然不願讓宗令府出面，繼續道：「朕還聽說，泉州的海商許多都和朝中的大臣有干係，你這一趟去泉州，要小心一些。」

沈傲道：「陛下放心，臣帶著水師校尉去，保準出不了差錯。」

趙佶道：「朕會擬旨讓興化水軍暫時聽你調度，想必也足夠了。」

敘了一些話，趙佶將話題引到安寧身上，自然是囑咐沈傲好好待她之類，少不得要恫嚇兩句，安寧若是出了事，或是受了欺負，一定要嚴懲之類。這般恩威並重，正是趙佶的風格，只是沈傲沾的雨露多一些，雷霆卻少，也不把趙佶的話當一回事，便是趙佶不開口恫嚇，自己也沒有欺負安寧的必要。

從宮裏出來，沈傲直奔武備學堂一趟，自然是檢驗水師科的成果，到時候準備帶去泉州聽用的。

先是見了幾個水師教頭，周處幾個身上變化明顯，彪悍不減，卻多了幾分穩重，數月的操練，練得不止是校尉，更是教頭，他們這些平時散漫慣了的人，一旦習慣了這種生活，漸漸的也融入其中，見了沈傲挺胸抱拳，一齊道：「大人。」

沈傲擺擺手：「校尉操練的如何了？」

周處正色道：「大致是差不多了，基本的操練和規矩都懂了，平時也會教授些行船掌舵、張帆的知識，只是汴京沒有海船，要等他們去實際操弄一下，才能學以致用。」

沈傲頷首點頭，說起要去泉州的事，周處幾個道：「大人要去泉州整肅海事，卑下

倒是有些話要說。」

沈傲道：「你但說無妨就是。」

周處道：「卑下也曾在泉州行過船，那裏是大宋第一大港，往來的各國商人數以萬計，泉州四大海商，是崔、趙、馮、陳四大家，哪一家不管是在泉州還是朝中都極有影響，其中崔家的船便有一百四十餘艘，千料福船有三十餘艘，說他們富可敵國並不爲過。這崔家下頭的隨從、家人、還有船工便有四千餘人，這些人都是見過風浪的，大人也知道，在外行船，都是亦商亦盜，哪一個手裏頭都是見過血的，這一次大人要對他們動手，這些海商若是沒有了退路，難保不會……」

周處這番話算是掏了心窩了，後頭的話他也不好說，無非是要告訴沈傲，這一次去不是對付幾個商人，極有可能面對的是一群強盜，到了魚死網破的地步，誰也不能保證會發生什麼事。

其他的幾個教頭也紛紛道：「周教官說得不錯，咱們這些人從前幹的就是那種營生，豈會不知道這裏頭的名堂，出去行船的，都是殺人不見血的人，那四大海商勾勾手指頭，就可以叫成千上萬的船夫變成殺人盈野的盜賊，大人要及早做好準備。」

沈傲聽了他們的話，倒是早有心理準備，霍然從位子上站起來，目視著他們，淡淡笑道：「那你們怕不怕？」

周處幾個愣了一下，隨即抱手道：「卑下們能有今日，憑的是沈大人的提拔和庇佑，沈大人不怕，我等怕什麼？」

沈傲目光一厲：「這就是了，他們敢殺人，我們就不敢？誰敢勾個手指，我砍了他的腦袋，他們要是敢動手，我殺他們全家，他們有萬餘船工，我就敢把泉州港血流漂櫓。」

周處幾個先是愕然，隨即一想，沈大人也是上過沙場剿過賊的，殺人算什麼。紛紛道：「卑下願受驅策，願做沈大人的刀。」

沈傲含笑點頭，隨即叫眾人散了，一個人坐在明武堂發了一會兒呆，便回到家中去。

吩咐家人打點好行裝，少不得要和安寧卿卿我我一下，新婚燕爾，臨別在即，沈傲心裏頗懷歉意，拉著她的柔荑，小心拂了她額前的秀髮，說了幾句情話，冷不防傳出吃吃笑聲，只聽這聲音，就知道是周若幾個來了。

安寧臉色俏紅，頭都抬不起來，要掙脫沈傲的手，沈傲卻是死死攥住，大大方方的道：「若兒、蓁蓁她們來了最好，我這情話正好和你們一併說，省得一個個說了耽誤功夫。」回過頭來朝周若幾個招手：「來來來，我這情話保準教你們滿意。」

周若捂著肚子笑岔了氣，眼淚都要流出來，嗔怒道：「都做了太傅，還這般厚臉

皮。」

沈傲拉著安寧的手，梗著脖子爭辯道：「和自己的夫人說情話也叫厚臉皮？這是什麼道理，聖人說過，夫妻之間，人不如禽；母子之間，人不如獸，我們老夫老妻，更該禽獸不如，要臉做什麼？」

那句「人不如禽」後面一句話是：「危難之際，夫妻分飛；饑饉之時，易子而食。」說的是人不如禽獸，所以人才要學習禮儀，要克制自己的欲望，這才是君子。沈傲卻是故意曲解它的意思，拿來爲自己辯解了。

周若愣了一下，立即挽住唐茉兒的胳膊：「茉兒，你學問最好，他這般胡言亂語，我說不過他，你來說。」

唐茉兒清清嗓子，笑吟吟地道：「鸚鵡能言，不離飛鳥；猩猩能言，不離禽獸。今人而無禮，雖能言，不亦禽獸之心乎？夫唯禽獸無禮，故父子聚麀。是故聖人作爲禮以教人，使人以有禮，知自別於禽獸。這也是聖人說的。」

這句話便是說人與禽獸的區別，用以駁斥沈傲方才夫妻之間不如禽獸的話，拐彎抹角說沈傲不知禮。

唐茉兒說罷，臉色也羞紅了，以她的家教，女人是不該斥責夫君的，這也是禮，明明白白的出自《女誡》上。後面的話就沒有底氣了：「夫妻之間豈能做禽獸，該相敬如賓才是。」

周若幾個紛紛拍手爲唐茉兒喝彩，安寧笑吟吟的抿抿嘴，垂著頭不敢說話。

沈傲大是鬱悶，只好舉械投降：「好，好，好，我說不過茉兒，聖人說過，如果你爭辯不過一個女人，就該用另一種方式征服她，這是沈大聖人說的，今夜我就要付諸行動。」

這句話赤裸裸的太過明顯，唐茉兒嫣紅的俏臉上羞意更甚，這一回輪到她舉械了：「沈大聖人的話教小女子無言以對，請沈大聖人饒了茉兒可好?!」

沈大聖人此刻英姿勃發，更是乘勝追擊的時候，叉著手哈哈笑道：「不許告饒，不報這一箭之仇，怎麼證明沈大聖人睚眥必報？」

眾人笑成一團，安寧還不習慣這種場面，愣了一下，咀嚼了沈傲方才的話，才發現了其中的深意，不由躲在沈傲身後掩飾自己的尷尬，忍不住輕輕擰了沈傲胳膊一把。

在家裏歇了兩天，宮裏的旨意出來了，沈傲和武備學堂那邊都做好了準備，水師校尉加教頭足足六百人，此外還有帶去的長隨隨扈，人數著實不少，單車馬就有百餘之多。

吳三兒也打算跟著去，泉州是數一數二的大城市，其地位在這個時代不在蘇杭之

下，邃雅山房的生意若是能向那裏拓展，整個嶺南、福建都能輻射出去。

沈傲和妻子們一一道別，帶著幾分依依不捨地上了馬車，不敢去看那倚門而盼的身影，心裏吁了口氣，馬車便啓動了。

從汴京到福建路，路途遙遠，需先從運河到蘇杭一帶，再改走陸路，前前後後最快也要一個半月，這還是官家出行的結果，換了尋常的百姓，哪裡有專用的船？又哪裡有這麼多車馬？就算中途沒有遇到天氣迭變，至少也要三五個月的功夫。

水師校尉們一個個士氣高昂，操練了三四個月，效果已經出來了，至少一個個都顯得精神無比，對軍令完全服從，能吃得苦，受得累。

能挑選入水師科的校尉，大多數家鄉都靠著海，有的是江南路，有的是廣南東路，福建路也不少，這一趟回去頗有些衣錦還鄉的意味。

在此之前，博士已經做了動員，讓校尉明白此行的危險，叫他們及早做好準備，沿途更要小心謹慎。因此這一路過去，斥候都是按行軍打仗的規定來先行探路的，便是船隊下運河，前頭也放了哨船，隨時觀察下游的動向。

到了杭州，眾人下了船，蘇杭的大小官員都紛紛在碼頭上拜謁，沈傲壓根不見他們，這些人表面上俯首貼耳，其實心裏頭多半在等著看自己的笑話。

泉州的豪強若是被沈傲整治下去，蘇杭這兒誰還敢和沈傲對著幹？沈傲整頓海事，於蘇杭大小的官員並沒什麼益處，現在他們雖然不敢作出任何舉動，其實也只是在觀望，先看看泉州那邊怎麼樣，再做決定。

倒是市舶司的魯公公巴巴地來見，沈傲想了想，還是決心見他一面，叫人放他過來相會。

這魯公公見了沈傲，立即眉開眼笑地行了禮，熱絡地叫了一聲沈大人。

魯公公雖然是市舶司的人，可是對沈傲整頓海事並沒有太大的抗拒，他畢竟是宮裏的人，真正的前途是在宮裏，現在搭上了沈傲這條線，將來少不得要入宮聽差或者放到他處去掌事的。市舶司沒了就沒了，他還瞧不上眼呢！

沈傲看了魯公公一眼，慢吞吞地道：「魯公公來尋本官，可是有事嗎？」

魯公公諂笑著道：「大人到了杭州，咱家總要盡下地主之誼。」

沈傲搖頭道：「我急著趕路，魯公公好意，就心領了。」

魯公公倒也不再勸說，笑吟吟地道：「這一趟來，是有個人想見大人。」

「什麼人？」沈傲頗覺得意外，雖說蘇杭這兒他來過不止一次，可是這個時候有人來見自己，到底爲了什麼？

魯公公左右張望了一下，看了沈傲身側的周處一眼，抿抿嘴，笑呵呵地不說話。

沈傲皺眉道：「你儘管說，這位周教官是本官的心腹。」

周處臉上露出些許感激，魯公公只好道：「是個海商要見大人，從泉州來的。」

沈傲正色道：「人在哪裡？這裏也不是說話的地方，這樣吧，本官先到你那兒去安頓，你安排一下。」

這時有海商來相見，讓沈傲有些意外，這個人，他倒是想見一見。

魯公公頷首點頭，立即前去張羅安排，當天夜裏，沈傲便住進了市舶司衙門，魯公公宴請了諸人洗塵，又安頓了校尉，才請沈傲到書房中去。

魯公公雖說不識字，可是書房卻是夠闊綽的，裏頭的書冊堆得架子上都是，走進去，撲面的書香瀰漫在鼻尖，有一種似曾相識的感覺。

沈傲不客氣地在書桌前坐下，過不多時，魯公公便領來一人，這人身材矮小，身子有些發福，臉上似乎永遠掛著招牌似的笑容，頷下一叢整理得極好的鬍鬚很惹人注意，一見到沈傲，忙不迭地下拜行禮：「泉州商人佟玉見過大人。」

沈傲只是淡淡一笑，道：「你來見本官有什麼事？本官欽命整肅海事，若是來做說客的，還是免了吧。」

佟玉仰起臉來，笑吟吟地道：「大人，小人此來，是給大人報信的。」

「報信？報什麼信？」沈傲淡淡地看了他一眼。

佟玉道：「小人是泉州人，在泉州的海商中也還排得上號，雖然比不過泉州四姓，這生意卻也遍佈四海了。就在幾日之前，泉州那邊傳來消息，說是整個泉州突然和從前不一樣了。」

沈傲抿抿嘴，冷哼道：「前幾日的消息，你現在就能收到，不要告訴我，你是千里眼順風耳。」

佟玉不疾不徐，慢吞吞地道：「不敢隱瞞大人，小人並沒有千里眼和順風耳，卻有鴿子，咱們這些做生意的，最在意的就是消息，哪裡出了糧荒，哪裡出了亂子，缺乏藥材，只要比同行早知道一些，便可比別人快一步，大賺一筆。」

信鴿這東西作為傳輸工具倒是古已有之，只不過馴養不易不說，糜費也很大，而且這消息也不一定能夠有效傳達，因此運用並不普遍，想不到這些做生意的倒是會利用這個機會。

沈傲莞爾一笑道：「好吧，你說說看，泉州那邊有什麼消息。」

佟玉道：「泉州的近海突然出現許多不明的船隻，除此之外，四大姓的船突然都出海了，卻都是空艙出海的。」

沈傲皺眉，這個消息很重要，不明船隻倒不說，最重要的是那四大姓的動向，所有的船全部出海倒也罷了，如今卻全部空艙出去，他們的船都是商船，出海肯定是巴不得把貨艙全部堆滿，怎麼可能空艙？

佟玉道：「沈大人，小人知道了這消息，便在想，在大人欽命巡視泉州的節骨眼上，爲什麼四大姓做出如此動作，後來小人想明白了，他們這是要演一齣戲，就等著大人到泉州去。」

沈傲徐徐道：「你的意思是說，他們的船會變成海盜船，等我到了泉州，他們再假扮海盜攻泉州？」

佟玉頷首點頭：「大人的大名，小人是早已聽說了的，泉州四大姓又豈會沒有聽說過？這一趟大人領著欽命去，四大姓的生意就再也做不下去了。所以無論如何，他們一定會走這一步險棋。」

沈傲冷冷目視著他：「可是你呢？你不也是海商？爲什麼要來通風報信？」

佟玉磕頭，卻並沒有露出懼色，正色道：「因爲小人梳不通京城的關係，字號裏的船隻要入了泉州港，就要繳納商稅。」

沈傲臉色緩和了一些，大致已經理出了脈絡，這個佟玉生意做得不小，卻不是官商。這就意味著他的船出入港口都要付出大額的稅金，別人一趟象牙運回來成本是十貫錢，他一趟貨運回來卻要十五貫，人家是輕鬆獲利，他就不同了，一方面得控制住成本，一方面還得面對別人的打壓，四大姓若是想讓他倒楣，輕輕捏下手指頭，將象牙以十五貫的價格拋售出去，佟玉立即就粉身碎骨。因爲十五貫對於四大姓來說還有利潤可言，可是對他來說，低於這個價格就是血本無歸了。

說來說去，這佟玉巴巴地過來報信，爲的還是個利字，沈傲整肅海事對四大姓這種官商來說固然是要命的事，可是對普通的海商，卻不啻是一種福音，雖說朝廷沒有免除他們的稅額，可是只要將官商拉到他們一條線上，這海貿的生意對他們來說就好做多了。

沈傲淡淡地笑起來，隨即磕著案道：「你這個消息很有用，本官知道了。」

佟玉道：「大人，這泉州，您還去不去？」

沈傲笑吟吟地道：「去，當然要去，爲什麼不去？」

佟玉臉色煞白：「大人……難道不怕……」

沈傲微微抬起下巴，傲然道：「要怕的不是我，是他們，否則他們也不會出此下策，這樣也好，本來嘛，本官只是去奉旨整肅，他們既然敢做出這種事，那也不用留了，想活容易，想死更容易。」

將佟玉送走，一直在旁沉默的魯公公道：「大人……」

沈傲靠在椅上，方才喝了幾杯酒，顯得有點兒醉了：「你不必說什麼，只讓你辦一件事，泉州那裡整肅好了，蘇杭這兒邊就交給你來整肅，放心，蘇杭不比泉州，沒人扮海盜。你記著，誰也不必怕，在你的身後站著的是我，還有大宋皇帝，知道了嗎？」

魯公公愕然了一下，這個差事固然要得罪許多人，可是另一方面好處也是極大的，猶豫了一下，咬咬牙道：「咱家以沈大人馬首是瞻。」

沈傲疲倦地搖搖頭，道：「去睡吧。」

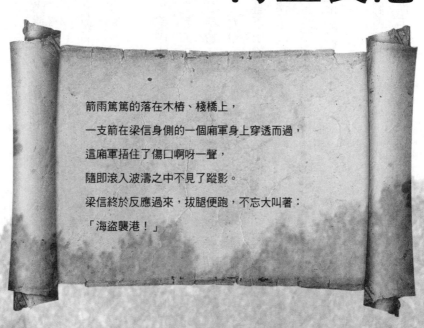

第二十四章 海盜襲港

箭雨篤篤的落在木樁、棧橋上，
一支箭在梁信身側的一個廂軍身上穿透而過，
這廂軍捂住了傷口啊呀一聲，
隨即滾入波濤之中不見了蹤影。
梁信終於反應過來，拔腿便跑，不忘大叫著：
「海盜襲港！」

一夜過去，清晨的曙光還未初現，水師校尉們便集結點卯，隨即登上海船，往泉州順水而下。

這些海船都是調用市舶司的船隻，共有四艘千料的福船，還有七八隻哨船、補給船，本來市舶司是要請船工的，結果沈傲不許，只讓校尉們上去，補給了食物和水，便揚帆出海。

至於如何掌舵、升帆，都由水師校尉們來做，許多人是第一次接觸海船，好歹腦子裏總記得一些知識，再加上教頭指點著，偶爾出點差錯也能立即制止。

爲了給他們一次實習的機會，沈傲這一趟算是把自己的命都豁了出去，若是遇到哪個不長眼的傢伙出了事故，大船一翻，那真是倒楣了。

好在他還算鎮定，儘量不出艙去，省得走在甲板上就聽到某個教頭大吼：「××，快升帆，快啊……」那帆愣是沒有升上去，真真嚇出沈傲一頭冷汗，須知這帆要順著海風調節的，若是出了差錯，說不定整艘船都得進海裏餵王八去了。

好在這裏是近海，海風的影響倒還沒有到要人命的地步，雖是沿途上冷汗流了一身，只是虛驚一場。

航行了七八天，校尉們總算有了點模樣，雖然仍要教頭去喝罵，可是出的差錯漸漸少了。船上最清閒的就是炮手和水兵，這兩種校尉都是用來海戰的，暫時不必去鼓搗船隻，沈傲看不過去，讓周處好好操練他們。

原以爲到了船上可以歇一歇，誰知卻要到甲板上操練，於是怨聲載道了一陣，最後，整個船隊只剩下口令和操練的口號了。

宣和八年二月十三，此刻的泉州萬里無雲，涼意漸去，這裏的開春來得早，汴京還是天寒地凍的時候，泉州就已入夏了。

泉州港是海上絲綢之路的起點，在唐代，泉州已是大唐四大港口之一，到了現在，已是天下最大的港口。

泉州人口過百萬，規模當然不會小，每天進出港口的船隻和貨物也不可能只靠一個港口吞吐貿易，整個泉州的港口星羅密布，坐落在海灣上，唯有其中的一處碼頭卻是行人寥寥。

這是通達碼頭，碼頭的棧橋比之其他港口、碼頭寬了不少，連接碼頭的地方並沒有貨棧，只是一處高樓，平時這裏並不裝卸貨物，也不允許商船停靠，唯有官船抵達，才許人靠船的。

連接棧橋的一處高樓叫望遠樓，所謂登高望遠，形容的是朋友遠來眺望的意思。這個時候，望遠樓裏已是熙熙攘攘，整個泉州的頭面人物大致都來齊了，市舶司、泉州知府衙門、當地廂軍指揮、轉運司衙門，還有四大姓海商以及當地的一些望族，都盤踞在望遠樓的五樓，隔窗飲茶，談笑風生。

算算日子，沈傲大致也該到了，沈楞子是欽差，又是太傅加國公，單這身分，就足以秒殺在座的這些泉州官商；固然是強龍不壓地頭蛇，可是這個光景，該盡的禮節還要盡一下，此前大家已經商量好了，若是那沈楞子識相也就罷了，只要識相，大家不介意好好伺候著；可要是不識相，少不得要拼一拼，那時候就沒什麼情面可講了。

在這些人裏，泉州知府馬應龍並不顯眼，放在其他的府，知府自然是掌握全局的，可是在泉州，那市舶司的公公、轉運使的大人，哪一個都不比他品級要低，權力更是大得駭人，因此馬應龍只坐在最末，乖乖地喝著茶，也不好發表什麼話。

四大姓裏頭，以崔簡爲首，身邊還坐著個精神奕奕的年輕人，便是從汴京趕來的崔炎。

市舶司張公公見了這崔炎，笑呵呵地說了許多話，自是說崔炎少年才俊之類，崔炎倒也還算客氣，談得正歡，首位上的泉州轉運使胡海卻打斷他們，正色道：「今日姓沈的只怕不會來了，明日再等吧。」他長身而起，便要打道回府。

那張公公嘶著聲道：「再等等，說說話也好，胡大人，咱們呢，不急，有的是時間和那姓沈的周旋。」

胡海猶豫了一下，重新落座，轉運使本是一路的官長，只不過泉州極爲重要，大宋特例在這裏設轉運使，也正是如此，胡海的官銜在整個泉州最高。

胡海挑了挑眉，端起一杯茶盞，慢吞吞地道：「聽說那姓沈的在蘇杭停留了一下，接待他的是蘇杭市舶司的曹公公，這個曹公公，張公公可認得嗎？」

張公公笑道：「認得，咱家在宮裏的時候還和他共過事呢，他是童貫公公的人，早年便隨童貫到蘇杭去了，後來童公公調去了邊鎮，便保舉他在蘇杭市舶司裏公幹。」

崔炎笑呵呵地道：「那張公公又是誰的人？」

這一句問出來，大家哄然大笑，崔炎是尚書省郎中崔志的長子，是大家的晚輩，因而他這句話固然有些孟浪，大家也不介意，張公公笑得臉頰通紅，道：「咱家誰的人都不是，自己靠自己。」

胡海正色道：「好啦，不要說這麼多閒話了，只是不知海壇山那邊準備得怎麼樣了，崔先生，這事兒是你經手的，一定要做到萬無一失的好。」

海壇山是一個島嶼，那裏盤踞著不少海盜，不過在泉州做海貿的，商就是匪，匪就是商，打斷了骨頭還連著筋，就比如這崔簡，雖然是一等一的海商，可是在海壇山裏，少不得有個水寨聽命行事的。

崔簡正色道：「萬無一失，糧草、補給、武器都送去了，商船也都空載了過去，整

個海壇山有萬餘人上下，都是亡命之徒，殺人不眨眼的角色。」

胡海頜首點頭，他是官身，做這種事沒有崔簡這般鎮定，心裏總有些虛，轉而向那廂軍指揮道：「大家都是一條船上的，這戲份要做就要做足，到時候廂軍那兒還要調些人到碼頭上抵抗一下再敗退下來，省得讓人說閒話。」

廂軍指揮道：「大人放心，到時我親自壓陣，時候差不多了便自有主張。」

胡海鬆了口氣，捋著鬚道：「怕就怕興化水軍那邊，若是讓姓沈的調動了興化水軍，咱們就完了，這一次欽命是叫那姓沈的統領著興化水軍的。」

崔簡含笑道：「大人放心，興化水軍指揮黃乖官平時吃拿咱們的可不少，真要整肅，他也是吃不了兜著走，他已經來了信，再三保證絕不會將水軍落入沈傲手裏，逼得急了，他也是敢殺人的。」

胡海頜首點頭：「這就好，這就好，如此一來，咱們就萬無一失了，那姓沈的就是水中蛟龍，咱們布下的天羅地網也要讓他上天無路，下海無門。」

張公公嘻嘻笑道：「這姓沈的厲害之處，咱家早就知道了，也是個狠戾的傢伙，只是這是泉州，不是蘇杭，來了就要他有來無回。」

眾人說到興頭處，都是眉飛色舞。唯有那知府馬應龍心裏卻是顫顫的，心裏想，殺了欽差，你們倒是乾淨俐落，可是我是知府，到時候雷霆震怒，我這疏忽之責是跑不掉的，這官是沒法做了。

正說著，下頭有人稟告：「大人，哨船派出去，發現了沈大人的坐船，就要到港了。」

「來了？」胡海霍然而起，四顧樓裏的人，原想說大家去棧橋接一下，隨即一想，這時候太熱絡了也不好，隨即又坐下，慢吞吞地道：「好，來了好，省得七上八下的，大家再等等，等那姓沈的到了，咱們再去拜見。」

正是正午時分，碧波在陽光下閃閃生輝，海鷗盤旋，其他各處的船隻進進出出，端是熱鬧；過了一會兒，便有七八艘小船拱衛著三艘福船徐徐過來，駛入通達碼頭，沿途暢通無阻，直接在碼頭棧橋處靠岸。

泉州大小人等已經在一旁候命，爲首的胡海看著船上放下了舢板，先是有人下來，卻也不肯上前去接人，只是對一旁的張公公道：「到時候他來了，你先上去打話。」

張公公愕然了一下，抬眼看了胡海一眼：「不知大人有什麼計較？」

胡海道：「我在邊上看著。」

正說著，舢板下有人抬著一方小轎出來，前頭有數十個校尉開路，後頭又有百餘個校尉尾隨，還有人搬著箱子和隨身用品，當前的校尉過來，冷眼看著他們，朗聲道：

「欽差沈大人座駕，快快讓路。」

那張公公笑吟吟地道：「咱家市舶司張棠，特帶泉州上下在此迎候欽差大人，爲大人接風洗塵。」

那校尉看都不看張公公一眼，淡然地道：「我家大人旅途勞頓，正要休息，已經吩咐下來，誰都不見。」

棧橋尾處的泉州上下人等面面相覷，心裏都想，這個欽差真是好大的架子，說得難聽一些，就是蔡京蔡太師過來，好歹也會和大家照面一下；有人忍不住生疑，低聲道：「這欽差莫不是暈船了吧？」

大家這麼一想，便都覺得這個理由最充分，海船不比河船，海上風浪大得很，若是第一次出海的，暈船是再正常不過的事；這欽差只聽說是汴京人士，雖說坐過漕船，不見得坐得慣海船。

張公公笑了笑道：「既然如此，那咱家就帶欽差大人到敝處歇腳。」

校尉依然冷聲道：「不必，欽差大人說了，來這泉州是爲了整肅海事的，其餘的，不勞諸位操心，咱們自己尋個客棧住下。」

說罷分開前頭的人，拱衛著轎子便走。

碼頭上的人面面相覷，一時還沒有回過神來，看那一行人越走越遠，張公公呸地吐了口吐沫，獰笑道：「不要臉的東西。」

胡海正色道：「他這樣做，是決計不和我們爲伍了，事到如今，咱們也不必客氣了。來人，去，盯著他們，看他們住在哪家客棧，有什麼動靜，隨時來稟報。」

說罷又朝崔簡道：「崔先生怎麼看？」

崔簡臉色平靜：「這樣也好，不見就不見，省得攀到了交情，最後還要翻臉。我立即傳信去海壇山，叫那邊做好準備。」

胡海頷首點頭道：「崔先生，有勞了。」想了想，又對張公公道：「張公公，你少不得還是要去拜謁一下，打探打探虛實，這姓沈的誰都不見，是有點古怪。」

張公公想了想道：「胡大人說得是，咱家明日就去拜謁。」

一行人商議已定，也都放下了心，便各自回府。

欽差行轅設在瑞祥客棧，這客棧裏外三層，占地不小，門面也闊綽，前哨先和客棧的掌櫃談妥了，隨即直接入住進去，門口立即安排了幾十個校尉放哨，就是店裏的小二出去採買，也得驗明正身。

店家一開始還以爲來了大生意，後來聽說是欽差行轅，嚇得連話都說不清楚了。這裏是泉州啊，招待這位欽差，到時候肯定是有人要來找麻煩的。坊間早就流傳了，說是

欽差這一趟就是來收拾泉州的，能收拾倒也罷了，可要是收拾不了，到時候他這店家保準要被人收拾了。

店主膽戰心驚地躲在後頭不敢出來招待，好在也沒人吩咐他過去，一夜過去，便看到客棧外頭熱鬧得很，原來是市舶司的張公公帶著隨從來拜謁了，只是被門口的校尉擋了駕，這些校尉也凶得很，面無表情地只說欽差大人旅途勞頓，誰也不見。

跟在張公公後頭的人也火了，有人囉嗦了一句：「我家張公公乃是市舶司督造，何等尊貴，便是欽差又如何……」

他話說到一半，門口的校尉突然眸光一閃，隨即按住刀柄，等他繼續說：「這裏是泉州的地界，不見咱們張公公，只怕欽差大人在這裏寸步難行。」校尉們已整齊劃一地抽出半截刀來。

陽光照耀，半截刀身在陽光下閃閃生輝，寒光陣陣，爲首的一個校尉一字一句地道：「欽差大人有令，無關人等，誰敢踏入客棧一步，殺無赦！」

事情到了這個地步，張公公的臉色已經很難看了，後頭的隨從還想說幾句場面話，張公公對後頭的人打了個眼色，接著，朝這些校尉冷笑一聲道：「不見就不見，咱家既然討了沒趣，那就走吧。」鑽回軟轎，從轎中吩咐道：「去崔家。」

客棧的店家看到那張公公的臉色，真真是有苦說不出，欽差是重要人物，張公公當然不敢動他，可是給了那張公公一個閉門羹，難保往後要來找麻煩。他心裏已經有了打算，等欽差走了，自家也得儘快把店鋪盤出去，回鄉下置塊地，保個平安算了。

張公公被人擋了駕，直往崔家而去。

這崔家乃是泉州第一豪族，宅邸巍峨，占地極大，從外看去，櫛比鱗次的屋脊連綿看不到盡頭。

門房見了張公公，從來是不攔的，只是行了個禮，低聲道：「我家老爺在載德堂喝茶。」

張公公頷首點頭，進了門房，腳踏青石板鋪就的路面，穿堂過巷，到了一處偏僻的廳房，徑直進去，才發現裏頭已經坐了不少人了。在座的都是泉州有數的官商，見了張公公來，紛紛站起來，少不得抱拳行個禮。

張公公對這些人卻是一絲都不敢怠慢，隨便一個人的身後或許就站著一個國戚重臣，連忙笑吟吟地回了禮，才撿了個位置坐下：

「崔先生，咱家剛去了那客棧一趟，結果給擋了駕回來，這姓沈的實在太不識抬舉，擺這麼大的架子，明顯就是給咱們看的。事到如今，既然沒有迴旋的餘地，也就不必再客氣了。」

崔簡坐在首位，坐在下首位置的是他的侄子崔炎，這崔炎是年輕人，又是尚書郎的

兒子，天下還真沒幾個人被他放在眼裏的，狠狠地道：

「到了這個田地，這樣也好，不必有什麼顧忌，既然這樣，那就立刻行動，姓沈的多在泉州待一天，家父在京城就一天不安穩。」

眾人七嘴八舌地議論，有摩拳擦掌的，有臉露畏色的，各有不同，都看著崔簡這邊，崔簡慢吞吞地喝了口茶，咳嗽一下清清嗓子道：

「本來呢，我們只是做些買賣養家糊口，和那姓沈的井水不犯河水，也沒什麼深仇大恨，大家能相安無事，那是再好不過的事。這姓沈的，文能一舉中的，武能剿滅天一教，寫得一手好字，更畫得一幅好畫，說起來，鄙人也是愛畫之人，見了他的畫，才知道世上有這樣的妙手，便是吳道玄再生，只怕也和他半斤八兩。」

他慢吞吞地說著，彷彿是在話家常，讓人聽了一頭霧水：

「不說別的，就說生意上的事，他的書畫轉賣到倭島去，轉手就能賣上十倍百倍的價錢，前次我在汴京就托人收了他三幅畫，轉手到倭島，足足賺了四萬多貫，這樣的才子，聽了都讓人眼熱，鄙人也極想和他結交一下，就是爲他穿靴磨墨，那也值了。」

接著，他狠狠地一拍桌案，語氣突然變得無比嚴厲起來：「可是這汪洋大海就是咱們的命根子，是咱們的身家前程，是咱們子子孫孫的飯碗。現在那姓沈的把咱們的飯碗砸了，我還能坐視？還能冷眼旁觀嗎？」

他這一句話說到了許多人的心坎裏，沒了這條發跡的財路，他們後頭的國戚大臣們拿什麼去朝廷裏打點，他們的衣食從哪裡來？眾人七嘴八舌地道：「斷人財路如殺人父母，姓沈的不讓我們活，我們也不讓他活。」

「殺！怕個什麼，反正讓他恣意胡爲也是死，要死，也先送他一程。」

「沒什麼好說的，到了現在這樣的地步，不是一路死就是他獨活，我鄭家滿打滿算三百來口人，難道讓他來養？拼一下或許還有活路。」

崔簡捋鬚笑了笑，將聲音壓下去，才繼續道：「欽差是什麼人？欽差代表的是天子，是奉天巡守，殺一個欽差若說一點都不害怕那是假的。說句掏心窩的話，我怕，怕得很！」

他用手撐著站起來，目視著眾人：「可是，我更怕的不是闖下這滔天大禍，怕的是我崔家的家業徹底被人葬送掉，既然如此……」

他推下桌上的茶盞，茶盞砰地一聲落地，濺射出無數碎片，他才慢吞吞地道：「那就讓他去死吧！」

崔簡的聲音既激動，又有一種刻意壓制的嘶啞，他在廳中踱步，這個時候語速變得極快：「立即知會海壇山那邊，事不宜遲，再晚就透出消息去，明夜就動手，戲要演足，一定要裝出一副海賊襲港的樣子，我崔家在碼頭的幾個貨棧，故意放些貨物過去，告訴他們，讓他們放手搶，要讓整個泉州都知道，我崔家也是海賊襲港的受害者。還有……這件事還要知會一下胡海胡大人。張公公，這個就要勞煩你一趟。還有，大家回去之後要若無其事，我今日把話放在這裏，若是誰心疼碼頭處貨棧裏的貨物，連夜去轉移貨物，便是和我崔家爲敵，到時候治你一個勾結海賊的罪。」

眾人紛紛道：「不敢，崔兄放心，我等又不是不曉事的人，今天把貨挪走，這不是告訴別人，自個兒事先知道海賊要來襲港嗎？」

崔簡頷首點頭道：「就是這個意思，咱們能不能保全，最緊要的就是不能露出破綻，那姓沈的簡在帝心，受到的聖眷是亙古未有，事情敗露，只怕下一刻就是禁軍出動圍剿泉州了，到時候就是雞犬不留。」

張公公打了個冷戰，他其實早預料到會有那樣的後果，只是這時經崔簡說出來，卻也覺得有點兒害怕，忍不住道：「誰要是把事兒玩砸了，禁軍不來圍剿，咱家也先殺了他。」

眾人當然不敢說什麼，也知道事情到了如今這個地步，已沒有回頭路可走了。

整個泉州，仍舊是熙熙攘攘，海商、番商來往不斷，那碼頭處堆積的貨物將貨棧堆得滿滿的，腳夫來往在棧橋上裝卸貨物，更遠處，便是波光粼粼的大海，一艘艘商船停泊在海面上，各色帆布一葉葉的看不到盡頭。

幾個穿著常服的校尉手裏拿著紙筆，在碼頭各處開始繪圖，測繪是校尉的基本功，雖說這時候測繪出來的圖紙並不準確，可是畫出來也八九不離十了。他們畫起來很認真，有時候還要拿出木尺來計算一下，標上大致的資料。只是他們不知道，在他們的身後，早就有人盯梢，都是一些穿著青衫、腳夫打扮的漢子。

在不遠處的望遠樓，一個文士打扮的中年男子正坐著喝茶，他有一把漂亮的山羊鬍子，臉色有點兒蒼白，弱不禁風的樣子，不知道的，還當是個書生。

坐了一會兒，有個青衫漢子匆匆過來：「趙主事……」

「查清楚了嗎？」

「大致差不多了，只知道那些人從客棧出來，便分散到各碼頭寫些什麼，弟兄們想過去看看，也看不清，好像寫的不是字，小人在大食商人那裏倒是看過這種標記，猜得不錯的話，這些人或許是在記錄貨物的吞吐。」

這趙主事輕輕地將手掌放在桌案上，道：「是了，姓沈的要查稅，當然要記清這個，現在先把大致的賬目記下，到時候肯定是要借這個發難的。」他淡淡一笑道：「由著他們去記吧，不要理會，也不要阻攔，叫個人回府去給老爺回個話，交代一下就成了。」

青衫的漢子領了命，拱手就走；這趙主事仍舊喝著茶，目光眺望著遠處的點點白帆，忍不住喃喃道：「這樣的泉州多好，姓沈的太不識相了，到時候少不得要折騰一下，可惜，可惜。」

梁信只是個廂軍虞候，他這個差事實在不太緊要，既不受上頭器重，又沒有家底支撐，所以這個虞候足足做了七年，原地踏步是肯定的。

泉州的港口有十幾處之多，分佈在三個海灣，一入夜裏，站在岸邊便有潮水轟鳴，聽得振聾發聵；今日雖然海上無風，可是在這棧橋上值夜，也是一件很辛苦的事。

七八個廂軍懶洋洋地縮在棧橋上，那潮水漫過來又褪下去，遠處是泉州的燈塔，足足有數十丈高，熊熊火焰搖曳燃燒，讓人生出些許暖意。

梁信低聲咒罵了幾句，從腰間取來一個酒葫蘆，搖了搖，嘆了口氣，向身邊的廂軍問：「誰還有酒，勻兩口給我。」

眾人都是搖頭，其中一個道：「大人，前幾日不是嚴令守夜的喝酒嗎？弟兄們不敢帶。」

梁信氣呼呼地道：「他們是吃飽了撐著，做官的夜裏摟著婆娘睡當然不用喝酒，我們在這天寒地凍的地方守個一夜，沒酒還要讓人活不？」

發了幾句牢騷，也覺得沒什麼意思，便在棧橋上坐下，倚著木樁打了個盹，等他迷迷糊糊醒來的時候，便聽到有個廂軍在叫他：「虞候……虞候……快看。」

梁信大怒：「窮吼什麼？」

這一下把所有人都驚醒了，那受驚嚇的廂軍用手遙指大海的深處：「快看，那是什麼？」

梁信懶洋洋的舉目過去，立即打起了精神，夜霧升騰的海面上濤聲似吼，在夜幕之中，借著燈塔和星光，依稀有一艘艘船從夜幕掙脫出來，一艘……兩艘……七艘……看不到盡頭。

船？梁信剎那功夫便否認了這是商船，泉州港幾個海灣在夜裏都要上鐵鎖，禁止商船通行的，要入港，至少也得等到第二日清早再進來，這些……絕不是商船。

「不好，海盜……」

梁信大叫，已可以看到一艘巨大的船朝這一處棧橋飛速衝來，到了近海竟還不撤下帆布，借著海風飛速移動，梁信幾乎可以看到那斑駁的船身和黝黑的船舷，船身在波濤中化開一道水花，迅速地擴散開去。

隨即，漫天的箭雨從黑暗中飛射過來，梁信大驚，已是駭然到連跑都忘了，以往泉州海域也有海盜，可是泉州重地，尋常的海盜哪裡敢放肆，再大膽也不過在海灣外等待商船出港之後動手罷了，敢襲擊泉州的海盜，這是他第一次看到。

箭雨篤篤的落在木樁、棧橋上，一支箭在梁信身側的一個廂軍身上穿透而過，這廂軍捂住了傷口啊呀一聲，隨即滾入波濤之中不見了蹤影。

「跑！」梁信終於反應過來，拔腿便跑，而後是哀嚎和喊殺聲，他只顧著邁腿，海風的腥鹹味很快被血氣蓋住了，但他不忘大叫著：「海盜襲港！」

是夜，密密麻麻的海盜船直入泉州各處港口，大船放下小艦，或直接在棧橋上搭上舢板，無數的人密密麻麻地提著刀槍衝上棧橋，衝上碼頭，衝入貨棧。緊閉的泉州城門上，點點火把點起，守軍還沒有反應，那扶著梯子的海盜便殺入了城。

當地廂軍指揮抵抗了一下，實在守不住，只好棄了這道屏障，撤軍固守內城。內城總算穩固住了，可是泉州數十處港口碼頭還有外城，全部落入海盜之手。

瑞祥客棧就在外城牆根下，一隊殺紅了眼的海盜衝進去，卻發現整個客棧竟是人去樓空，為首的一個海盜古銅色的臉抽搐了一下，揚著溢血的長刀，踢翻了個桌子，惡狠狠地道：「人呢？」

一個海盜道：「莫不是跑了？」

那首領搖搖頭，眼眸中透著一股怒氣：「若是跑，為何整個客棧這麼齊整？糟糕，或許他們早知道了消息，事先已做好了準備。弟兄們，隨我去追追看。」

從客棧出來，整個泉州外城到處都是火光，恐懼的尖叫和獰笑絡繹不絕。外城大多都是水手和番商的住所，內眷大多安排在內城，這些水手和番商這時也發現了不對勁，可也都不是輕易能惹的，都是提了武器出來抗拒海盜。

直到天亮，海盜才如潮水般從泉州退去，駛入海中，一葉葉滿載著劫掠來的貨物從容而去。

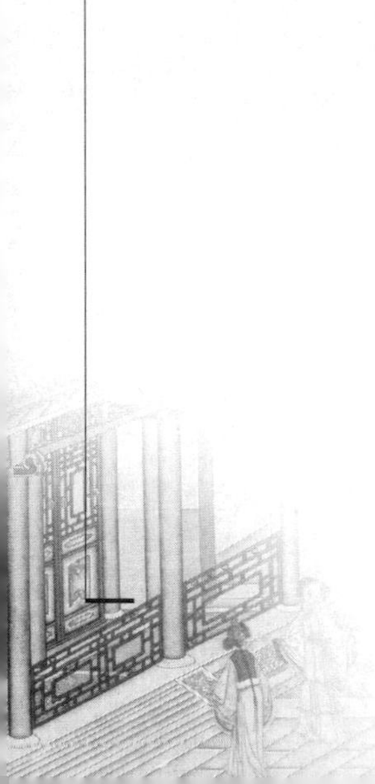

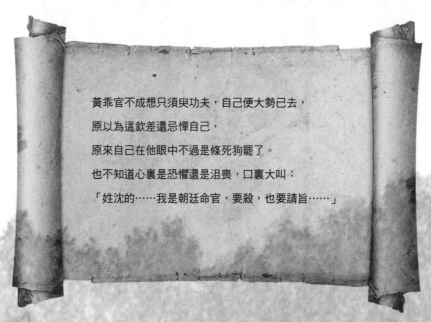

第二十五章　大勢已去

黃乖官不成想只須臾功夫，自己便大勢已去，
原以為這欽差還忌憚自己，
原來自己在他眼中不過是條死狗罷了。
也不知道心裏是恐懼還是沮喪，口裏大叫：
「姓沈的……我是朝廷命官，要殺，也要請旨……」

崔府，一大清早便有人神色匆匆進去，就在崔府的正堂裏，熬了一夜的人大有人在，都在不安地等著消息，見到有人進來，所有人都霍然而起，連崔簡也不例外，最先發問的是崔炎。崔炎急不可耐地道：

「怎麼樣，沈傲死了嗎？」

那人臉色沮喪，垂頭道：「不見了。」

「不見了？」所有人倒吸了口涼氣。

崔簡狠狠地拍了桌子：「怎麼不見的？你說清楚。」

「小人也不知道，只知道海盜們衝進去的時候，整個客棧一個人都沒有，且桌椅都沒有摔碰的痕跡，應當不是急匆匆地逃走的。後來有幾個弟兄怕那客棧裏藏有地窖，也叫人搜過，什麼都沒有，兩百多個人一個都不見蹤影。」

「怎麼會？」崔簡愕然，慢吞吞地道：「府裏頭不是叫人去盯著他們嗎？白日還在，後來內城城門關了，因爲夜裏怕海賊誤殺了自家兄弟才把他們召回來。這麼說，那姓沈的早知道了咱們的動作，就在天黑之後的那個空檔把人撤走了？也不對，外城的城門夜裏不是要關上的嗎？」

張公公道：「外城不比內城，雖說關了門，可是有一條河引入外城邊上，尋常許多貨物都是通過那條河用河船從港口運進城的，那河道夜裏也不會歇，莫不是從那裏走的？」

崔簡又是狠狠地拍了桌案，懊惱道：「失策，失策！現在做下這等事，人卻跑了，咱們還有活路嗎？」

倒是那個胡海此刻卻是鎮定自若地道：「怕什麼，跑了也就跑了，只要沒人有證據說我們引狼入室，那姓沈的能拿我們怎麼辦？再者說，這一次海盜襲港，正好也可以推到姓沈的身上，就說他這欽差剛到泉州，便惹得這裏天怒人怨，許多船商不平，糾集海盜襲城，至於那些教唆海盜的海商，隨便捏造幾個出來就是了。總而言之，要讓朝廷知道，姓沈的再留在福建路這兒，將來還要出大事。朝廷那邊，再請諸位大人出一把刀，皇上難道會冒天下之大不韙，放任他在這裏捅婁子嗎？」

胡海這麼一說，所有人都鎮定下來，張公公道：「對，按這個意思辦最好，姓沈的殺不殺都沒關係，只要讓他滾出福建路，什麼都好說。」

崔簡定下了神，猶豫了一下，道：「就是不知道那沈傲跑到哪裡去了。」

經他這麼一說，胡海臉色一變，霍然而起：「興化軍！」

張公公也嚇了一跳：「咱家要是他，八成也是往興化軍那邊跑。」

堂裏霎時嗡嗡議論起來，許多人臉色越發難看，胡海道：「真要讓他跑去了興化軍，讓他控制住了興化水軍，依著他往日的行徑，肯定是要引水軍過來的。」

崔簡呆呆地道：「絕不能讓他控制住興化軍。他是昨夜走的，興化軍距離泉州最快也要三四天時間，他們沒有海船坐，若是走海路，只要一天就可到達。快，拿紙筆來，我去給興化軍指揮再寫一封信，直接了當地和他說，叫他無論如何絕不能上了姓沈的當，只要有自稱欽差的過去，立即先拿了再說。」

崔簡草書了一封書信，叫人立即送去興化；事情全部做完，才吁了口氣，對眾人道：「大家不必擔心，姓沈的沒有通天的本事，只要我們提早報了信，那興化軍指揮還會沒有防範?只要有防範就好，姓沈的翻不了天。他就是過江龍，咱們福建路也不是他撒野的地方。」

聽崔簡這麼一說，眾人多少安心了一些，熬了一夜，哪個養尊處優的人吃得消？一個個已經打起了哈欠，紛紛告辭出去。

待人都散了，崔簡將崔炎叫到邊上來，打量了這侄兒一眼，慢吞吞地道：「你去給你父親寫一封信，把這事的經過都和他說了。」隨即嘆了口氣，道：「都說那沈傲滑頭，想不到果然是個屬泥鰍的，也罷，先放他一馬，只要他肯乖乖回京，就不和他計較了。」

崔志笑了笑道：「在京城的時候還經常聽人說他有多麼厲害，到了這泉州卻是落荒而逃。」

叔侄倆說了一會話，也就各自散去。

天空淫雨霏霏，興化大營水寨靠近寧海鎭，這寧海四處都坐落著營盤，不遠處更有碼頭、棧橋，時有水師戰船出入，只是今日下雨，才沒有戰船出來。

興化軍是大宋爲數不多的海上水軍，除了一個漣水軍，便只剩下興化軍了，興化軍滿編是八千人，只是將領們也吃空額，因此真正的人數未必有這麼多，再加上戰船大多年久失修，歷代的指揮也無心顧及這個，因此越發殘破，偶爾剿一點零散的海盜還差不多，真要拉出去就真正傷筋動骨了。

水寨裏頭都是懶洋洋的，這雨似是無窮無盡的下來，鬧得水軍兵丁們一個個也沒多少心思，偶爾出來站哨的，只是抱著手裏的刀槍在風中跺腳呵氣。

至於大營裏頭就更散漫了，喝酒賭錢的到處都是，當官的反正也不管，更抽不出身來管，比如那指揮大人，清早就從寧海鎭叫來幾個營妓在大帳子裏頭作樂，那靡靡之音，聽了教人心癢。

指揮大人這般，下頭的人也樂得如此，他不管事才好，反正不必操練，大家自己尋些樂子。這些水軍也顧不得什麼，都是三五成群地在帳子裏，也有發生口角的，於是便從帳子裏出來，在泥濘地裏打個你死我活，其他人追出來淋著雨拍手叫好，熱鬧非凡。

在興化軍做水軍與他處不同，不說別的，水軍的待遇雖說比不上禁軍，卻比廂軍要好得多，再加上平日還有油水，當官的非但不剋扣軍餉，有時還會發點零散的錢下來，所以大家的日子過得還算不錯，倒不至於窘迫。

畢竟水軍油水厚，不像廂軍，沒什麼地皮去刮，水軍就不同了，出去轉一圈，天知道能撈到多少海商的孝敬，偶爾出去，四下無人，看到落單的海船，就是去搶一下也沒有人管，到了指揮這一級更是如此，非但能從這裏頭撈錢，泉州那幾個大海商，每年還要送一筆常例銀子來，比朝廷的薪俸還準時，每月三千貫，一文不少。

大家有錢，這賭就風靡得快，福建路這邊賭錢的風氣也重，所以那邊架打完了，大家拍拍屁股便又各自回帳裏賭，連那打架的兩人方才還面紅耳赤，下一刻也都氣鼓鼓地參與在賭局中。

坐莊的是一個都頭，這都頭肥頭大耳，總是笑咪咪的，比那奸商笑得更濃，手裏搖著骰子，口裏還在大叫：「都買定離手了，陳二，快下注，猶豫什麼，大家都等著你呢！」

眾人也都罵那陳二，陳二下了注，骰盅放下還沒打開，那邊有人匆匆進了帳子，對都頭道：「大人……有……有人……」

都頭噴吐著酒氣，罵罵咧咧的道：「叫……叫個什麼？沒看到大爺正大殺四方，就要贏錢了嗎？」

「有……有人來了，說是欽差，就在轅門外頭，黑壓壓的隨從不少……」

聽到這個消息，這都頭再也坐不住了，捂著骰盅道：「誰也不許開，等我回來。」

本想去知會指揮大人一聲，可是那邊叫門甚急，指揮大人還在尋著樂子，便一面命人去知會，一面帶著幾個人去了轅門，到了轅門，這清晨的薄霧還未散去，便看到拒馬之外，果然是一列列被霧水打濕了衣甲的校尉，肅然搭著刀在外頭站著。

為首的一個騎著馬，穿著紫衣，繫著玉帶，頭上頂著七梁進賢冠，大聲道：「快開營門，有聖旨！」

都頭猶豫了一下，也知道欽差這一趟來福建路是做什麼的，昨個兒指揮大人還說起過這事，說是欽差已去了泉州，教大家夥兒這幾日不管聽到什麼消息也不必理會。

下頭的人已經大怒：「好大的膽子，敢抗旨不遵？這是抄家滅族的大禍，速速開門。」

都頭還在為難，恰好幾個虞候過來，大夥兒商量了一下，覺得這事還得指揮大人拿主意，立即又叫了個人去催，咬著牙，只當外頭人的話沒有聽見。

轅門外騎馬的人只是淡淡一笑，朝身後的幾個校尉努努嘴，慢吞吞的道：「看來有人不信抄家滅族的後果，來人，給本官念一下。」

「遵命！」其中一個嗓門大的校尉抱了個拳，隨即拿出一本花名冊來，一個個的念道：「黃乖官，漳州人士，家有父母，子三，現居漳州龍溪；周大海，南劍州東津鎮人士，有母一人，兄弟七人，子二，女一，兄弟分佈泉州、南劍州，妻子現居龍溪……」一個個名單念過去，把上至指揮下至虞候的背景念了一個遍。

都頭聽到一半，竟是聽到了自己的名字，自個兒的父母妻兒都被人家記得清清楚楚的，一個都沒有漏下，心裏不由一涼，那邊幾個虞候嚇得面如土色的過來：

「都頭，開門吧，不開門就是抗旨，抄家滅族的。」

「人家是太傅加國公，又是欽差，更帶了聖旨來，現在不開門，到時候他調頭回去，帶兵去拿咱們的家眷，這可怎生是好？」

都頭稍一猶豫，立即明白了利害關係，雖說水軍每年都可以拿些海商的孝敬，可是和一家老小的性命比起來，實在屁都不是。

下頭已經有人喊了：「我數三聲，再不開門，本官立即走，只是到時候不要後悔！」

「一……」

「二……」

轅門大開。

沈傲大手一揮：「入營！」

三百名校尉簇擁下，沈傲勒馬步入營中，這時水軍們聽到了動靜，紛紛擠過來，自動爲沈傲讓出一個通道，新奇又畏懼的看著這位欽差，再看那欽差身邊的校尉，一個個手搭在刀柄上，鐵殼范陽帽在陽光下閃閃生輝，每走一步，便有金屬摩擦聲傳出來，嘩啦啦的很有威勢。

幾個都頭和虞候紛紛過來：「見過欽差大人。」說著半跪在沈傲馬前，大氣都不敢出。

沈傲看都不去看他們一眼，臉上漠然的四顧了大營水寨一眼，慢吞吞地問：「指揮在哪裡？」

「指……指揮大人……」

「去叫，告訴他，本官的耐心有限，只給他半炷香時間，延期不來，殺無赦！」

口氣真是比指揮大人還頤指氣使，偏偏這些人只聽這一套，你若是好聲好氣的說，人家說不準還小看了你，軍令一下，立即有人乖乖的通報去了。

指揮黃乖官正摟著個官妓睡得正香，早有人來報，說是欽差來了，他陡然打了個激靈，忍不住問：「欽差……不是去了泉州嗎？」

隨即想了想，道：「不必理會他，這裏是福州路，姓沈的算什麼。」於是故意不出

營去理會，到時候追究起來，大不了說自己不知道。

這時候又有人來報，說是有人開了轅門，欽差大人已經進來了，黃乖官大怒：「沒有本將將令，是哪個不開眼的東西開的門。」

這時他再坐不住了，本想帶人出去，可是猶豫了一下，又重新坐下去，他突然意識到，這個時候絕不能去聽聖旨，聽了聖旨若是不遵，那就是抗旨，不聽，還會有迴旋的餘地。

黃乖官偷偷叫了幾個心腹進營，正要吩咐幾句，外頭又有了消息，說是欽差大人請指揮立即過去，半炷香之內若是不到，殺無赦。

「殺無赦！他算什麼東西！」黃乖官冷笑一聲，自詡自己好歹也是統兵多年的大將，刀頭舔血的勾當也沒有少做，拿一個殺無赦就想嚇自己，那姓沈的也太看輕自己了。打定了主意，就是不去，看他能如何。

過了半炷香時間，又有人過來，仍是催促黃乖官過去。黃乖官也糾集了幾十個心腹，這些都是從老家帶來的，給他們補了個缺，最是忠誠不過的人，這時候，黃乖官也有了點兒底氣，穿上衣甲，冷笑道：「走，去看看這欽差是什麼模樣。」

氣勢昂然的帶著人到了轅門，這邊已是黑壓壓的聚攏了人，水軍們一見到黃乖官，呼啦啦的全部半跪下，紛紛道：「見過指揮大人。」

站著的只有沈傲和校尉，還有就是黃乖官和幾十個心腹，鶴立雞群的雙方目視對方一眼，黃乖官哈哈一笑，負手踱步過去，口裏還是很客氣：「欽差大人駕到，黃某人有失遠迎，恕罪，恕罪。」

沈傲沒有說話。

黃乖官帶著心腹往前走，口裏繼續道：「據聞欽差大人督辦泉州海事，怎麼會有興致來興化軍，咱們這興化軍比不得泉州，是個窮地方，有招待不周的地方，萬望欽差大人海涵。」

沈傲仍舊不說話，一雙眼眸漠然的盯著黃乖官。

「欽差大人不說話，可是不滿意？」黃乖官這時候已經確認，眼前這個細皮嫩肉的欽差也不過如此，放肆大笑一聲，距離沈傲幾丈之遙的時候，聲音驟然變冷：「欽差大人，咱們到大帳裏坐坐，卑下給大人接風洗塵，如何？」

沈傲這時候開口，語氣淡漠：「你就是興化水軍指揮黃乖官？」

黃乖官道：「卑下正是。」

沈傲笑了笑：「本官叫你半炷香之內來接旨意，爲何過了一炷香才來？」

黃乖官倒是凜然不懼：「卑下有私事要處置。」

沈傲笑意更濃：「哦，有私事，黃指揮的私事真是要緊，連聖旨都可以不當一回

事……」他話音剛落，闔著的眼猛地一張：「大宋在你眼裏是什麼，天子在你眼裏是什麼？你好大的膽子，敢怠慢到本官頭上來。來！拿下，誰敢抗拒聖旨的，就地格殺！」

後頭的校尉已經按捺不住，拿下兩個字出口，骨子裏的服從令他們立即抽出腰間的儒刀，嘩啦啦的從沈傲身後湧出來，須臾功夫，便有七八柄刀指向黃乖官。

沉默……所有人都鴉雀無聲，黃乖官還沒有反應過來，先徹底的被打懵了。他身後的心腹這時候反應過來，也是紛紛拔刀。

只聽到沈傲淡淡的道：「動刀兵的就是謀反，殺了！」

可憐那些心腹還在猶豫，刀剛抽出一半，露了個半截，便有一隊隊校尉衝殺進去，揚刀砍殺，一時間，血雨漫天，十幾人身首異處，剩餘的被圍在中間，恐懼的提刀自保，可是架不住校尉人多，又號令如一，那邊教頭大叫一聲口令，立即有一隊隊校尉往裏頭衝殺，犁出一條條血路。

幾個黃乖官的心腹殺怕了，連忙棄了刀，大叫嘶吼：

「我降了……降了……欽差大人饒命！」

校尉稍稍猶豫，沈傲在那邊道：「我說了，動了刀兵的殺無赦。」

隨著一陣陣慘呼，剩餘的幾個也都伏誅。

水軍們嚇得大氣不敢出，到了這個份上還有誰敢動彈一下？一個個將頭埋低，靜候處置。

一個校尉一腳將黃乖官踢倒，黃乖官不成想只須臾功夫，自己便大勢已去，原以爲這欽差還忌憚自己，原來從一開始，自己在他眼中不過是條死狗罷了。也不知道心裏是恐懼還是沮喪，口裏大叫：「姓沈的……我是朝廷命官，要殺，也要請旨……」

沈傲冷笑著對他道：「方才本官怎麼說的？半炷香時間，延期不來，殺無赦！現在，再給你一條罪狀，你慫恿部下謀反，敢在欽差面前動刀兵，就只能以謀反罪論處了。」

他走向黃乖官，俯瞰著滾在泥濘中的水軍指揮，綿綿細雨吹打在他的臉上，身上的紫衣已經濕透，沈傲微微一笑，道：「本官還要告訴你，謀反是要殺全家的，你家裏有父母，有三個兒子，都在漳州龍溪對不對？」

他站起來，笑容冷酷無情，直愣愣的盯著黃乖官，繼續問：「對不對？」

黃乖官這個時候真的怕了，在泥地裏撲騰一下，跪在沈傲腳下磕頭：「欽差大人……」

沈傲冷哼一聲：「現在才怕？可惜已經遲了，來人！待會兒拿本官的條子去漳州府拿捕欽差，男兒殺頭，女兒爲奴，再送這位黃指揮上路……」

黃乖官的頭顱自被拋入海中的那一刻，興化水軍才反應過來，這水寨已不再是姓黃

的，而是姓沈的了。

沈傲高騎在馬上，拿出聖旨，烏壓壓的人跪在泥濘中，大氣也不敢出，待旨意念完；沈傲打馬在營中慢慢踱步，細雨打在他的臉上，連長眉都凝起來掛著玉珠，來不及去擦拭，沈傲聲若洪鐘地道：「從今日起，本欽差接管興化水軍，誰還有異議？」

幾個腦子轉得快的都頭立即道：「謹遵欽差大人號令，莫敢不從。」接著便是此起彼伏的聲音：「莫敢不從。」

沈傲微微一笑，道：「列隊，點卯。」叫人取了花名冊來，清點了下人數，整個興化水軍賬面上的人數是九千七百四十人，刨去吃空額的，真正的人數只有六千四百餘人，倒是比沈傲想像中的多些。

接著，便是把教官、教頭、校尉們打散入水軍之中，仍有小隊、中隊編制，以周處爲營官，制定操練計畫，這種方式早在京畿北路的時候就已經用過，自然輕車熟路，也沒什麼可擔心的。

爲了激勵士氣，還是原來的那個辦法，一方面整肅軍紀，另一方面發雙餉，這種辦法在馬軍司就用過，效果出奇的好。

只是……操練了幾日，周處便忍不住地發起牢騷，說是水軍雖然規矩是守，就是懶洋洋的，無論如何也提不起精神，沈傲立即招來幾個水軍都頭盤問。

這幾個都頭不敢隱瞞，老實道：「大人發雙餉，弟兄們當然歡喜無限，可是……」

「可是什麼……」

另一個都頭接了前邊的話，訕訕地道：「其實呢，大人沒來之前，水軍的油水就已經不少，海商那邊都有孝敬，雖說大頭落入的是指揮的囊中，但是弟兄們多少還能喝點湯的，加上偶爾出海，再打點秋風……這雙倍的餉銀算起來還沒有弟兄們從前拿得多。而且現在操練又辛苦，弟兄們提不起精神也是情有可原。」

沈傲明白了，說了半天就是嫌錢少。

沈傲將手重重拍在桌上：「本官是欽差，爲你們向兵部那邊討要雙餉，知道費了多少口舌嗎？你們就是這個樣子？」

都頭們頭也不敢抬，心裏對沈傲的話卻是不以爲然，大家原本在這兒過得很滋潤，你這欽差來了後，不知斷了多少的財路，便是再加一份餉也沒什麼用。

「看來你們是不見棺材不掉淚了！」沈傲冷笑連連，嚇得幾個都頭心裏大叫倒楣，這欽差發起凶性來，天知道會是什麼結果，紛紛道：「不敢，不敢。」

沈傲猛拍桌案：「傳令下去，所有人列隊集結！」

沈欽差生氣了……

沈欽差要殺人了……

沈欽差要殺人全家了……

沈欽差連狗都不放過……

什麼，連狗都不放過？他家裏頭不是都有五個嬌妻了，這還不滿足……

一時間，整座水寨雞飛狗跳，都頭和校尉在那邊趕人出來，各種流言也都不脛而走，等到大家列好隊，看到沈大人負著手森然走過來的時候，都生出貞操不保之感。

沈傲臉上殺氣騰騰，尤其是那一對眼睛掃視過去，所有人不由自主地垂下頭，不敢去觸碰。

「這天下是大宋的。你們吃的喝的領的餉銀，也都是朝廷給的。養兵千日，用在一時，現在就是朝廷用你們的時候，都給本官站直了，挺起胸來！」

可是水軍們一個個的還是垂頭喪氣，哪裡敢昂首挺胸？

沈傲重重嘆了口氣，道：「既然你們累教不改，本官只好……」

沈傲的語氣頓了一下，水軍們的心都提了起來，沈欽差看來是真的生氣了，不知又是誰要倒楣。

沈傲拉長了音，繼續道：「和你們賭一賭……來人，拿骰子、雀兒牌來！」

賭博……所有人都愣了一下，這些水軍最擅長的就是這個，畢竟有時候出海，在萬里波濤之中沒有任何娛樂，只能以賭博來打發時間，否則那漫長的日子怎麼熬過去？再者，福建路這裏賭博早已成了風尚，這裏與蘇杭一樣重商，卻沒有蘇杭那邊的士子情結，人一逐利，夢想一夜暴富的人自然多了，賭博自然成了暴富最誘人的手段。

聽到欽差大人要和大家賭博，所有人都擦了擦眼睛，心裏在想，原來欽差大人也是同道之人。

大帳外頭，黑壓壓的人在外候著，都頭、虞候們負責收錢，每人一貫錢，幾千個水軍，那便是六萬貫的巨額財富，這些錢送進大帳去，由幾個都頭和沈傲對賭，沈傲輸了，整個水寨所有水軍每人賺一貫錢，若是沈傲贏了，大家收上去的錢全部沒收。

案牘如今成了骰桌，沈傲搖著骰子，熟稔地在半空中飛旋了幾下，這一手在都頭們看來，立即便看出這位沈大人是此道高手，便是賭場裏專門搖骰的夥計只怕也玩不出這個花樣。

待那骰盅狠狠地頓在案牘上，沈傲冷冷地朝他們笑道：「大，還是小？」

都頭們面面相覷，便躲到邊上去商議，這個道：「我瞧著大比較有把握。」那個道：「是小也不一定。」商議了一會兒，終於統一了意見，向沈傲道：「大。」

沈傲淡淡一笑：「這是你們說的，不許反悔。」

都頭們咬牙道：「絕不反悔。」

沈傲大笑一聲，揭開骰盅，三顆骰子，分別是一二四點，沈傲大叫：「一二四小！拿錢！」

都頭們實在無語，只好叫人出去傳個話，外頭的水軍在裏頭聽到沈大人大叫一聲拿錢，便覺得大事不妙，一個個唉聲嘆氣，紛紛道：「細皮嫩肉的欽差都贏不了，要是我在裏頭，肯定比都頭有運氣。」

水軍們如喪考妣，剛剛嘆完氣，接著又是繳錢上去，繼續和欽差對賭。第一次輸，第二次仍是如此；賭徒的心理大致都是如此，輸得多了，他們反而會安慰自己，沒事，沒事，輸了這麼久，下一趟肯定贏的。

結果第三場仍無意外，仍是輸，眾人心裏更是想，都輸了這麼多場，再輸就有鬼了，再來，再來，把本錢翻回來。

「三四六點大，諸位，你們又輸了！」

都頭們的臉色都已變成了豬肝色，連續十幾把下來，竟是從未贏過；骰子是沒問題的，他們曾檢驗過，絕對沒有灌過水銀；欽差的手法也沒有問題，這麼多雙眼睛看著，怎麼可能耍詐？

「見鬼了！」有個都頭輸紅了眼，這種賭徒一旦輸了，便會想著法兒儘快翻回本，一開始還是一貫一貫地押注，後來就變成了五貫、十貫、二十貫……

沒錢怎麼辦？欽差大人果然是京裏出來的，見過大場面，身家也不低，放出話去，儘管來借，打個欠條就沒事了，按著市井的利息給。於是校尉們提著筆，在大帳外頭搬來了桌子，寫出一份份欠條，接著，水軍們一個個來畫了押，繼續再賭。

賭錢這東西，有了開頭就難以收手了，其實大家都想收，可是哪裡還收得住，滿打滿算下來，按著人頭數下去，每人都輸了不下百貫，手裏頭的餘錢都落到了欽差大人手裏不說，每人還領著賒欠七八十貫的欠條，若是不把這些錢贏回來，往後就真的要喝西北風了。

沈傲這邊大殺四方，自然是歡喜無限，等那些水軍又輸了幾把，把骰盅一推，撇撇嘴道：「好啦，今日本官玩累了，不玩啦。」

這個時候不玩，那些急紅了眼的都頭哪裡肯答應？連上下尊卑都忘了，立即有人拍桌子道：「沈大人，這日頭還沒落下，怎麼說不玩就不玩？贏了錢就想走？」

沈傲瞪著這不知天高地厚的傢伙，很奇怪地說：「本官就是贏了錢要走，你能拿我如何，怎麼？你還敢打人？」

這麼一問，都頭們才意識到這位沈大人是什麼人，人家說不玩，你還真不能拿他怎麼樣，他拿你怎麼樣還是另說。於是大家一起陪笑，親暱地道：「沈大人……」

沈傲擺手：「不必對本官熱絡，本官兩袖清風、品行高潔，出淤泥而不染，不吃你們這一套。」

都頭們當真是手足無措了，欠下了上百貫的債，再加上利息，靠著他們這些粗漢，便是還一輩子也還不清了。

過了一會兒，校尉們便搬來了兩口箱子，一遝遝的欠條出現在沈傲面前，一旁的周處不忘道：「沈大人，卑下粗略算了一下，整個水軍營共欠大人五十萬貫上下。」

沈傲皺了皺眉道：「這麼多，是不是本官已經發財了？」

周處愕然了一下，道：「大人確實發財了！」

「你欠我錢，你也欠我錢，你們全家都欠我錢，本欽差的錢，誰敢賴賬，誰敢？」揚著一遝遝的借據，沈傲腰桿子挺得比標槍還直，水軍們列了隊，在這黃昏的餘暉下，一個個神情沮喪，垂著頭，大氣不敢出。

「本欽差問你們，誰敢賴賬？楊都頭，你來說，你敢不敢賴賬？」沈傲冷笑著看那隊列前的矮壯都頭。

楊都頭欲哭無淚的道：「不……不敢……」

沈傲叉著手，腳踏在裝滿了借據的木箱上，神氣洋洋的道：

「口裏說不敢，心裏卻是敢的，本欽差也好賭，賭贏了就要把賬收回來，碰到賴賬的怎麼辦？實話告訴你們，幾年前我還真撞到了一個，說是還不起，還不起就不還錢？

這世上哪有這個道理！那傢伙居然還敢自殺，死有這麼容易？本欽差會讓他死？於是本欽差先把他救了回來，再打他一頓，教大夫給他治了傷，傷好的差不多了，再在他的傷口上撒點兒鹽，再打一頓，這一次再不抹鹽了，這一回塗上蜜餞，吸引蟲子去咬，折騰個七天七夜，再讓他去死。」

「人死了這錢也要還，他的妻子還有幾分姿色，當然不能浪費，自然是賣到青樓去，至於幾個子女，先敲爛了他們的骨頭，再送到街面上讓他們去乞討……」

大家聽沈傲興致勃勃的沉浸在往事之中，真真是嚇得魂飛魄散，別的他們不信，可是沈欽差的話他們絕對信，這傢伙殺人不眨眼，說殺全家就殺全家的，這種事也只有他做的出。

故事講得差不多了，沈傲微笑：「所以說，我勸你們識相一點，這些賬便是你們死了也賴不掉的，你們死了總還有父母，父母沒了總還有妻兒，妻兒都沒有，難道連小姨子都沒有？」

眾人大汗，只是這汗是冷的，經海風一吹，都不由打了個激靈，早知如此，何必和這欽差去賭，這欽差不知到底玩的是什麼花樣，竟是每場必贏，現在想起來，還真覺得不可思議，只是這個時候，誰敢說什麼？畢竟就算是使詐，在骰桌上抓到了也就罷了，賭都賭完了，你敢說人家使詐？

只是一百多貫的債，便是不吃不喝，那也需幾年才能還清，更何況除了本金，還有利息，沈欽差說了，是按市井的利率告貸的，這麼利滾利下去，或許一輩子也還不清這麼一大筆賬。還不清，依著沈大人的意思，就是求生不得求死不能了，一家老小搭上小姨子也不夠他這般折騰啊。

沈傲叉著手，目光咄咄逼人：「你們說說看，這賬什麼時候還清？快說，本欽差時間有限，沒空和你們耽誤。」

「……」

這個時候，哪裡有人敢說什麼話。

沈傲氣急了：「你們的意思是不還了？好，這是你們說的，等著，我立即……」

「大人……」水軍們一下子繃不住了，雖說不知道立即後面是什麼，反正是要人命的東西，大家一起跪下，傷心的抹眼淚流鼻涕：「大人，小人們一定還，一定還！」

沈傲滿意了，呵呵一笑：「還就好，怎麼個還法？」

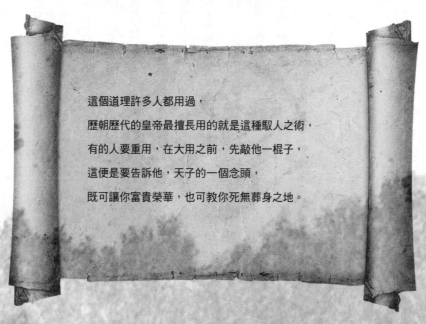

第二十六章 馭人之術

這個道理許多人都用過，

歷朝歷代的皇帝最擅長用的就是這種馭人之術，

有的人要重用，在大用之前，先敲他一棍子，

這便是要告訴他，天子的一個念頭，

既可讓你富貴榮華，也可教你死無葬身之地。

這個時候大家又沒詞了，這麼一大筆債怎麼還只有天知道，出來當兵的，有哪個人家境會富裕？如果富裕，去泉州做買賣也比在這兒苦哈哈的蹲著強。

沈傲皺起眉：「這麼說，你們是還不起了？」

大家更不敢說話，前頭不是還說嗎？還不起，連自盡都逃不脫，被折騰個七天七夜才殺了你，老婆孩子都跟著遭殃。

沈傲笑意更冷：「明知還不清你們還借，你們這算不算欺負本欽差？是不是看本欽差不起，是不是以爲本欽差爲人老實誠懇，做人忠厚就玩弄我？」

「不是……不是……卑下們哪裡敢……」

大家一齊搖頭，這也算是冤孽了，賭紅了眼的時候誰還管這麼多，有錢借就是，至於欺負這兇神惡煞的討債鬼，他們是一丁點這個心思也沒有的，沈欽差確實很老實誠懇，說逼死你就逼死你倒是真的。

「不敢？」沈傲生氣了：「還敢嘴硬，不行，來人……」

「欽差大人……給條活路吧！弟兄們身家性命都搭給您，求您老人家開開恩……」

聽到來人兩個字，跪下的人群又激昂了，誰知道後面會不會說下條子去，把他們的家人一個個尋出來。

沈傲不由愣了一下：「我很老嗎？什麼時候成了老人家？你們這算不算詆毀本大

人？」

「不敢，不敢……」

沈傲嘆了口氣，負著手，昂首望向天穹，不經意間，那一對閃閃生輝的眼眸突然變得悲天憫人起來，這個變化被人瞄見，真正覺得這位欽差大人說變就變，方才還是一副兇神惡煞的樣子，這時又變成了惆悵又優雅、憐憫刻滿了整個臉龐的珠玉少年。

一滴清淚順著眼角滑落，臉頰上流出一條淚痕，清淚的主人搖搖頭，語氣低沉而悲慟：「我們能在這裏聚在一起，這就是緣分，聖人……啊，不，是佛祖說過，有緣千里來相會，諸位，我們都是有緣人啊……」

「佛曰：前世五百次的回眸，才換來今世的擦肩而過，我們前世要回眸多少次才能在今世相知相識？」

「……」大家低垂著頭，都是不敢說話，方才是雷霆驟雨，現在突然是輕風雨露，天知道哪一個才是真正的欽差，哪一個才是他們認識的沈大人。

倒是一旁一直不作聲的周處突然道：「依我看，怎麼著也要回眸個幾千上萬次才有這個緣分。」

沈傲重重嘆氣：「鬧到這個地步，本欽差心如刀絞，真真是肝腸欲斷，嗚乎哀哉。」

大家聽了，紛紛道：「大人，我等也是肝腸欲斷，心如刀絞。」

這句話，倒是水軍們的真心實意，突然欠了一屁股的債，一下子天彷彿都要塌下來，這個時候誰還能維持開朗的心情，那真是無可救藥了。

沈傲又嘆氣：「可是本欽差也是有原則的，借了別人錢，怎麼能夠說抹平就抹平？本欽差是讀過聖人書的，聖人說過，君子以直報怨，這就是說，對於傷害自己的人，要以公正合理的做法應對，別人欠了錢，公正合理的是什麼？就是欠錢還錢，天經地義。」

「……」

「不過……這以直報怨的後頭還有一句話，叫以德報德。這便是說，讀書人應當用恩惠去報答恩惠。只是可惜，你們對我並無恩惠，又叫我如何用恩惠去報答你們？」

總算有幾個聰明人大概聽懂了沈傲的意思，立即道：「大人……小人願意給大人恩惠，大人要什麼，儘管說。」

沈傲哂然一笑：「你們能給我什麼？小姨子……算了，我的妻子已經夠多了，多一個人多一張嘴，養不活難道睡你家去？不過……」

所有人都伸長脖子，緊張的連青筋都爆出來，企盼的道：「不過什麼？」

沈傲突然正色：「不過，本官現在最大的心願，就是立即操練出一支水師來，本官要他們勇敢，要他們忠誠，要他們能謹遵軍令，要他們敢衝鋒陷陣！你們……能不能？」

到了這個時候，還有什麼能不能的，後腳跟就是懸崖，往前一步還有活路，所有人猶豫了一下，一齊道：「有何不能，願為大人效力，至死方休！」

沈傲道：「可是你們的話本官不信！」

眾人又頓了一下，隨即一齊道：「今日在此起誓，若是食言，媽祖娘娘便教我們葬身魚腹，不得好死！」

媽祖又稱天妃、天后、天上聖母、娘媽，是歷代船工、水手、旅客、商人和漁民共同信奉的神祇。海上航行經常受到風浪的襲擊而船沉人亡，船員的安全成航海者的主要問題，他們把希望寄託於神靈的保佑。在船舶啓航前要先祭天妃，祈求保佑順風和安全，在船舶上還立天妃神位供奉。尤其是在這個年代，福建路這邊最是信奉媽祖，拿這個起誓，已經相當鄭重了。

再者古人最重誓言，相信人一旦食言便會遭受報應，因而對誓言格外的謹慎。他們能立這個誓言，固然是無奈之舉，可是說出這句話時，就知道已經無可更改了。

沈傲猛地一擊手掌：「好，你們的話，本欽差信了。本欽差也有言在先，這些借據本官先留著，一年之後，若是無人背誓，我便將它們付之一炬，從今日起，都給我把精

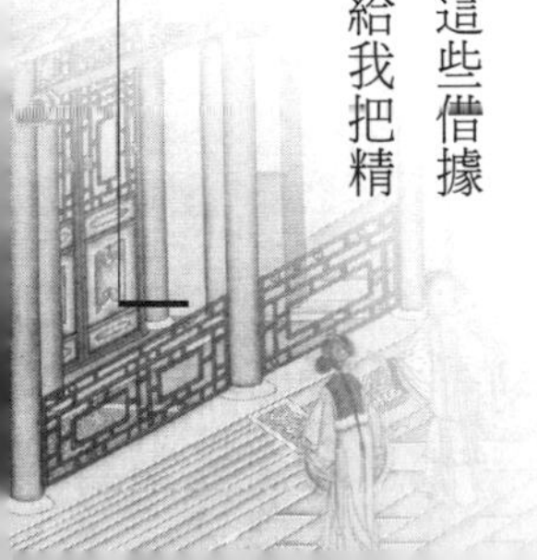

神打起來，好好操練，隨時準備出海，養兵千日，用在一時，到時自有你們的用處，都明白了嗎？」

「遵命！」

「只這點聲音？」

「遵命！」

沈傲淡淡一笑，揮揮手：「都散了吧，先歇一晚上，明日有你們苦頭吃的。」

吁了口氣，沈傲精神疲憊的回到大帳去，因材施教這個道理固然淺顯，卻也很不容易。馬軍司和水軍不同，馬軍司那邊只要不剋扣軍餉，再給他雙倍的餉銀，他們便立即能感激你，爲你出生入死。可是水軍這邊油水多，你給他雙餉，人家也不會惦記你的恩情，就算給再多的錢，那也是錦上添花，沒人會記得你好。可是今日這手腕使出來就完全不同了，大家走投無路，還欠了一屁股債，這個時候你若是能免除他們的債務，對他們來說不啻是雪中送炭，是大恩大德，再教他們發一個誓言，這士氣便起來了。

這個道理許多人都用過，歷朝歷代的皇帝最擅長用的就是這種馭人之術，有的人要重用，爲了防止他得意忘形，防止將來不肯兢兢業業，在大用之前，先敲他一棍子，這便是要告訴他，你的生死榮辱都維繫在天子身上，天子的一個念頭，既可讓你富貴榮華，也可教你死無葬身之地。另一方面，先尋了小錯打一棍子讓他心懷不安，再突然給個甜棗，下頭的人反而更加感激了，認為這是皇上網開一面，是天大的恩德。

沈傲的手法也是如此，先把這些水軍逼到絕處，讓他們惶恐、不安、畏懼，更讓他們知道，沈大人抬抬手，便可教你的命運改變，拿出一張借據，就可以逼死你全家老幼，可他要是肯網開一面，同樣可以讓你死而復生。

這一下就是等於先把他們推入懸崖，之後再把他們拉上來，他們在害怕之餘，心中又存了一些感激，不管怎麼說，這一百多貫的債務絕對不少，人家說免就免，這恩德不算小了。

到了這個地步，除了心存一絲僥倖和感激，誰還有什麼說的，眼下身家性命都攥在人家手裏，還欠著一個人情，立下了誓言，再不肯為沈欽差效死那真是混賬了。

想到這個，沈傲換下外頭的衣服，嘴角仍不住洋溢出一絲笑意，幸好他是個大盜，身為大盜，賭術也是基礎知識之一，搖骰子這種最基礎的東西，只需控制住力道，計算出大致的機率，還真是一點都難不倒他。

「跟本欽差對賭，真是瞎了你們的眼了。」沈傲喃喃念了一句，乾躺在榻上望著透頂的紗帳發呆。

第二日清早，操練的口號便將沈傲吵醒了，等他穿了衣冠出去看時，今日的水軍和

從前大有不同，哂然一笑，便也不說什麼。

水軍暫時也操練不出什麼來，現在的操練主要就是培養軍紀和忠誠，畢竟這一趟對付的是泉州的官商，手裏頭沒有一支可信任的力量實在不成，就得把這些人跟狗一樣的操練起來，否則不濟事。

他閒來無事在帳中發呆，那邊有人進來稟告：

「大人……有泉州來的書信。」

「書信？什麼書信？」

「是海商崔簡送來的，說要呈送指揮大人……」

沈傲笑道：「他這信送的還真遲，黃花菜都涼了。」

這裏指揮倒是有，就是砍掉了腦袋，現在還在校場那邊懸著呢。崔簡這時候把信送來，轅門那邊的水軍也不說什麼，直接把信接了，一轉手就到沈傲這兒討好賣乖了，單這份伶俐，便讓沈傲很是欣賞，人才難得，將來要好好重用的好。

「你叫什麼名字？」

見沈大人問起自己的名字，這水軍心眼兒都跳出來了，欽差大人這麼問，不就是要重用自己嗎？少不得升個虞候什麼的，將來發跡了，還要做都頭，做指揮……做了指揮，那豈不是可以摟著娘們天天在大營裏睡覺？

這般一想，水軍挺起胸脯：「大人，卑下叫陳喜兒。」

沈傲鼓掌：「好，好一個聰明伶俐的陳喜兒，名字也很好，很有喜感，將來肯定會大有作爲的。」

陳喜兒喜滋滋的道：「卑下哪裡當得起。」

沈傲正容道：「你當得起，這一趟你立了大功，既然你守門這麼在行，往後這守轅門的重大責任就落在你身上了，給本欽差每天八個時辰都盯著，好好幹，將來你會成爲一名出色的門丁。」

陳喜兒喉結滾動一下，切，原來還是守門，只好當作沒有聽見，連奉承的話也沒興致說了，只將信呈上去，請沈傲看。

沈傲拆了信，略略掃了一眼，隨即冷笑一聲：「正愁找不到你們的罪證，你倒是自投羅網來了。」說罷，立即叫陳喜兒拿來紙筆，擬了一封奏疏，用匣子裝了，連帶著那信一併裝進去，對陳喜兒道：「立即發出去，動用八百里加急，告訴驛傳那邊，五日之內，一定要送到京城。」

陳喜兒抱著匣子告辭出去。沈傲打了個哈哈，便跑去水寨那邊看海景，心裏想，朝廷那邊肯定又有的折騰了。

自來了福建路，沈傲在這邊的一舉一動，其實都成了汴京博弈的口實和工具，這種事不可避免，同時也是沒有辦法的事，汴京裏的諸位同僚，哪一個不是人精，從前自己還在的時候，倒沒什麼。可是現在一出事，少不得和打了雞血一樣跳出來露個臉，否則這一輩子的書豈不是白讀了？

沈傲的猜測並沒有錯，任何一個舉動，在朝廷這邊看來，只要有人願意，都可以將它鬧成天大的事來折騰，泉州港被襲，就這麼一件事，最先得到消息的不是朝廷，而是崔家。

汴京這邊開了春，朵朵花兒綻放出來，出奇的清麗脫俗，讓人忘了寒冬的冷冽，崔家這邊是連片的大臣府邸，前堂後園、天井、牌坊四周都少不得種些樹，那含苞待放的花朵在風中微微搖曳，帶出若有若無的清香，教人聞了不禁沁入心脾。

這時候正是正午，陽光並不炙熱，街上的貨郎都趕回家吃飯，遠遠的幾處街坊炊煙滾滾直沖雲霄，偶爾會飄蕩出些許菜香。

一個主事拿著一封書信，快步越過重重儀門、牌坊，穿過一條迴廊，咳嗽一聲，在一處小廳外頭叫道：「老爺，泉州的書信來了。」

不待裏頭的人回應，主事便貿然進去，小廳裏頭裝飾的並不奢華，有一種簡約的古樸氣息，崔志沉著臉，正與一個紫衣公服的老者品茗，不動聲色的道：「是家兄還是炎兒寫來的信？」

主事弓著腰立在一邊道：「是少爺來的信。」

崔志頷首點了點頭，放下茶盞，伸手道：「拿來我看看。」

客座上的老者沒有崔志這般泰山崩於前而色不變的氣度，雙眉一挑，聲音略帶激動的問：「怎麼，到底是怎麼個消息……」後頭的話刻意壓低了一些：「姓沈的死了沒有……」

崔志看完了信，將信慢吞吞放下，道：「沒有。」

「啊……」這老者先是一驚，隨即搖頭：「姓沈的真有皇天庇佑，連這都能大難不死。」

崔志看了他一眼，淡淡道：「盧大人，海盜已經襲了港，沈傲帶著他的人連夜逃了，現在暫時不知去了哪裡，不過從炎兒的書信來看，八成是去了興化軍，興化軍那邊倒不用擔心，家兄已經去信叫那指揮預先做好準備，姓沈的拿不到興化軍的軍權，又能如何？再者說，海盜襲城，又有誰知道是我們犯下的事，便是有人知道，無憑無據，誰敢亂嚼舌根。到現在，我們還占著主動，倒也不必慌張。」

這叫盧大人的可惜道：「殺了姓沈的才是一了百了，現在留著他，總是心裏放不下。」

崔志笑了笑：「福建路哪個不是我們的人，放心，姓沈的留在那裏也只是個無頭蒼蠅，欽差……欽差……他便是領了欽命，也得有人聽話才有用。況且……老夫也不打算讓他留在福建路了。」

盧大人道：「崔大人莫非已經有了打算？」

崔志淡然道：「海盜襲港這事太大，肯定是要廷議的。數十年來，我大宋的各口岸都未出過這麼大的事，何以姓沈的一到福建路就出了？」

盧大人眼睛一亮：「下官明白了，崔大人的意思是，咱們咬死了姓沈的到了泉州之後致使商不聊生，以致激起了商變？他這般恣意亂為，惹得一些商人鋌而走險，勾結海盜，襲擊泉州？」

崔志笑道：「大致呢，就是這個意思，只要眾口鑠金，官家那邊固然是庇佑著姓沈的，卻也不得不把他召回來，另委大員去安撫一下。」

盧大人沉吟了一下：「只是勾結海盜的是哪些商人？」

崔志道：「這個容易，隨便擬幾個就成了。盧大人，最緊要的還是你們御史台，那御史中丞曾文和姓沈的相交莫逆，到時候肯定是想把這事壓下的，你是御史大夫，與曾文旗鼓相當，到時候少不得要請你出面和曾文打擂臺了。」

盧大人呵呵笑道：「這個容易，下官豁出去也要和他周旋一下。」

崔志便端起茶盞，慢吞吞喝了口茶，繼續道：「大概意思就是這樣，本來還要和盧大人好好喝口茶的，誰知來了這個，盧大人，咱們各有公務，今日就此別過吧。」

這等於是下逐客令了，盧大人也不說什麼，站起來拱拱手，道：「崔大人，下官告辭。」

這盧大人便是御史大夫盧林，大宋設御史台，同設御史大夫和御史中丞，按身分，自然是御史大夫更顯貴，可是台裏的細務卻是御史中丞署理，監察的權力不大，干係卻是不小，朝廷這樣設置，其實就有分權的意思，所以每任的大夫和中丞表面上固然客客氣氣，可是背地裏，卻都要爭這麼一下。

盧林出了崔府，鑽入迎候在外頭的小轎，對腳夫道：「去御史台。」

一會兒到了御史台，盧林進去，偶爾碰到幾個御史客氣的過來行禮，他含笑的和他們打了招呼，遇到幾個熟絡的，少不得駐腳閒扯幾句。等進了衙堂，直入一側的耳室，立即有胥吏給他端來茶盞，笑呵呵的道：「盧大人用過了午飯？怎麼來得這麼早。」

盧林只是點點頭，叫胥吏出去，隨手翻看了幾篇近來的邸報，不知不覺，用罷了飯的御史們便紛紛回來署理公務了。

曾文來得恰是時候，見了盧林，和他打了招呼，盧林笑呵呵的對曾文道：「曾大人，邸報裏說揚州遭了水災，老夫記得曾大人便是揚州人，怎麼，家裏頭可寄來了家書報了平安嗎？這事兒可耽誤不得，得差個信得過的人回去看看才好。」

曾文笑道：「慚愧，慚愧，已經叫人去了，難得盧大人關愛。」

二人相視一笑，各自坐在首座上的兩個桌案，便不再說話了，接著便有胥吏和御史將新近搜集來的邸報、消息傳過來，二人相互看一下，偶爾會有一些消息，盧林咳嗽一聲，便教胥吏傳給曾文去看，曾文看了，少不得側過頭來：

「穎昌府是京畿的府縣，天子腳下的知府不法肯定是要彈劾的，這事我來潤筆，到時候少不得請盧大人參詳一下。」

盧林捋鬚含笑道：「這話怎麼說，曾大人自作主張就行了，老夫到時候署個名就是，難道還信不過曾大人。」

曾文笑笑，接著繼續埋首案牘。

正在這個時候，盧林突然猛拍案牘，怒道：「豈有此理，怎麼會出這等駭人聽聞的事！」

平時衙堂裏辦公的，大家都是讀書人，又是同僚，最講究的是一團和氣，就算有私怨，也絕不會表現什麼；至於突然大發脾氣的，那更是少之又少，這個時候盧林突然勃然大怒，讓下頭案牘上辦公的御史不由地愕然抬眸，注視著盧林。

盧林眸光一轉，目光落在一個御史身上，道：「劉坎，這麼大的事，你爲何不早些呈上來，我大宋兩成的賦稅在海事上，泉州港的賦稅更是占了海貿的四成，如今出了這麼大的事，足以動搖國體，你是糊塗了嗎？」

下頭那個叫劉坎的官員先是看了曾文一眼，見曾文正襟危坐冷眼旁觀，轉而從容地看著盧林道：「下官以爲，此事尚不明朗，待查明了原委才能下定論，所以這事得壓一壓。」

盧林冷笑道：「壓不壓不是你說了算，這麼大的事，豈能不上疏彈劾？朝廷養士何用？」

說罷，盧林坐下，又恢復了淡漠的樣子，提筆在一張空白奏疏上寫起字來；下頭的御史們故意低頭去看邸報和各地的傳報，心思卻全都在方才盧林的話裏頭。盧林的意思還不明白嗎？這便是要把這事鬧大了，只是這一次的鋒芒是指向誰呢？

稍稍聰明一些的就明白了，沈傲去了泉州，接著泉州就出了這麼大的事，這還不是明擺著的嗎，盧大人這一次的矛頭指的一定是沈傲沈楞子。

但凡在御史台的，還真沒幾個心思簡單的，若是簡單，在這兒也混不下去，有幾個盧林的門生心腹，已尋了疏本來提筆寫彈劾奏疏了，更多的還在觀望，有的朝曾文那邊看一眼，隨即只是淡淡一笑，各掃門前雪。

盧大人方才那句話，其實就是個表態，讓大家自個兒掂量。

彈劾的奏疏遞到了門下，奏疏還不少，以盧林爲首，下頭十幾個御史一起發難，矛頭直指沈傲。門下省不敢拿主意，去尋蔡京商量，蔡京看了奏疏，也不說什麼，道：「立即送入宮中去。」

奏疏送進去，卻沒有預料中的一石激起千層浪的效果，甚至連一點點漣漪也沒有出現；足足等了一天，宮裏都沒有消息。

既然已經有人打了前站，再加上泉州被襲的事件傳開，大家也都沒了什麼顧忌，陛下不說話，也得逼著他表個態。接著上疏的是崔志，隨即六部九卿裏頭也都有人冒出頭來，彈劾奏疏如雪片一般直入宮門，壓得讓人喘不過氣來。

泉州被襲，確實是一件大事，比起天一教造反固然差了一些，可是這麼大的亂子，總要有人背黑鍋，現在朝廷裏的角力便圍繞在這個點上，以崔志爲首的人咬死了沈傲是罪魁禍首，在泉州惹得天怒人怨，以致激生民變。

只是這時，曾文也坐不住了，仍舊是彈劾奏疏，只是彈劾的不是沈傲，而是泉州上下官員，以他們怠忽職守，要求嚴懲。

到了這個地步，一切都靠聖心獨裁了，只是這陛下不說話，誰也拿他沒有辦法。

就這樣過了兩日，內廷終於來了消息，三月十七這一日，廷議。

這一日清早，三省各部大臣清早聚在正德門下，隨著宮門大開，眾人魚貫而入，在講武殿裏，趙佶早已等候多時，端坐在御案之後，紋絲不動。

朱冕之後的臉讓人看不甚清，唯有趙佶知道自己面無表情的臉上，有一種不可捉摸的玩味。

泉州的消息，趙佶早已得知，他第一個看重的，就是沈傲在哪裡，會不會出什麼意外。後來聽說不知所蹤，趙佶已經有點兒焦灼了，可是終究還是繃住了，沈傲那傢伙機靈得很，哪裡有這麼容易死？真要死，那也該死得轟轟烈烈，哪有突然間不見蹤影的。

今日的廷議，議的就是泉州。

趙佶沒有說話，都是兩班朝臣在說。最先說話的是盧林。講武殿裏，他的聲音擲地有聲地迴蕩著：「陛下，泉州是我大宋賦稅根本，何以數十年未見海賊，偏偏選在這個時候海賊進犯？臣竊以爲，是因爲沈傲欽命督辦泉州海事有干，請陛下明察。」

班中便有個人冷笑道：「還未詳查，又怎麼咬定了和沈太傅有關？盧大人這句話，豈不是自相矛盾？」

盧林朝聲源看去，說話的卻是個御史，御史當朝駁了他御史大夫的面子，這還了得，慨然道：「要明察，也要先將沈傲召回，沈傲在泉州一日，泉州便雞犬不寧，若是再留在那裏恣意胡爲，豈不是要動搖國本，要顛覆社稷？」

「盧大人這是什麼意思?清查海事也要動搖國本，是不是言之太過了?」這一次站出來說話的是曾文，曾文面無表情，徐徐道：「臣以爲，海事糜爛至此，竟出現了海賊襲港這般天大的事，就更該清查到底，絕不能姑息罔縱。」

盧林看了曾文一眼，呵呵一笑道：「清查自是要清查，可是沈太傅爲人過於剛硬，剛則易折，還需另委大員前去撫慰。」

曾文木然道：「朝廷已欽命了沈大人去，豈能再另委他人，如此，朝廷威儀何在?」

二人你一言我一語的交鋒起來，都是寸步不讓，這種辯論本就是御史的拿手好戲，只是御史台這邊先吵起來，倒是罕見的事。

趙佶只是坐在御案後冷眼看著，並不表態，這個時候誰占上風，就看嘴皮子了。

這個時候，崔志突然朗聲道：「陛下，微臣有事要奏。」

趙佶淡淡地道：「崔愛卿但說無妨。」

崔志道：「泉州乃天下第一大港，干係甚大，要釐清海事，固然是好事。可是眼下……」

趙佶突然打斷他道：「眼下什麼?眼下你們崔家還捨不得，是不是?」

這句話貿然出來，嚇得崔志面如土色，立即拜倒：「微臣不知陛下何意。」

趙佶冷笑，沉默了很久，迸發出來：「你不知道？你會不知道？崔家是泉州最大的海商，有百條商船對不對？每年從海上賺來的錢比朕的內帑還要多！崔志，朕不如你。」

講武殿裏，群臣不由地竊竊私語起來，崔志昂首道：「臣的幾個兄弟確實在泉州做些生意，可是臣方才要說的話也是肺腑之言，陛下明察。」

趙佶冷笑道：「好一個肺腑之言！」說罷，突然抽出一封書信丟下金殿：「這就是你的肺腑之言嗎？」接著，他站了起來，拂袖出了講武殿。

楊戩立即追出去，緊跟著趙佶，趙佶快步地走著，突然住腳，停住對楊戩道：「以你的名義給沈傲去信，讓他放心大膽地去做他的事，不要有什麼顧慮，該怎麼辦都由著他。」

楊戩立即道：「老奴遵旨。」

趙佶又道：「他的奏疏，朕已看過了，還真是想不到，這些海商竟能放肆到這個地步。」

楊戩道：「既如此，陛下何不立即下一道旨意，將這些海商都拿了？」

趙佶嘆了口氣，搖頭道：「沒有鐵證，怎麼拿人？這事干係太大，朝廷裏這麼多人和他們有牽連，朕不能出這個頭。」

楊戩聽出了趙佶的話外音，順著趙佶的話道：「陛下的意思，是讓沈大人出這個頭？」

趙佶頷首點頭：「就是這個意思。」

說罷，趙佶負著手，心情一下子又好轉起來，往文景閣那裡邊走邊道：「朕收拾不了他們，沈傲能收拾，他們項上的人頭且先記著，到時候有他們好看的。」

楊戩在一邊聽得哭笑不得，趙佶這句話聽來倒像是小孩兒打架，一個小孩兒不敢動手，卻神氣活現地指著對方說，你們等著，我叫我哥哥來。

楊戩想了想，道：「只是就怕興化軍壓不住泉州那邊，沈傲的奏疏不是說了嗎，泉州上下都是鐵板一塊，廂軍、海賊、海商都是一夥的，真要動手，就怕沈傲要吃虧了。」

趙佶想了想，搖頭道：「他不會吃虧的，朕相信他。」

楊戩心裏想，原來被陛下信任也不是什麼好事。抬頭看趙佶走遠，便快步地追上去。

講武殿裏，所有人都面面相覷，大家都是沉默著，只有偶爾的幾聲乾咳傳出，甚是尷尬。

崔志跪在殿下還沒有起來，眼睛落在那封趙佶丟下來的書信上，喉結滾動了一下，冷汗不由地冒了出來，這書信裏是什麼？何以陛下突然大發雷霆之怒？

有了想法，崔志站起來，去撿了書信，只略略掃了一眼，頓時臉色煞白，顧不得一旁議論紛紛的大臣，口裏罵了一句：「混賬。」

書信是他的兄長崔簡寫的，收信人是興化軍指揮，裏頭的內容自然是讓興化軍指揮嚴防沈傲，好在沒有提及到海盜的事，否則一切都要暴露，真真是要萬死了；不過沈傲是欽差，一個海商，還是崔志的親戚，寫一封書信授意朝廷武官抗拒欽差，這也是一件聳人聽聞的大事，往大裏說，殺頭是肯定夠了的。

崔志木然地將信收起來，又想，這信既然落到了陛下手裏，那麼肯定此前已經被沈傲拿了去，這麼說，沈傲現在已經控制住興化軍了。

原以為今番廷議是要拉沈傲下馬，誰知竟是壞消息一個連著一個，這時候崔志也醒了，看了一眼殿中的大臣，立即恢復了常色，只是悶著個臉，退朝出去。

這時候要整倒沈傲是不能夠了，官家那邊肯定不會召他回來，反倒他崔志少不得要上疏請罪一下，至於福建路的事，還得從新議論。

廷議後，不少官員並沒有打道回府，一頂頂轎子都在崔府門前停下，不需通報，只和門房那邊點個頭，便徑直進去，大家輕車熟路，就好像早有約定似的，都在一處人堂

聚集。幾十個人或坐或站，或端著茶水沉眉，或望著窗外的桂樹葉子發呆。

等到崔志進來，眾人才紛紛朝他抱了個拳，也不多說什麼。

崔志在主座坐下，先是嘆了口氣，隨即道：「興化軍讓姓沈的控制住了，泉州那邊要有準備，否則又要出大事。」

眾人都是苦笑：「怎麼個準備法？總不能與水軍動干戈吧，那就真的是造反謀逆了。」

崔志沉吟了一下，一時也想不到辦法，只好道：「不管怎麼說，興化水軍不能入泉州，入了泉州，大家就都是案板上的魚肉，要讓姓沈的隨意宰割了，實話和你們說了吧……」

他掃視了堂內的諸人一眼，隨即道：「若是姓沈的只是對付老夫，老夫也就認了，大不了告老致仕，可是動了泉州，就是動了崔家的根基，到這個地步，老夫便是硬著頭皮，也要和他鬥到底。你們呢？你們又是怎麼想的？」

在座的大多都是泉州人，且都有偌大的家業在那兒，崔志方才那句話說得沒錯，姓沈的確實厲害，也確實可怕，若只是針對一個人，捏著鼻子也就認了，大不了這官兒不做了，可是要是動了家族的根基，這就是你死我活的事了，有人咬牙道：「那就拼了，也沒什麼說的，大不了，和姓沈的玉石俱焚。」

崔志默然了許久才道：「話是這麼說，可是要拼，也沒這麼容易，各自回去寫家書吧，讓他們暫時把船都開出海，船裏多準備一些糧食，興化水軍不去泉州也就罷了，只要一去，再僞裝成海賊，和水軍鬥一鬥。」

這個法子倒是好，只要不是海商自己站出來和沈傲爲敵，那就不算是謀反，海盜海商，調換一下角色也不是什麼大事。

正在這個當口，卻有個門房來報：「老爺……」

崔志沉著臉道：「有什麼話快說，磨磨蹭蹭的做什麼？」

「大人，新進來的消息，說是太子殿下進了宮。」

崔志用手搭在膝間，欠了下身，道：「太子入他的宮，和老夫有什麼相干？」

「太子進宮，是爲了泉州海商求情的。」

崔志雙目一張，眼眸中閃爍著一絲不解，道：「太子爲咱們求情？他是怎麼說的？」

「宮裏頭的人說，太子向官家哭告，說是大宋天家擁有四海，豈能與泉州百姓爭利……」

崔志坐著紋絲不動，慢吞吞地道：「太子這句話，爲何老夫就沒有想到？與民爭利，沈傲做的不就是這個？商是民，海商也是民，沈傲要收賦稅，這便是要把百姓往死

路上逼。」

有人心裏不由地想，你崔家在泉州倒也算是民，可是這個民和人家那個民是一回事嗎?你這個民吃用一日都夠別人活十年的。不過這些話自然不能說，大家立場一致，都是靠著泉州的「民」來糊口的，於是紛紛道：

「所以說姓沈的去泉州必然要天怒人怨的，他把民逼急了，激出了民變才好。」

崔志眼眸一閃，道：「對，民變，這也是個辦法，老夫要好好想一下。」隨即又道：「太子這一次肯爲咱們說話，這就再好不過了。」

有人道：「是不是該帶些禮物去定王府拜謁一下?」

崔志搖頭：「不必，現在去拜謁，難免讓人生疑，話說回來，太子將來有事，咱們也不能閒著。」

第二十七章 人間地獄

沈傲卻只是冷笑，一雙眼眸顯得殺機騰騰，道：「控制住了泉州，就要讓整個泉州城化為人間地獄，但凡是官商，都不必去找罪證，直接拖家帶口拉出來，殺，一個都不必留著，統統殺乾淨！」

汴京這邊剛剛燃起的戰火，一下子就偃旗息鼓了，彷彿泉州的事從未發生一樣，廷議之後，竟是一個提的人都沒有，倒是太子去哭告了一下，卻也是做做樣子。

趙佶沒搭理他，這太子只好灰溜溜地出了宮，心裏卻是得意非常，暗暗佩服蔡京的厲害，只這一哭，八成立即就能傳出宮去，到時候，泉州的人還有哪個不對他心存感激？不想搭在自己這棵樹上？

只是舉手之勞，太子黨的外圍就一下子多出不少的朝臣出來，今次整不死沈傲，卻能壯大自己，何樂而不爲？

天氣逐漸轉暖，福建路那邊已經可以穿著夏衫了，水寨的水軍雖然叫苦不迭，操練異常的辛苦，卻也無人開小差，一來是校尉們看得緊，一個校尉，連都頭都敢訓斥，再加上人家和你同甘共苦，也挑不出什麼不滿來。再加上水軍們已向媽祖起了誓，又欠了一大屁股的債，人家都說將來要免了債務，還能怎麼說？

半個月下來，水軍已經有了模樣，一般是一天在路上操練步法和站立，相隔一日便揚帆出海，到外頭兜個圈子回來。

沈傲的日子過得倒是十分愜意，大清早跑去釣魚，美其名曰改善軍中伙食，可惜他的釣魚技巧太爛，好不容易釣了隻巴掌大的魚，也給他自個兒燉魚湯滋補去了，改善他自己都嫌不足。好在他出手倒是闊綽，在以往，水軍的伙食大多都是魚，這也是沒辦法的事，附近的海魚價格最賤，蔬果、牛羊卻貴得驚人，不吃魚吃什麼？靠海吃海嘛。

雖說海鮮滋補，可是你成年累月地吃，是人都吃不消，因此，這些水軍便是遇見一根白菜梆子，都少不得要狂啃一下，吃完了還意猶未盡地舔舔嘴。沈傲三天兩頭便吩咐軍需那邊殺一頭羊或是一口豬，再去附近的鄉里購些蔬果來。

這小小的實惠，讓水軍們大是感動，這麼好的債主，到哪兒找去？早知如此，當時就該多寫張借據，反正不用還的。當然，這句話是萬萬不能說的，被沈大人知道，非一巴掌把你拍到海裏不可。

水軍們最受不得的就是沈大人每一次集結列隊的時候，就開始狂訓話，訓話大多以你欠我錢，你也欠我錢，你們全家都欠我錢爲開場白，這般一吼，大家就覺得臉紅，覺得不操練到水滴石穿、海枯石爛都還不清這個人情債。

沈傲偶爾會出外閒逛一下，附近的寧海鎮便是他常去的地方，表面上是漫無目的，其實一到這裏，便直奔當地的造船坊。

造船是寧海這邊大多數人的主業，這裏雖然靠海，卻不是商家必經之路，單靠捕魚不夠養家糊口，泉州那邊對船隻需求旺盛，這裏漸漸地成了造船的重要所在。

沈傲到那裏，只是瞭解一些造船的工序，比如如何選料，造船並不是說什麼木料都行，尤其是海船，那更是要精挑細選，選了木料還要曬乾，否則濕木下海，過不了多久就要散架，這些知識，在以往是學不到的，將來大規模造戰船，沈傲可不想被人糊弄了。

偶爾，沈傲也會結識一些工匠，這些工匠都是世代祖傳的造船手藝，自是精湛得很，在寧海也是富有名聲的，只是造船的畢竟還是造船的，在這個時代裏，身分依然低賤，沈傲過去討教，他們先是態度傲慢，等亮出了身分，立即乖乖地對沈大欽差知無不言了。

到了三月底，這時的海面逐漸有些不安分起來，潮水漸漸地大漲，周處和沈傲商議，認為此時是水軍東向泉州的大好時機。沈傲按捺了這麼久，對泉州海商已是深痛惡絕，宣佈全軍集結。

校台下，烏壓壓的水軍隊列整齊，耐心等待沈欽差訓話。

沈傲站在校臺上，先是掃視了下頭的人一眼，才慢吞吞地道：「本欽差是怎麼說的，養兵千里，用兵一時，你們欠了本欽差這麼多債……」

下頭的水軍一個個慚愧地垂下頭，怎麼一撞到這個欽差大人開口，就永遠避不過這個話題。

沈傲繼續道：「也是該還的時候了，本欽差說過，以直報怨，以德報德，從今日起，我們上船，到泉州去！你們敢不敢？」

泉州那邊的消息，水軍也略知一些，紛紛道：「有何不敢？」

沈傲頷首點頭，抿著嘴笑道：「傳令，所有人登船。」

多餘的話也不必再說，這士氣可不是單憑幾句話能鼓舞起來的，這個節骨眼上，沈欽差覺得自己還是少說話爲妙。

興化水軍共有大小戰船兩百餘艘，旗艦便是「出龍號」，是一艘一千五百料的福船，上下共分三層，裝飾的頗爲奢華，這原本是那指揮的座駕，如今卻成全了沈傲的好事。

早在作出出海計畫之前，沈傲就已經叫周處觀測了風向，這個時節，正是艦隊向泉州去的大好時機，補給、淡水也都堆滿了底艙，一聲令下，水軍們各自上船，升起風帆，拉起鐵錨，一切都井井有條。

待清晨的曙光從海平面露出來，兩百多艘大小兵船魚貫從水寨出來，聲勢浩大，一葉葉風帆似是與天際連成了一線。

周處已經叫人打出了旗語，列出行軍陣形，前頭是哨船開路，中央是旗艦，後頭是連綿不絕的大小艦船呈長蛇擺開，向泉州順風而去。

沈傲坐在旗艦艙裏，將周處、教頭、都頭們都叫了進去，拿出一幅泉州港的詳細地圖出來，這地圖還是一隊掩人耳目去泉州的校尉們畫的，後來他們從泉州脫身出來，歸隊之後，整個泉州各處海港和街坊的地圖自然落到了沈傲手中。

挑了一下油燈，讓船艙亮堂了一些，沈傲道：

「眼下咱們的敵人就是海商，水軍過去，海商肯定是不敢和我們正面爲敵的，卻也難保他們不會裝扮成海盜偷襲我們，他們船多人多，萬一他們集結起來和我們在海中決戰，勝負還真是個未知數，你們怎麼看？」

周處的經驗豐富，這個時候道：「大人，海商的優勢是人多，興化水軍的優勢是官軍，有這個身分就夠了，他們固然人多，卻是臨時集結起來的，裏頭肯定有著重重的矛盾，真要打，我們也未必沒有勝算。」

眾人紛紛點頭，一個都頭道：「周營官說得不錯，據卑下所知，平時四大海商就互相勾心鬥角，若不是因爲這次爲了要對付沈大人，也不會化敵爲友。水戰最忌的就是調度不一……」

沈傲雙眉一挑，笑吟吟地道：「那就分化他們，只是該如何分化呢？這事還得定奪一下，你們暫且先去歇息，我再想一想。」

周處帶著人退出艙去；沈傲仍坐在艙裏發呆，他肚子裏一肚子的壞水，這個時候彷彿尋了個發洩的口子，立時想出許多計畫來，卻又時不時地搖頭，覺得還不夠縝密，他的對手都是一群生意人，做生意的大多都精明得很，豈會輕易上當？

「精明！」沈傲一拍桌子，突然想到了商人的特性，所謂的精明不過是褒意，說得難聽一些，這些人就是多疑，不會輕信於人。

沈傲立即寫了一封書信，叫了一艘哨船速速前往泉州。

就在那波光粼粼的泉州港，前些日子因爲鬧了海盜，各處貨棧破壞了不少，普通的海商們風聲鶴唳，在這個節骨眼上也不敢輕易出海，又見大海商們不肯出貨，卻是將船空載著出去，便知道肯定要出大事，更是不敢輕舉妄動。

泉州那熱鬧的景象，一下子變了個樣子。有些從海上回來的商船，遠涉重洋，好不容易回來，也不知發生了什麼事，商船一靠岸，市舶司的文辦、小吏便登上船去，一邊清點貨物，少不得再索要一筆治安費。

這個時候大家才知道，不對勁，太不對勁了，肯定要出大事。

但凡是海上行船的，哪個不是嗅覺靈敏的？商賈們平時都住在內城，可是港口那邊，天天都叫人看著，萬一有事，也都可以先示個警。

等一艘興化水軍的哨船出現在港口時，一下子惹來了不少雙眼睛，哨船停泊在碼頭上，立即有市舶司的人登上去，還沒說兩句話，對方便毫不客氣地將他們轟下了船。

軍爺的船你們也敢搜？真是吃了雄心豹子膽！怎麼，要打架？來，一腳將稅吏踹飛，再給兩個耳刮子，要去市舶司告狀，由著你去告去。

這些稅吏原本是借著搜船來打探消息的，被強硬地打了回去，反倒不敢做聲了，灰溜溜地回去稟告。

哨船裏大致有二十多個水軍，外加一個虞候一個校尉，上了岸，立即引來無數人側目，他們也不閒著，立即趕赴內城，四處派發名刺，拜謁各處商賈。

泉州的商幫不少，同鄉之間一起出海，多少能有個照應，鄉土之情雖然不夠牢靠，卻也不能忽視。

這些商幫大致以府縣劃分，都是些中小商人連結自保的手段，其中最大的無非是劍南、汀州、福州幾個船幫，比如福州商會，裏頭的商賈便有數百人，船隻更是不少。平時商會只需繳納一些運轉的費用，由幾個在鄉里之間德高望重的人挑頭，只要是福州人，下一個拜帖過去拜謁一下，敘敘同鄉之誼，再登記下自己的船隻，繳納費用，便可取得商幫的資格，什麼時候要出海，商會大多會聯繫一下，訂好日期，大家一道去。這樣一來，那些中小型的商賈便可以結成一支船隊，浩浩蕩蕩地下水，自然也就不懼海盜了。

只是這些商會雖然人多勢眾，平時卻是最怕官府的，他們都是尋常的生意人，也沒什麼大樹遮蔭，官府只要拿問你，你是一點辦法都沒有。

各大商幫德高望重的幾個商賈，卻在這時不約而同地被校尉、都頭們拜謁了一圈，遞過去了名刺，一看是沈傲沈欽差的拜帖，這些人嚇得面如土色，見嘛，說不準要被人收拾，可是不見，人家沈傲是多大的官兒？那可是通天的人物，勾勾手指頭，也叫你吃不了兜著走。

猶豫了一下，還是得見，於是把遞帖子的人請進來，客氣幾句，絕口不轉入正題。校尉倒也直接，開口便是：「我家大人說了，做生意的，無非是求財，這一趟大人欽命整肅海事，於國於民，都是好事，大人也說了，你們都是尋常的商人，將來是否受益，你們心裏也明白。實話和你們說了，興化水軍不日即到，到時候少不得要殺人的，沈大人的手段想必大家也知道，是靠著沈大人財源滾滾，還是與那些官商勾結落個抄家滅族，你們自個兒思量吧。」

神仙打架，這些人最怕的就是把他們牽扯進去，嚇得面如土色，膽子小的，什麼話都不敢說，連個屁都不敢放，只點著頭說著：「明白，明白。」雖是這樣說，卻沒幾個真明白的，就等著隔岸觀火。

姓沈的帶了水軍來，誰知道會把那些官商們懲處到什麼地步？若只是不痛不癢地罰些銀兩，你現在和姓沈的鬧騰，人家秋後算賬，你還有活路嗎？所以這個骨節眼上，肯定是穩妥爲上，千萬不能胡亂許諾。

校尉們見他們這個表態，也不說什麼，轉身便走，接著拜訪第二家，第三家，也有一些膽大的，看到了商機，更明白靖平海事對他們的利處，心裏都偏向了沈傲，可是口上卻還是不敢許諾什麼。

這些校尉和水軍在泉州的動作，很快便傳入大海商們的耳中，崔家又是熙熙攘攘，來了不少人。

崔簡會同胡海出來，那張公公不知受了什麼氣，臉色脹得通紅，大家到齊了，最先開口的就是他。

張公公厲聲道：「市舶司剛剛派人上去，興化水軍哨船上的人就敢打人了，依咱家看，他們這是要和咱們徹底反目了，反目了也好，咱們一不做，二不休，立即將那些校尉、水師拿了，殺幾個給他們看看。」

胡海卻是搖頭：「不能動，他們畢竟是軍，這個時候拿人，這麼多眼睛看著，終究還是不好。」

崔簡道：「那他們拜謁商幫那些人做什麼？這些商幫下頭也有不少水手，莫不是姓沈的要找幫手？」

張公公冷笑道：「這些商幫都是隨風草，指望他們，嘿嘿……不是咱家說大話，一個稅吏就可以將他們治得服服貼貼的。胡大人，崔先生，要不要咱家去敲打一下他們？」

胡海搖頭道：「不成，不能去，在這個時候敲打他們，到時候惹起了公憤，對我們並無好處。以我看，那姓沈的不日就要來了。」

崔簡疲倦地道：「我幾日都沒有睡好，想的就是這個事，姓沈的是官軍，咱們要對付，只能讓人僞裝成盜賊，可是興化水軍要是突然到了泉州，咱們的船又在外邊的島嶼上，現在是遠水救不得近火的局面，咱們的船來得早了不成，來得晚了也不成，你們說說看，怎麼辦？」

胡海道：「當地的廂軍能否拖延下時間？」

坐在角落裏的廂軍指揮道：「泉州廂軍實數有四千多人，守住各口岸當無問題，姓沈的真的來了，拖延幾日是不成問題的。」

崔簡嘆了口氣，道：「這事就這麼定了吧，多派些哨船去，隨時注意興化軍那邊的舉動。」

眾人各自散去，只留下崔簡和張公公、胡海三個人，崔簡道：「咱們要做好最壞的打算，實在不行，就只能舉家出海了。」

張公公皺了皺眉道：「時局還沒壞到這個田地吧，崔先生寬心就是。」

胡海咬牙道：「已經佈置到萬無一失，外頭有咱們的人策應，裏頭還有廂軍，斷無問題。」

這三人又商議了一會兒，才相互拜別。

只是那泉州港裏的人都知道，欽差馬上要到了，到底泉州會變成什麼模樣，卻是無人能預料。

水軍一路順風而下，哨船已佈置了出去，倒是一路通行無阻，趁著這個功夫，水軍也不能閒著，一到時候，便到甲板處操練，校尉們在旁督促著，都頭和教頭三天兩頭地到旗艦去商議出戰的事。

沈傲的主意已經定下，對大家的囑咐只有一個：「要快，不能給泉州喘息的時間，一到泉州，立即上岸，誰敢阻攔，就以謀反罪殺無赦，擊垮廂軍，大致要多少時間？」

周處沉吟了一下道：「只怕不容易，若是他們一心抗拒，沒有幾天功夫也拿不下。」

沈傲搖頭道：「抗拒？他們拿什麼抗拒？不抗拒他們還是兵，抗拒了他們就是匪！所以這個時候，氣勢最重要，要嚇住他們，誰先動手就殺誰。一天之內，我要控制住整個泉州。」

周處道：「怕就怕到時候海賊又來襲擊，我和幾個興化軍的人估算了一下，原先福建路海面上的海賊大致有五六千人，再加上官商們放出去的人力和船隻，人數只怕不在兩萬之下。」

這麼多人，又是有備而來，憑著興化水軍能不能抵擋，就只有天知道了。

沈傲卻只是冷笑，一雙眼眸顯得殺機騰騰，道：「所以說還是要快，控制住了泉州，就要讓整個泉州城化為人間地獄，但凡是官商，都不必去找罪證，直接拖家帶口拉出來，殺，一個都不必留著，統統殺乾淨！」

教頭、都頭們都嚇了一跳，情不自禁地驚道：「都殺個乾淨？這……」

沈傲咬牙道：「本欽差告訴你們，到了如今這個地步，已是戰爭了，戰爭沒這麼多規矩，也不必去顧忌什麼規矩，把這些官商連根拔起，才能讓平常的海商知道誰才是正主，才肯為我們效力，到時海盜來了，他們才肯出人出力。再者說，官商們完了蛋，他們放出去的船隊就群龍無首，反而更容易對付。他們既然敢扮海盜，本欽差還不敢殺人嗎？還真以為我沈楞子是假的？」

周處瞪大眼睛，驚愕地道：「大人，您也知道自個兒在外頭的綽號？」

沈傲不以為恥，反引以為榮地撇了撇嘴道：「他們太客氣了，把本官誇成了一朵花，既然如此，本官就不能讓他們失望了！要楞，就楞到底！」

泉州港，一艘哨船急速地進入碼頭，隨即一個廂軍從棧橋上過去，迎接他的一個都頭剛要說話，這廂軍已低沉著聲音道：「指揮大人在哪？數十里外，發現興化軍蹤跡，兩百餘艘大小艦船，人數不少。」

那虞候聽了，立即去回報，廂軍指揮龔興立即騎了馬，飛快趕往崔府，內城都聽到了消息，連心都要冒出嗓子眼了，官商們的手心不禁捏了一把汗，深知攤牌的時候到了；至於尋常的商人，也在焦灼等待，好在港口貨棧裏的貨物都已運進了內城，大家都做好了最壞的打算。

泉州的百姓最是無辜，在他們看來，不管是官商還是欽差，哪一個得勝和他們都沒有干係，他們只想安安心心過日子，生怕被殃及了魚池。

這時，官商只能將自己的身家託付在廂軍身上，四大姓特意拿出了大量的金銀來犒勞軍士，龔興帶著廂軍傾巢而出，扼守各處碼頭、港灣及整個碼頭、棧橋。

泉州城裏，卻也是消息不斷，便是連各大商幫也有些坐不住了，這些商幫的頭領大多是各地的望族，聲望不小，在本地商人中有很高的威信，這時也不得不爲大家的利益著想一下，雖說他們平時一向低調行事，可是這個時候，也有那麼點兒肆無忌憚。

福州商幫在泉州也是不可小視的一個力量，商會的頭目叫施倫，早年中過秀才，此後在泉州行商，被推爲福州商會頭領，做了這麼久的生意，施倫豈會不知道欽差清查海事到底對於他們這些商幫意味著什麼？只是這個時候時局並不明朗，還不敢輕易下賭注罷了。

這時聽說那沈欽差竟真的帶了興化水軍來了，一時大是振奮，在福州商幫的堂口，請來了泉州不少名流，都是各大商幫的首領，便是商議著這事。

大夥兒一起品嚐了武夷岩茶，這武夷岩茶乃是福建出了名的貢茶，一兩比金子便宜不了多少，尋常商人之間都捨不得拿出來招待，今日特意叫人拿出待客，施倫這一趟也算是下了本錢的。

寒暄一番，少不得要抱怨一下前些時日的海盜入襲，自己的貨棧被搶了多少貨物，還有的說起最近海盜猖獗，不敢出海云云。其實在座之人心裏跟明鏡似的，都知道這海盜是什麼人，雖是抱怨，卻絕不敢把對方挑明出來，只當這一次是花錢消災。

施倫見大家話說得差不多了，用濃重的福州口音道：「眼下欽差大人就要到泉州，是福是禍還是未知數。」

這句話只是引子，任誰都聽得出來，坐在施倫下頭的是漳州商幫的首領王永，這王永胖乎乎的，穿著一件圓領員外衫，見人便笑，此刻眼珠子一轉，道：

「當然是福，沈欽差近幾年整治蘇杭花石綱，鎮壓民變，雷厲風行，這一次整肅海事，依我看，八成也能成的，你看，興化水軍不就來了嗎？」

施倫搖著頭苦笑道：「來了又能怎麼樣？四大姓在這泉州繁衍了數代，都是長盛不衰，樹大根深，強龍還不壓地頭蛇，哎……難說得很。」

王永笑咪咪地道：「若是沈欽差真能控制住泉州就好了，咱們這些做生意的，賺的都是辛苦錢，比不得那些官商，若是大家都要繳稅，咱們才有活路，不是？」

這二人一唱一和，跟演戲似的，可是這些話，卻都說到了大家的心坎裏，在座之人生意做得都還尚可，可是比較起來，和那些官商真是一個天上一個地下，自個兒辛辛苦苦賺的錢大部分都拿去繳了稅，同樣一趟船，官商賺一千貫，他們能賺個三四百貫就算不錯了，失落感肯定會有，況且人家憑藉著這個，不斷坐大，整個泉州海貨，單四大姓就壟斷去了一半，大家都在夾縫中求生，勉強賺些利差，實在辛苦。整肅了海事就不同了，四大姓失去了這個好處，大家公平競爭，鹿死誰手，還不一定。

於是大家打開話匣子，有人道：「依我看，沈大人能不能進泉州還指不定呢，沒看到廂軍都去佈防了嗎？四大姓和廂軍是鐵了心要和沈傲硬碰一下。」

「廂軍莫非是要造反？」

「誰知道，反正到時候談不妥，水軍保準要攻城，雖說那沈欽差真要整肅了海事，咱們也有好處，可是萬一打起來，這泉州又得要一片狼藉，天知道會不會有亂兵，所以家眷得安頓好了，肯定要出亂子的。」

施倫這時候開口道：「先不說這個，我要說的，是欽差大人萬一進城的事，若是水軍占了泉州，廂軍那邊固然抵擋不住，可是大家莫忘了，四大姓的海船可都在外海待著，保不齊將來又要襲港的。」

施倫這麼一說，大家才發現他的思慮更爲深遠，便有人一拍大腿，道：「施先生，你說怎麼辦？」

施倫沉默了一下，慢吞吞地道：「也簡單，就看欽差大人怎麼做，若是四大姓再無秋後算賬的可能，咱們便投了欽差，各大商幫下頭都有船，水手、護衛也都是現成的，集結起來，湊個幾萬人都足夠，四大姓的船真要敢做海盜，咱們守土有責，爲了自己的家業，也要和他們拼一拼！」

眾人紛紛點頭，道：「施先生說得極是，海盜來了，欽差大人固然要吃虧，我們難道能落個什麼好處?保住了泉州，整肅才能繼續，咱們還能有出頭的一天，可是讓四大姓得逞，不說家當要被洗劫一番，整肅海事又辦不下去，吃虧的還是我們。」

剛商量定了，有人匆匆地過來向施倫稟告：「老爺……老爺……最新的消息，興化水軍來了，船還不少，足足有兩百餘艘，就在豬龍灣外頭。」

施倫霍然而起，略顯激動，道：「再去打探一下，有什麼消息，趕快回報。諸位，咱們坐山觀虎鬥吧，看看誰在泉州說的話管用。」

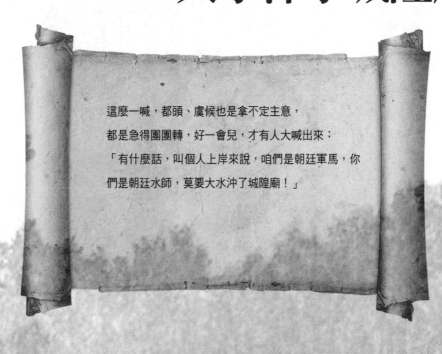

第二十八章 大水沖了城隍廟

這麼一喊，都頭、虞候也是拿不定主意，

都是急得團團轉，好一會兒，才有人大喊出來：

「有什麼話，叫個人上岸來說，咱們是朝廷軍馬，你們是朝廷水師，莫要大水沖了城隍廟！」

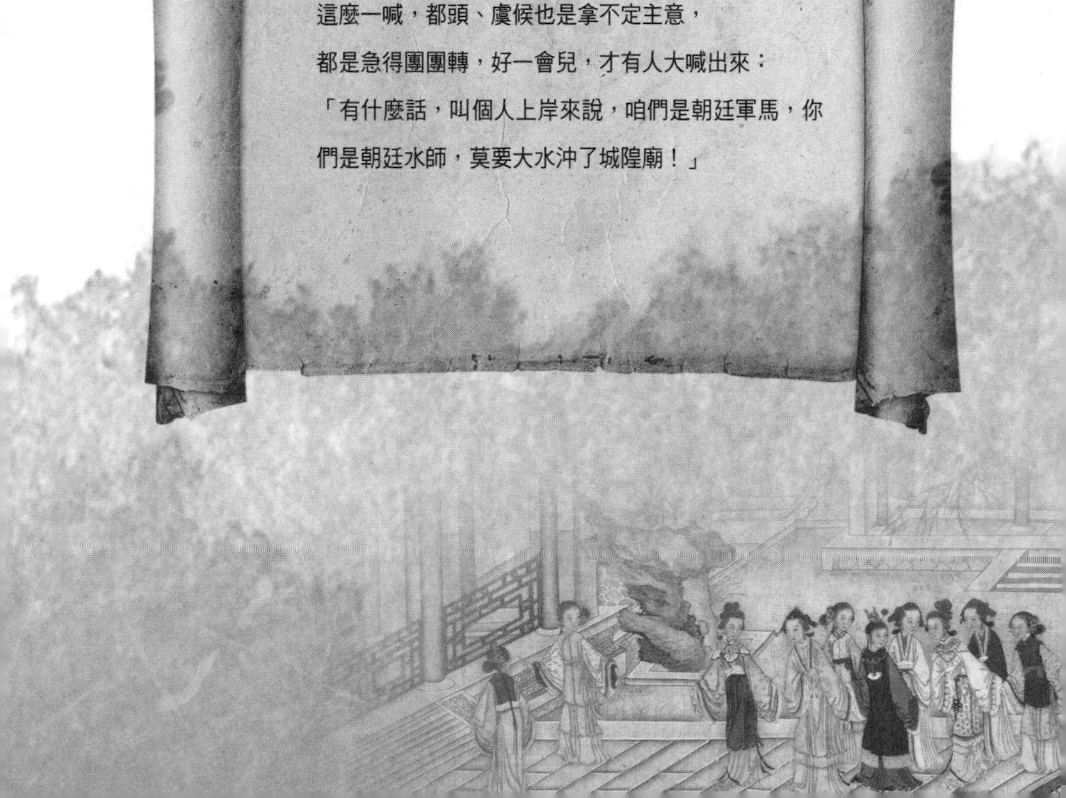

龍豬灣，波光粼粼的海水在陽光的映射下閃耀著點點金光，一艘艘大小船隻開始靠岸，棧橋這邊，廂軍已經有些手足無措了，上頭的命令固然是佈防，可是對方靠了岸，到底是動不動手？指揮那邊當然不會叫人動手，襲擊水軍，這是大罪，連欽差都敢動，那就真的是謀逆了，光天化日之下，這是找死。

龔興在望遠樓也是乾著急，幾個都頭都過來問：「大人，怎麼辦？」

龔興心裏叫苦，怎麼辦？天知道怎麼辦，說打不成；不打，人家就要上岸了；上了岸，人家拿出聖旨來，就更不好說話。

他遲疑著按住腰間的刀柄，臉色陰晴不定，心裏想：「早知如此，當初就不該被崔家拉下水，眼下抵抗欽差是死，就算束手就擒，欽差多半也是要自己腦袋的。」

都頭在旁邊催促甚急，就等著他拿主意，龔興咬咬牙道：「知會下去，不要動手，卻也不能讓水軍上岸。」

都頭們各自去傳令，這個時候，許多船隻已經靠近各處口岸，搭出了舢板。

廂軍在都頭的號令下，一個個放平了長槍，抽出了腰刀，朝著船中大吼：「我家指揮大人有令，不許靠岸！」

船上似乎沒什麼反應，甲板上又好像傳出急促的腳步，接著，船舷處，一支支弓箭搭出來，瞄向了棧橋處的廂軍。有人探出頭來，厲聲道：「後退，上前一步的，殺！」

「二營四中隊全員聽令，準備射擊！」

這麼一喊，廂軍更是嚇了一跳；後退，人家就要上岸；不後退，弓箭可是不長眼的；可是反擊，又好像尋不到藉口。

都頭、虞候也是拿不定主意，都是急得團團轉，好一會兒，才有人大喊出來：「有什麼話，叫個人上岸來說，咱們是朝廷軍馬，你們是朝廷水師，莫要大水沖了城隍廟！」

船上的回答是：「射！」

嗖嗖……嗡嗡的弓弦顫抖，箭如雨下，朝著廂軍漫射過去，棧橋處的廂軍紛紛落水，死傷不小，到了這個地步，廂軍真是嚇住了，有人大叫著想要拼命，有人倉皇地向後逃，這棧橋不過一丈寬，兩面都是海水，推拉擠撞不可避免，相互踐踏的也是不少，一時間隊形紊亂起來，不少人跌落水中。

趁著這個混亂，船中紛紛有人道：「再說一遍，後退，上前一步的，殺無赦！」

廂軍一時沒了主意，真要打，在這棧橋處也施展不開，都頭虞候們咬咬牙，大呼一聲：「後退結陣！」

廂軍如蒙大赦，紛紛從棧橋處退出去，固守住碼頭、貨棧。

舢板上，先是一個鐵殼帽的校尉舉刀出來，接著是一列列的水軍，到了棧橋，他們

並不急於立即上岸，而是先列好了隊伍，打起了旗幟，校尉走在最前，口令聲發出來：

「平槍！」

嘩嘩……最前一排的長槍放平，躍躍欲試。

「引弓！」

後排的弓手搭上弓箭，斜角引向半空。

「隨我前進！」

一條條的棧橋上，密密麻麻的隊列開始徐徐向前，放眼望去，那海灣處幾十上百處棧橋，都被黑壓壓的人頭蓋住。

碼頭和貨棧的廂軍看了，心裏不由生出寒意，這倒也罷了，最令他們恐懼的是不知接下來該怎麼辦，打？不說能否打贏，打了形同造反，怎麼打？不打，人家擺明了殺過來，一點和你商量的餘地都沒有。

這時候，船上的風帆降下，卻是一葉葉雪白風帆掛出來，上頭都寫著殷紅的大字——「欽命鼇海」。

欽命兩個字尤其醒目，廂軍們看了，更是士氣皆無。都頭、虞候們見此，也都亂了陣腳，看一列列水軍就要從棧橋上過來，這時候已是心亂如麻了。

「水軍聽令！」一列列隊前的校尉大吼，長刀已經舉向半空了：「吾等奉旨入泉州，但有阻攔滋事的，以謀反論處，殺無赦！」

「殺！」水軍士氣大振，隨著校尉長刀前指，頓時爆發出一陣大喝，接著踏著靴子，隨校尉加快了步伐。

這句話既是說給水軍聽，又何嘗不是告誡廂軍，大家當兵吃糧，當然知道謀反的後果，便是死了，那也是白死，遺臭萬年姑且不論，反正是一丁點好處都沒有，可就算是把水軍打回海裏去，又能討到什麼好處？

望遠樓那邊，廂軍指揮龔興急促促的帶著一隊親衛打馬過來，水軍出奇的強硬，將他的部署全部打亂，原以爲有廂軍和他們對峙，他們萬不敢輕舉妄動，他的目的，也只是將水軍嚇阻在海上，再等四大姓海商發力而已。可是人家壓根就不吃他這一套，上來就是一陣亂箭，把廂軍的氣勢死死壓住，將廂軍逼退到碼頭處，水軍上了棧橋，更是一副對陣的姿態，再這樣下去，要嘛是廂軍崩潰，要嘛就是廝殺了。

龔興心裏叫苦不迭，趕到就近的碼頭處，都頭帶著幾個人過來劈頭蓋臉的便道：

「大人，怎麼辦？」

龔興故作鎮靜道：「怕什麼，他們不過是恐嚇我等罷了，不必怕，謹守本分！」

他話音剛落，對面的旗幟已經離碼頭越來越近，獵獵戰旗之下，校尉大喝一聲：

「聽我號令，陷陣！」

「陷陣！」水軍爆發出大吼，平舉著長槍，第一列如長蛇一般猛衝過去，廂軍還沒有做好準備，甫一接觸，便被擊了個七零八落，原本就鬆垮垮的隊伍更是不成樣子了。更有被長槍刺穿的廂軍，爆發出最後的哀鳴，嗚呼一聲倒在血泊中。

不止是這邊，各處棧橋和碼頭，到處都爆發出喊殺聲，水軍沒有絲毫猶豫，都是一列列挺槍突入進敵陣，隨即是第二列、第三列，每一次衝擊，都是威勢十足。

龔興嚇得呆了，咬牙切齒的道：「姓沈的居然真敢動手，來……來人，快，給城內稟告。」

人見了血，立即就瘋狂起來，尤其是這些士氣如虹的水軍，經過操練之後，彷彿有無窮的精力需要宣洩，一浪接一浪的衝擊，更是教他們再無顧忌，校尉在前打頭，後頭的水軍毫不猶豫的撲進去。

廂軍這邊一開始還在苦苦支撐，眼見水軍越來越多，心中又有顧忌，立即便有人開始丟棄武器潰逃，這種對陣衝殺，一旦有人生畏，立即便支撐不住，有了第一個，就有第二個，結果越來越多。

校尉適時大喊：「不要追殺逃兵，只殺抵抗天兵的。」數百個校尉一齊喊出這些話來，聲勢極大，結果抵抗的越來越少，潰逃的越來越多，都頭、虞候們阻不住，便乾脆自己也逃了。

龔興眼見大勢已去，嘆了口氣，撥馬往城內逃竄。

他騎著馬十分醒目，立即被人引弓射下馬去，一支羽箭貫穿了他的右腿，鮮血汩汩流出，血肉翻飛，痛得他在地上打了幾個滾，等他好不容易恢復了幾分神智，已有七八支長槍對準了他。

只是一炷香功夫，廂軍便徹底崩潰，水軍們這時，一部分追擊入城，一部分打掃戰場，絲毫不見混亂，遇到潰兵，入城的水軍也不追殺，只是搶佔內城城門。

沈傲從旗艦上順著舢板下來，落到棧橋上，帶著一隊親衛到了碼頭，已有校尉一個個來稟告戰況，沈傲只是頷首點頭，對結果並不意外。

這一場登陸戰從一開始比的就不是人數多寡和士氣，而是人心，水軍們奉旨行事，有欽差做後盾，完全沒有絲毫顧忌，而廂軍畏首畏尾，既聽命指揮，又顧忌欽差水軍的身分，這一打，勝負就已經出來了。

再加上水軍人數比之廂軍只多不少，經過一段時間的操練，已能夠做到令行禁止，只要沈傲一聲令下，勝負早已明朗。

幾個校尉拉著一個瘸腿的廂軍將領過來，興沖沖的道：「沈大人，抓到了廂軍指揮龔興。」

那龔興此時只顧著傷痛，整個人如鬥敗的公雞，低著頭，咬牙忍著疼痛，沈傲只輕描淡寫的瞥了他一眼：「好好的審問，先丟到一邊去，到時候再一併收拾。」

內城裏，誰也不曾想到碼頭的時局轉化的這麼快，這邊的廂軍有的正思量著是否把城門關了，可是想歸想，卻沒人敢做，阻擋欽差，可是大罪，人家都登岸了，這個時候再垂死掙扎，這不是找死？

接著便是潰兵進城，追兵又接踵過來，城門附近，不少家丁打扮的人看到這個局面，什麼也顧不了，立即匆匆回各自的府邸去。

崔家已經亂成了一團，消息一個比一個壞，崔簡和崔炎幾個崔家的骨幹失魂落魄的聚到一起，崔簡哆嗦了下嘴唇：「收……收拾家當吧，能帶走的都帶走，這泉州不能留了。」

可惜幾個家裏的族叔輩不同意，紛紛道：「咱們崔家在泉州這麼多年，拋了家業就是落水狗，能到哪裡去？再者說，崔志還在汴京，位列三省，欽賜的龍圖閣大學士，姓沈的又抓不到我們私通海盜的罪證，能奈我何？」

崔炎也道：「家父畢竟在汴京，姓沈的就是得了失心瘋，也不敢把咱們崔家怎麼樣，不就是教咱們崔家繳稅嘛，繳了就是。」

崔簡失魂落魄的搖頭：「你們不知道，不知道啊，咱們崔家樹大根深，是雞，要殺給猴看的。」

正說著，後園便亂了，有個主事踉蹌的過來，哭告道：「老爺……不好了，有幾個不長眼的家丁闖入了後園搶掠庫房……還……還見色起意……」

「混賬！」崔簡氣的咬牙切齒：「還不快帶人去彈壓！」

這主事打了個哆嗦：「人都散了，說是崔家大禍臨頭，能跑的都跑了，沒一個忠心爲主的，不落井下石就已是有良心的了。」

崔簡嘆了口氣，一時木然，崔家的家丁長隨，大多都是水手出身，做得好，看著手腳麻利，便召進來伺候，也算是對這些人的獎掖，可是這些人雖然幹練，卻也都是好勇鬥狠的凶徒，從前崔家顯赫的時候倒也罷了，誰也不敢鬧出什麼事，這個時候便趁虛而入了。

崔炎氣呼呼的道：「豈有此理，我去看看。」

崔簡擺手攔住他：「罷了，罷了，不要理會，不要理會……」他哆嗦了一下，費了很大的勁才道：「眼下這個時候，炎兒，你爹把你托給我，你不能出事。」

這裡鬧得正凶，市舶司那裡也是如此，張公公聽到水軍入城，當即便昏厥過去，被個差役救醒了，便開始抱頭痛哭。

這太監的秉性說來也怪異，方才哭得要死要活，突然一下，他又不哭了，陰惻惻的對下頭目瞪口呆的狗腿子們笑道：「咱家怕什麼？姓沈的是什麼東西，咱家是宮裏的

人，他能殺咱家的頭？真是天大的笑話。」

他整了整衣冠，叫人拿了手帕來擦了眼淚，隨即大笑：「都不要怕，恪守自個兒的本分，天塌下來，有咱家撐著，壓不死你們。」

他神氣活現的左右看了狗腿子們一眼，繼而道：「咱家七歲入宮，十九歲便伺候著太皇太后，蒙太皇太后她老人家垂青，才得了這個差事，他沈傲有天大的膽，有本事動咱家一根毫毛。」

下頭的人被他這麼一說，也覺得有理，紛紛道：「張公公，您倒是沒事的，可是咱們這些下頭當差的，肯定要被姓沈的拿去治罪的，張公公……」

張公公呵呵一笑：「放心，咱家保你們無事。」

轉運司那裡，胡海也是急了，聽了消息，他正端著茶要喝，待傳報的人把消息說了，他面色一黑，將茶盞狠狠摔在地上，大罵了一句：「龔興誤我！」接著站起來，負手在衙堂裏團團轉，等他住腳的時候，臉色更是惶恐不安，讀書中試，再到外放做官，這是幾十年的辛苦，想不到栽到這件事上，真是不甘。

這裏雖是泉州，可是沈傲的經歷胡海知之甚詳，大家都是士林之人，風評早就流傳了，這樣一個人，中了狀元，坑過王黼，踩過蔡條，殺過皇子，一旦給了他機會，他能放過自己？

胡海不是商人，少了商人的精明，卻多了幾分洞悉人心的智慧，更不是張公公那種閹貨，死到臨頭還嘴硬的井底之蛙。以沈傲往日的做派，這筆賬要算清楚，肯定是要無數人頭落地的。

怎麼辦，怎麼辦？胡海抬起頭，望著案後「明鏡高懸」的匾額發呆，丟官事小，命才是最緊要的，要保命，就得有價值。他咬咬牙，口裏冷聲道：「就這麼辦，到了今日這個地步，還顧得上什麼？」打定主意，立即叫了差役：「備轎，到城門去，迎欽差。」

許多差役據說都已經跑了，就剩下幾個老實的還留著，惶恐不安的問：「大人……城門那邊到處都是兵……怕，怕傷了大人的性命。」

胡海踹了那差役一腳，大喝道：「這也是你能理會的？快去準備。」

差役連滾帶爬的去了，胡海整了整衣冠，總算定住了神，一步步到了衙門口，鑽入轎子。

整個泉州開始還有幾分動亂，那些逃回來的潰兵，三五成群的在城中搶掠，再加上地痞見了機會，也想趁機大撈一把，只是後來水軍進了城，三五成群的分散開來四處彈壓，漸漸的將這動亂的苗頭打了下去，此時反而一下子安靜了許多，街上一個人影都沒

有，有時會有一隊水軍提著武器匆匆過去，看了這邊，也不怎麼理會。

到了城門處，才知道內城的三處城門都封閉了，只有這一處面向港口的城門洞開，只不過這裏的水軍最多，轎子還未靠近城牆，便有一個校尉大叫一聲：

「停下，欽差有令，任何人不得出入！」

胡海惶恐的從轎子裏鑽出來，這時候，轉運使的身分也顧及不上了，低眉順眼的道：「下官要拜謁沈欽差，不知沈欽差在何處？」

爲首的一個校尉按刀打量他一眼，漠然道：「欽差還未進城，要見，等他進城了再說，到一邊去等候，不要擋了道。」

胡海也不說什麼，乖乖地到城牆根那邊等著。

太陽偏西，沈傲才打馬在一隊親衛的簇擁下過了門洞，胡海見了他，立即小跑著過去：「沈大人，下官泉州轉運使胡海特來迎欽差大人入城。」說罷，跪在沈傲馬下，頭都不敢抬起。

沈傲坐在馬上，居高臨下的看著他，臉上沒有絲毫表情，淡淡道：「胡海，本官知道你，本官來泉州，不必別人迎接，你回自己府裏去，等著抄家吧。」

這句話真是夠囂張的，胡海聽了，後脊已是被冷汗浸濕了一片，連忙道：「大人，下官……」

沈傲打斷他：「怎麼？想玩死中求活的把戲？告訴你，遲了，本官進這泉州，就是來殺人的，你家幾口人我算的清清楚楚。」

「大人饒命，饒命……」胡海不斷磕頭，額頭上淤腫起來，青石板上殘留著一灘血漬，口裏道：「大人，下官確實該死，下官願戴罪立功，一定將罪行交代清楚，尤其是海盜襲港的事……」

沈傲掃了他一眼，沉吟了一下：「你先交代了再說，或許有將功補過的機會，可是抄家罷官卻是免不了的。」

說罷也不願和他糾纏，朝一個校尉撇撇嘴：「先把他綁了，帶去訊問。」然後打馬直衝過去，嚇得胡海立即爬行到一邊，縱是如此，還是被那馬腿撞了一下，慘痛一聲，又被幾個水軍綁了，直接押走。

只可憐那些抬他來的轎夫，一時不知該如何是好，待校尉朝他們道：「還待在這兒做什麼，莫非也有什麼要交代？」

轎夫們嚇了一跳，立即扛著空轎逃之夭夭。

控制住了城門，確認無人可以進出，再派出各隊在街面巡邏，沈傲鳩占鵲巢，直接打馬到轉運司衙門，在堂中坐下，衙門裏的差役哪裡敢說什麼，立即被一隊親衛取代了職責，從六房趕了出去。

接下來，就是沈傲下單子，一隊隊的校尉、水軍直接去拿人，現在整個泉州城，都在看沈傲的動作，對官商到底怎麼處置，影響著大家的判斷。

街面上，一隊隊校尉、水軍呼嘯而過，崔府已經被人包圍了，府裏頭一個人都不許出去，崔簡倒不敢說什麼，那崔炎卻是囂張大膽的很，仗著自己有個尚書省的爹，倒也沒什麼顧忌，跑到前院裏，看到被人堵死，厲聲道：「你們是什麼人，可知道這宅子裏住的都是良民百姓，沒有行文就敢擅堵私宅，還有沒有王法？」

校尉、水軍木然不動，沈傲的命令只說先圍住，因此也沒有和他廢話的必要。

崔炎見這些人不作聲，愈發大膽，朗聲道：「我爹在尚書省公幹，遞個條子，就可教你們死無葬身之地，識相的趕快滾，叫姓沈的來叫我。」

校尉默然，卻無人後退一步，反而是像看神經病一樣的看著崔炎，覺得這傢伙到了這個時候居然還敢如此囂張，實在有些不可思議。

這時候，腦後突然有人道：「是誰叫我見他？」

校尉回頭，立即小跑著過去，道：「這位尚書省公幹的公子要見大人。」

來人正是沈傲，他在轉運司覺得無聊，便打馬出來轉轉，看到從前一片繁華的街市變得異常冷清，心情本就不好，這時下了馬，將韁繩交給那校尉，一步步走過去，含笑著對崔炎道：

「原來是崔公子，久仰久仰，令尊的大名如雷貫耳，本官早就聽說過了，噢，你爹是不是那個……那個什麼……」

崔炎見了沈傲，氣不打一處來，惡狠狠的道：「我爹是……」

沈傲打斷他：「想起來了，令尊叫崔大山，啊呀，尚書省挑糞的那位對不對？說起來，本官和令尊還是老相識呢，令尊挑糞的手藝沒的說，整個汴京挑不出第二個來。」

崔炎怒道：「姓沈的……」

沈傲變臉極快，方才還是一團和氣，突然又變得森然起來，一雙眼睛直勾勾盯住崔炎：「令尊還生了你這麼個好兒子，細皮嫩肉，儀表堂堂的，宰了實在可惜，來，先把這狗東西押起來，還有，進府去拿人，但凡是姓崔的，一個都不要留！」

崔炎大叫：「你們敢……」

敢字沒說出口，沈傲一腳踹過去：「狗東西，在本官面前也敢拿大，今日先收拾了你，再收拾你爹。」說罷，不忘對身邊的人囑咐：「看在他爹的分上，待會兒好好招待他一下，給他爹留點面子，隨便打兩個時辰也就是了。你們打人都是用棍子和皮鞭嗎？」

校尉不好意思的道：「大致就是這些。」

沈傲板起臉：「本官與他爹的交情，怎麼好教人把他屁股打得稀爛，到時候回京見

了崔大人，面子也不好看。去，尋些繡花針來，扎他的腳板，再拿些竹片去插他的腳趾，年輕人嘛，總要關懷備至一些，不要破了人家的相。還有……尋個燒紅的烙鐵，往他屁股上熨一下。」

不再理會這邊，沈傲已翻身上馬，揚長而去。

聽了沈傲的命令，如狼似虎的水軍在校尉的帶領下，已衝入崔府開始拿人，不止是崔家，泉州四大姓，一個都跑不掉，市舶司、知府衙門也都有人入了名單。

沈傲辦事，講的是斬草除根，既然得罪，就要把人得罪的死死的，教他永世不得超生，但凡上了名單的，都是一大家子拿出來，男人固然是罪不可赦，女人倒沒人爲難，只是單這四大姓在泉州都是樹大根深，族人何其多，只這四家，人數便超過了千人。

軍法司也很爲難，這麼多人，總不能統統降罪，這大宋每年勾決的死囚也不過幾十人而已，便過來詢問，是否放一批回去。

沈傲淡淡的道：「放？放誰回去好？放了一個，就要放第二個，這些人勾結海盜襲擊泉州，你們可知道傷及了多少無辜百姓？人要爲自己做的事負責，不要有什麼顧忌，都拿了，一個個過堂審問。」

審問的事由軍法司辦著，基本上是審一個關一個，罪名都是謀反。實在有些和這事沒干係平時又尋不出什麼錯處的，沈傲也不爲難，告誡一下便放了，當然，四大姓的財產悉數抄沒，淨身出戶，一輩子也沒什麼出路了。

倒是那張公公受審時很是囂張，過堂時還大笑：「咱家是太皇太后的人，誰敢動咱家一根毫毛？要審，也叫姓沈的來，咱家要親口問問，他憑什麼問咱家的罪。」

司法處的博士憐憫的看了他一眼，立即叫人去尋了沈傲過來。

沈傲一來，劈頭蓋臉就毒打他一頓，淡淡笑道：「賤骨頭，好好去死還不好，偏偏教本官來打你。」

張公公渾身都是傷痛，叫囂得更厲害：「沈……沈傲……你好大的膽子，咱家是太皇……」

沈傲二話不說，朝校尉們使了眼色，校尉們得了授意，又是一頓拳打腳踢。

沈傲在一旁冷笑道：「狗奴才，竟敢攀咬到太皇太后身上，你是吃了雄心豹子膽嗎？太皇太后受天下人敬仰，最是賢明不過，你這般說，豈不是污蔑太皇太后指使你在這裏胡作非爲？本官受她老人家青睞，無以爲報，今日爲了維護她老人家的清譽，這堂也不必過了，不活活打死你，不能表現本官對太皇太后的赤膽忠心，來，往死裏打，打死爲止，死太監，真是沒有王法了，誰不好攀咬，攀咬到本官最敬重的人身上，原本想給你喀擦一下了斷了的，你不識相，那就慢慢的死。」

那張公公也算是倒了楣，沈傲一句話，連審問都不必了，直接給他栽了個誹謗天家

的帽子，下令打死他。

校尉們聽到打死兩個字，下手也沒有了顧忌，張公公平時養尊處優，哪裡吃過這般的苦，幾下便昏厥過去，叫人潑了冷水澆醒，繼續往死裏打，如此往復，終於氣若游絲，朝沈傲憤恨大叫：「姓……沈……的，你好毒……」便斃了命。

連續審問了三天，大致的罪都已定下來，口供也都取了，轉運使胡海的口供最是有用，將以往這些人的劣跡都抖了出來，單一個證據確鑿的勾結海盜襲擊大宋商港，大致就和謀反沒什麼兩樣了，至於欺行霸市、橫行不法，都只是細枝末節罷了。

但凡涉及到了謀反，更涉及到結納水軍、廂軍，收押的這些人就別想活了，這一日清早，差役們敲著鑼四處宣諭，讓人去碼頭處看處斬海商。

殺人，除了殺雞儆猴，更是一種宣誓，就是告訴泉州的商人，官商再也翻不起浪來，什麼四大姓，在沈欽差面前根本不值一提。

這時勝負已分，現在就是看熱鬧的時候，於是許多人紛紛往城外的碼頭湧，囚犯還未押過來，早已是人山人海。各大商幫的首領，都被叫到望遠樓來，從望遠樓往下看，恰好可以看到刑場。

沈傲先請大家喝了茶，眾人卻是心不在焉地喝著，心裏想，請人喝茶來看殺人，這欽差的愛好還真是奇怪。

沈傲如沐春風，徐徐道：「你們都是做生意的，求財，固然是好，本官也求財，可是君子愛財，取之有道。所以就得有章法，有個規矩，按著規矩來辦。你賺多少銀錢，本官不管，可要是有人犯了規矩，大家就不好說話了。」

這個開場白算是開門見山，商人們哪裡敢說什麼，紛紛道：「大人說得是。」

沈傲繼續道：「本官的規矩很簡單，商稅先由水軍收著，往後呢，也不必抽取貨物做稅，直接用錢，千料以上的大船出海回航，每船繳一千貫，千料以下繳五百貫，不知誰有異議嗎？」

眾人猶豫了一下，倒是有異議的不多，從前是抽取貨物做稅，彈性太大，稅丁多拿你幾箱貨也是常有的事，現在是直接交銀子，該多少是多少，這樣也算合理，大致一船貨的利潤一半上繳，一半歸爲己有，還不至太過分。

沈傲呵呵笑道：「當然，朝廷收了你們的稅，也不能完全不管你們，水軍每個月派船出港，商船可以尾行，這樣一來，路上遇到了海賊，水軍的船自然可以拱衛你們的安全。」

商人們一聽，立即明白了沈傲的意思，若是商船出海能有水軍沿途護衛，出海的安全豈不是有了保障？汪洋大海裏最怕的就是撞到海盜，海盜一出，非但貨物不能保全，

連性命都保不住。這是航海的大隱患。往後自個兒的船出海，就跟水軍同去，大夥兒一起走，這個隱患也就解決了。

至於沈傲的意思，其實也很簡單，水軍出海護衛商船到外頭去轉一圈，也可以讓水軍帶些貨物，這一來一去，非但不虧本，還有賺頭。至於水軍的船倒也好解決，官商的船將來全部都要充公，還有抄沒的銀子，到時候再大肆招募一些水軍，人手就足夠了。以後若是形成定制，每個月月初的時候便出港一隊軍船，按時準點，那些要出海的商船，肯定都是尾隨軍船出去的，一次出海的規模，那就不小了。

話說了這麼多，下頭傳出一陣喝彩，商人們透著窗子往外看，便看到一串串的人犯被押解著過去，在幾日之前，這些人犯還是不可一世，如今一個個成了階下囚，哪裡還見到什麼威風？

更有惶恐哭喊的，也有途中暈倒的，都被水軍連拉帶扯，跪到刑場處，一排過去，接著便是一隊刀手乾脆俐落的揚起大刀，刀鋒在半空劃過一道寒芒，鮮血四濺，人頭落地。

處決完一隊人犯，便是押解第二隊出場，直看得商人們心裏發毛，口裏在喝茶的，這個時候也喝不下去了，有一種反胃的不適感。

沈傲神色自若，含笑道：「眼下當務之急，是剿滅海盜，實話和你們說了吧，剷除了官商，你們的好處不少，這個時候也該為本官效力了。從今兒開始，你們的船、人手都到轉運司那裡去報備，暫時都由本官節制，清剿海賊。」

商人們哪裡敢說什麼，看到一顆顆滾落在地的頭顱，只能說出個是字。到了如今這個地步，若還有人不明白現今的局勢，那就是豬腦子了。沈欽差清剿海賊，對他們有好處，沈大人鬥官商，對他們也有好處，原本大家還有顧慮，怕將來官商們秋後算賬，可是沈欽差一聲令下，就解除了他們的後顧之憂，泉州城大小官商，全家死光光，一個剩的都沒有。現在他們算是明白了，跟著沈大人後頭還有湯喝，誰敢違逆他，那就是死路一條。

一千七百多個人犯，一隊隊死囚拉上去，那劊子手一刀又一刀，連手臂都酸痲了。看客們一開始喝彩叫好，感覺欽差為他們出了一口氣，平時這些狗官和官商，還真沒幾個好的，可是看著看著，叫好的聲音漸漸沒了，只有一種徹骨的寒意，看著那堆積如山的屍首，只剩下膽戰心驚。

足足用了兩個半時辰，行刑才算完畢。周處踏步到望遠樓，朝沈傲行了禮：「大人，人犯一千七百三十四人，皆已伏誅。」

商人們聽得驚心動魄，一千多條活生生的人命，說沒就沒了，這姓沈的還真是夠狠辣的。偷偷去瞧了沈傲一眼，只見沈傲面無表情，沒有露出絲毫同情，徐徐道：「收拾

一下，驅散人群。」

周處朗聲叫了一句：「遵命。」便旋身出去。

沈傲站起來，看著這些商會的頭目，慢吞吞地道：「今日就說到這裏，散了吧。」說罷，從望遠樓帶著一隊親衛回到轉運司衙門。

回到臥房後，沈傲拿出一封上好的宣紙，提筆在紙上寫：「泉州城外，屍橫遍野，余悲乎，喜乎？」

這是沈傲的心情日誌，他突然發現，自己將來不是遺臭萬年便是留芳千古，現在每天寫日記，也算給自己立個牌坊。就比如今日，殺了這麼多人，日記裏記錄了自己的心情，便是向後世人證明自己此刻心情的複雜，沈傲簡短的一個反問，情懷的高尚也就表現出來了。

寫了日誌，心情大好，便又提筆，開始書寫奏疏，連帶著官商的罪證和殺人的數目名單一起交上去。

第二十九章 蓬萊郡王

所有人驚愕抬頭，目光落向沈傲，

眼中是羨慕不已，大宋異姓封王的少之又少，

大多數都是追封，也只有死後才有封王的可能，

這位沈大人這樣年輕，就已貴為郡王，

這前程，這聖眷，可算是前所未有了。

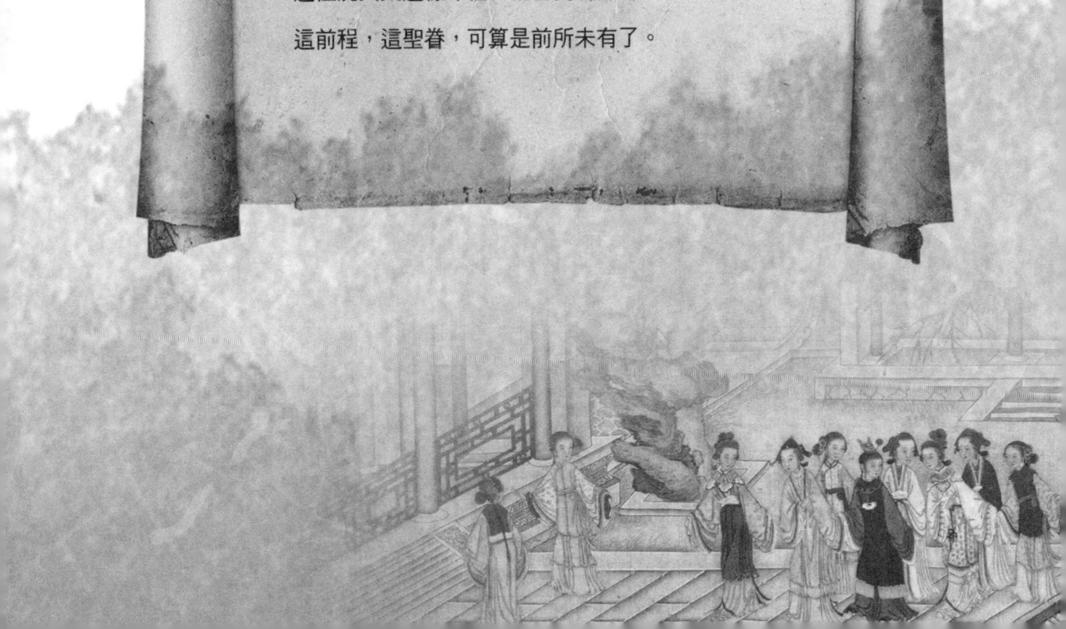

欽差大人到了泉州，第一件事就是殺人，殺了這麼多人，泉州的人心反而安定下來，不管怎麼說，泉州現在是欽差大人說了算，這是不需質疑的。現在要做的，就是跟著這欽差大人的調子走，也不必再胡思亂想了。

欽差大人已放出了風聲，要在泉州推行新政，新政有兩條，一條是釐清海事，這海事好理解，無非是清剿海盜，對商人進行清查，對水手進行登記，此外對稅收條款進行修改。第二條是整肅水師，按照欽差的構思，新建的大宋水師，共分爲三個體系，興化水軍改爲南洋水師，進行擴編，招募水兵的事，據說宮裏已經恩准了，就等欽差大人擬出章程來著手去做。

風聲出來後，誰也沒有異議，商人們一點都不敢怠慢，都老老實實到轉運司來報備，自己手下有幾條船，有多少水手、水手籍貫、姓名、出身都寫清楚，由轉運司存檔造冊。

轉運司拿了名冊，便開始調度，哪條船哪些水手編到哪一隊去，該發武器的發武器，還暫時撥付一些餉銀，更提出了賞格，這些都是用來清剿海盜的重要力量。

廂軍也都由校尉去接管，原先的都頭、虞候，罪大惡極的直接砍掉腦袋，其餘的都解散回去，由校尉統領，鞏固城防。

不止是這個，招募水兵也開始提上日程，但凡年輕力壯的，都可以來報名，當然，暫時先不給他們入營，只賞他們一口飯吃，給他們分發了武器，暫時當作民團來調用，等海盜打完，再將他們編入水軍中去。

做了這麼多，無非就是打海盜用的，在沈傲的眼裏，泉州海域只允許有水師，不允許有任何海盜存在，現在將泉州所有的力量糾集起來，就是要和那些海盜決一死戰。

只是不管做什麼事，沒有錢是萬萬不能的，這麼多人要張口吃飯，少不得還要軍餉、賞格，吃飯的事好說，立即下條子給福建府。軍餉的錢則主要是從抄家的錢糧中拿出一部分來。

大大小小官商，抄家所得已經超過了七億貫之多，四大姓就占了足足一半，可見這些人的財力雄厚，面對這麼一大筆橫財，沈傲暫時先調撥出一點出來，其餘的，還要等旨意下來再做打算。

此刻泉州增添了不少營盤，水軍是六千餘人，再加上水手大致在兩萬之間，還有四千廂軍，五千新募的民團，可謂聲勢浩大，清早操練起來，口號聲更是直沖雲霄。眼下最緊要的就是剿滅海盜，所以整個泉州頗有些尚武的氣氛，就是那稚童，也拿著木刀、木劍在相互打鬥嬉戲爲樂。

福建路多山，因而養成了本地人尚武的風氣，再加上臨海，更有極大的開拓精神，行船走商的，都是在刀口裏討飯吃，現在海盜橫行，鬧得大家不能出海賺銀子，等於斷

人財路，商人們沒錢賺，水手也沒了生計，裝卸貨物的腳夫沒有飯吃，再加上欽差張榜下來頒佈了剿賊令，一時間，莫說是正在操練的青壯，就是尋常的百姓，都起了同仇敵愾的心思。

打鐵鋪近來生意極好，都是訂購刀槍的，大宋禁武，對弓箭、火器尤其森嚴，可是刀槍，卻大多睜一隻眼閉一隻眼，更何況這裏是泉州，法令就更廢弛了，出海的人，哪個不要訂購一些匕首、刀槍之類的防身，所以官府也不禁止，更無人去檢舉。

港口外頭，停泊著數百上千隻船，有兵船，有商船，還有各衙門巡檢的船隻，桅杆下了風帆，鐵錨落了水，就等欽差這邊一聲令下，一齊出海。

沈傲被這氣氛感染，也故作風雅的叫人訂製了一柄華美長劍，別在腰間的玉帶上，走到哪兒晃到哪兒，顯得頗爲神氣。只不過，沈傲的劍，拔出來見光的次數總共也沒有幾回，實在可以稱得上是仁慈之劍。

吳三兒一直隨沈傲出行，現在總算落了腳，心裏盤算著生意的事，也在泉州張羅起來，選了幾個店鋪的位置，開始修葺，又開始招募人建了印刷工房，聯絡陸家車行。

如今的邃雅周刊，早已今非昔比，杭州、汴京、泉州、洛陽都有工房，汴京那邊一排好版，便立即叫人用快馬加急送到各處工房進行印刷，印刷之後，除了銷售給本地，更可以通過車行運到外圍鄉鎮去賣，影響力足以擴散到整個大宋。

尤其是各地的鄉紳，都以喝茶看周刊爲榮，有些家業大的，還會專門叫人到城裏等著，一旦有新一期的周刊出來，立即搶購回來。

除了周刊的生意，邃雅詩冊雖然銷量少，大致不過是萬餘本上下，可是詩冊一向走精品路線，利潤也是不低。至於茶坊、酒坊的生意，就更不必提了，泉州愛茶的人多，愛喝酒的也不少，只要店面選得好，生意不成問題。

只過了七八天，泉州第一座邃雅茶坊便建了起來。

開張這一日，比那崔家老爺過壽還要熱鬧，泉州大小的官員、商人紛紛前來慶賀，沈傲邀大家在這裏喝茶。這麼一鬧，泉州人自然而然的將邃雅茶坊當作了高檔的茶肆，因此往後的生意更是出奇的好。

這邊熱鬧非常，汴京那兒卻是出奇的沉寂，從泉州來的消息還在路上，京城前一段時日吵得凶，可是吵著吵著，大概也覺得沒什麼意思，再加上廷議上官家當場拂袖而去，也教人覺得無趣。結果整個汴京朝堂，就是這麼個半死不活的樣子，泉州的事沒人去提，雞毛蒜皮的事更無人去說，三省圖個清靜，各部也捂起了耳朵。

只不過有時候泉州會下幾個條子，比如教兵部撥付餉銀，蔡絛一看到沈傲那一手董其昌的字體就氣得火冒三丈，恨不得立即把這傢伙掐死，可是該給的東西，他是一點兒也不敢少。

崔志這幾日也突然變得異常沉默起來，自從上回那封崔簡的信從官家手裏甩出來，他便知道自己再不能說話，只能等，等泉州那邊的消息。

正在這時，汴京東陽門，一匹快馬撞翻了城外頭七八個攤子，一路疾行入城，直往三省去。

門下省接了奏疏，先是個書令史掃了奏疏裏的內容一下，立即嚇得面如土色，連奏疏都拿不住，奏疏從手裏滑落下去。心急火燎的重新撿起奏疏，立即送到錄事那邊去。

錄事看了這書令史，還忍不住打趣他：

「急促促的做什麼，又不是房子著火了，天也沒有塌下來，王讓啊，你也不是第一日進門下省公幹，往後要注意一些，門下省是天下中樞，教人見了你這個模樣，不知道的還當是門下省沒有規矩呢。」

這叫王讓的書令史，只是喉結滾動，一句話想說出來，卻是說不出，憋得臉都紅了，用手指了指奏疏，意思是叫這錄事自己去看。

錄事清咳一聲，輕輕揭開奏疏，看了一眼，正要笑著說：「原來又是沈太傅送來的，他在泉州……」話說到一半便說不下去了，眼睛落在那一千七百三十四的數字上，倒吸了口涼氣：「這……太師在哪裡？」

「太師不是告了病嗎，還在府上。」

「立即送過去，不，還是我去，我親自去。」這錄事二話不說，將奏疏裝入匣中，抱著匣子幾乎是跑出去的，叫了個轎子來，一路催促，好不容易到了蔡府，和門房稟告一聲，門房道：「我家老爺病了……」

錄事跺腳道：「天大的事，太師非看不可。」

門房只好入內通報，接著請錄事進去。

蔡京確實病了，到了他這個年歲，三天兩頭有個頭昏腦熱也是常有的事，現在方方好轉了一些，坐在榻上見這錄事。錄事進去，什麼話都不說，直接將匣子打開，把奏疏遞過去。

蔡京看了一眼，倒是臉色如常，淡淡道：「什麼時候送來的？」

錄事道：「就是方才，消息還沒有傳出去，宮裏頭也沒有看。」

蔡京頷首點頭：「此事和我們沒多大干係，送進宮去吧，遇到別人，什麼都不要說。」

錄事道：「太師這是何意？」

蔡京淡淡笑道：「說什麼？事情鬧到這個地步，正是宮裏和沈傲所希望的，我們再說，這叫不識趣。」

錄事頷首點頭：「還是太師想得周全。」

蔡京笑著搖頭：「這也是沒辦法的事，沈傲在泉州被整了，就是說再多，也沒什麼。可是他這般雷霆手段，你再說也沒什麼用。去吧。」

錄事也不說什麼，立即回到門下省，將奏疏送到宮裏去。

崔志是今日正午入的宮，上一次官家那口氣，已教他清醒了一些，這個時候再不請罪也說不過去，於是寫了一份熱情洋溢的請罪奏疏，乖乖的請求覲見，官家倒也還算客氣，許他到文景閣覲見。

崔志一入文景閣，便覷見趙佶在御案後練字，上行下效，做皇帝的愛行書作畫，臣下們少不得要附庸一下風雅，崔志的行書也過得去，偷偷瞄了趙佶筆下的行書一眼，忍不住道：「陛下行文筆法遒勁，意度天成，非可以陳跡求也。」

趙佶抬眸，看了他一眼，只是微微一笑，隨即索然無味的將筆放入筆筒，搖搖頭道：「比起沈卿還是差了一些，真教人頭痛。」說罷，叫人請崔志坐下。

崔志欠身坐著，隨即便痛定思痛的自述自己的罪過，最後道：「微臣不能約束家人，讓他們在泉州恣意橫行，實在罪該萬死，請陛下降罪於臣，以儆效尤。」

趙佶只是笑：「你平時辦事還是得力的，連太師都說尚書省離不開你，你能反省，朕也就不追究了。」晒然一笑，低頭看了會兒字，突然道：「愛卿在泉州老家一共是一百七十三口人是不是？」

崔志愕然一下，不知皇上爲何突然說起這個，心下警覺起來，卻不得不老實回答道：「陛下洞察秋毫，微臣在泉州老家確實是一百七十三口人。」

趙佶一頭霧水的道：「這就怪了。」

崔志又呆了一下，道：「陛下何出此言？」

趙佶道：「沈傲送來的奏疏明明說殺了一百七十四個，這沈傲，實在是混賬，人命關天，連數字都會報錯。」

崔志聽到殺了一百七十四個，又聯想起趙佶方才的話，立時嚇得魂不附體，腦子嗡嗡作響，什麼意識都沒有了。等他有了幾分神智，瞥了趙佶一眼，看到趙佶滿不在乎的在看御案上的行書，心裏想，對，是多了一個，是炎兒，他們……全被殺了……

他一下子從錦墩上滑落下來，彷彿被抽空了一樣，一下子遭到這等打擊，換作是誰都承受不起，叔伯兄弟，外甥子侄，怎麼說沒就沒了。

「陛下……」

趙佶和顏悅色的抬起頭：「怎麼？朕不是已經說了嗎？這事兒和你沒干係。」

「陛下……臣斗膽要問……臣的家人……」

趙佶這時候立即變得漠然：「噢，原來你要問的是這個，他們勾結海盜，橫行不

法，與謀反無異，且證據確鑿，人證、物證都有，是轉運司胡海率先揭發的，朕命沈傲督辦泉州，可便宜從事，如今遇到這麼一樁謀反大案，當然不能輕饒，但凡牽連進去的，已悉數斬首示眾。」說罷又道：「愛卿是愛卿，你的家人是家人，朕不會因爲這個就降罪於你，你自己反省一下也就是了。退下吧，朕還要練字。」

崔志得了準信，更是嚇得一臉的麻木，欲哭無淚，只是轉眼之間，便家破人亡，一個活口都沒有，原以爲崔家在泉州樹大根深，又有自己在朝廷裏坐鎮，還想和那姓沈的好好周旋一下，誰知竟會落到這個境地。他慢吞吞站起來，失魂落魄的連臣告退也沒說，踉踉蹌蹌的從文景閣出去。

見崔志走了，趙佶淡淡一笑，從御案上拿起一本奏疏，又看了一遍，埋頭對楊戩道：「沈傲行事，是不是戾氣太重了一些？」

楊戩道：「陛下，奴才倒是聽說了一些泉州的事，那泉州的官商樹大根深，就是靠吸著咱們大宋的骨血壯大的，又勾結海盜，更想抗拒欽差和聖旨，胡作非爲到這個地步，若是不能快刀斬亂麻，將來必然是心腹大患。沈傲嘛……」

說起沈傲，楊戩莞爾一笑，繼續道：

「他這人胡鬧是胡鬧，可是畢竟是個書生，有哪個書生願意去殺人？想必他也明白，他這殺戒一開，固然會招到許多人的非議，卻是爲咱們大宋好。比如這一次，若不是沈傲雷厲風行，又有誰知道，海商們竟積攢了如此巨額的財富，下頭更豢養了這麼多水手、武人，不但如此，在朝廷裏，爲他們說話的人更不是一個兩個，如此龐大的勢力，比之那天一教也不遑多讓，只不過天一教當眾扯了旗罷了。」

趙佶聽了，頷首點頭：「你說得不錯，沈傲殺人，爲的是朕，朕更該明白他的苦心。只是這一殺，他這名節算是徹底完了。」

崔志失魂落魄的從文景閣裏出來，一步步往正德門那邊走，腦子裏亂哄哄的，亂七八糟。

辛苦經營了數代的家業，完了。枝繁葉茂的崔家，也完了。留下的，只是他這個名存實亡的尚書省郎中。這個郎中連家業和族人都不能保全，留著，又有什麼用？

崔志老年得子，只有崔炎那麼一個子嗣，現在，連崔炎也被斬了頭。他到了正德門時，望向那刺眼的蒼穹，陽光炙熱，炫得他眼睛發花，他突然仰天大笑不止，口裏道：「天亡我也……」

門洞的禁衛呆了呆，顯然沒有撞見過這等事，立即過來，便看到崔志突然捂住了胸口，口裏溢出血來，撲通倒地。

「快救人啊！」禁衛手忙腳亂起來，可是太醫還沒請來，崔志已救不活了。

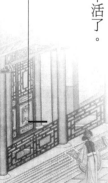

堂堂尚書省郎中，就這樣仰面躺在門洞下頭，一雙眼眸死死睜著望向天穹，口裏的白沫殘留在唇邊，瞬間變得冰冷。

消息傳出去，倒是嚇到了不少人，崔大人年紀不算大，相比袞袞諸公來甚至還年輕得很，正是躊躇滿志的時候，怎麼說死就死。莫非……

此後，內幕才一點點的揭露出來，接著便是汴京轟動，驚詫莫名。沈傲率軍入泉州，斬官員、官商及家小一千七百四十三口，泉州碼頭，血流成河。

大宋立國以來，除了對付謀逆的反賊，從未行過如此殘酷的手段，牽連之多可謂駭人聽聞。坊間議論不一，倒是士林抨擊之聲不絕於耳，這般殺人，姓沈的也像是讀書人出來的，竟十足的一個屠夫，真真是造孽，泉州紳商何辜。

士林這邊的叫罵，自然也有私心，沈傲殺的人，不少都是讀書出來的，有的做了官，有的雖然從了商，總體上還是自己人，所謂刑不上大夫，今日沈傲能殺他們，明日這刀口難保不會對準自己。開了這個先河，那還了得。

再者，據說沈傲在泉州抄家所得七億貫，數額之大，聳人聽聞。大宋一年的歲入，也不過是億貫上下，雖說這兩年國泰民安，又少了歲幣這項開支，府庫豐盈，可是這麼一大筆銀錢，已經相當於朝廷五年所得了。

錢不是問題，怕就怕宮裏頭抄家漸漸抄上了癮。在士林有些名望的人，哪個家財也是不少，雖沒有富可敵國的財富，卻少不得生出兔死狐悲之嫌。

這般抨擊了一番，有些沽名釣譽的人也就起了心思，彈劾奏疏便如雪片一般直入宮門，放眼望去，都是一片恨不得將沈傲踩死的聲浪。

這時，蔡府裏頭卻是有人大搖其頭，對興致勃勃要參與彈劾的蔡絛道：「這些人，成事不足敗事有餘，不要瞎摻合進去，朝廷裏罵沈傲越狠，可是在官家看來，卻不啻是最大的誇耀。」說罷揮揮手，嘆了一口氣，便繼續用調羹舀著參湯餵入口中。

文景閣裏，趙佶看到那無數的彈劾奏疏，卻只是冷笑連連，對楊戩道：

「看到了嗎？這就是朕的臣子，食君祿、受皇恩的肱骨臂膀。就是苦了沈傲，爲了朕的社稷，卻要承受這麼多苛責，哼，不是都求朕治罪嗎？下中旨，賜沈傲爲蓬萊郡王，海路招討使。」

中旨的消息不脛而走，原本按道理，大宋的郡王可謂少之又少，異姓封王的，更是一隻手都數得過來，便是在歷史上，徽宗一朝也不過加封童貫爲郡王而已。沈傲這般年輕加封郡王的，便是皇子也不多見，與沈傲同歲的皇子，還有不少只是國公而已。只是這個時候封王，頗有些賭氣的意味，居然直接繞過了門下省，將旨意發出去。

像這種封王的大事，少不得要廷議或者和宗令府商議一下，現在卻是連招呼都不

打，直接來了這麼一下。君無戲言，旨意一出，固然會有人認爲不合常規，卻也沒人好說什麼。宮裏頭便是太皇太后和太后都沒有開口反對，誰還有什麼話說？

這個旨意，對滿朝文武和士林來說，更是一種警告，大家拼死拼活的上疏彈劾，結果等來的卻是這個，再罵下去，姓沈的一根毫毛都掉不了，還有個什麼意思。

汴京又歸入平靜，該罵的也罵累了，不罵的也不去摻和，大家相安無事，日子就這麼混沌的過去，還能怎樣？

此時官家的心理，能琢磨透的也不過是寥寥幾人罷了，大多數人不知道，他們越罵，趙佶越是爲沈傲感到委屈，更爲沈傲的赤誠感動，以沈傲的智慧，當然知道這麼做會有什麼後果，偏偏他去做了，千萬人吾往矣，這對沈傲的聲譽有害，更是得罪了不知多少人，可是另一方面，這般盡忠職守的，趙佶卻是極少見過，那些高談闊論，滿口治國平天下的大臣，有哪個提及過海事的，有哪個願意去做這得罪人勾當的？一個都沒有。

現在沈傲作出了成績，趙佶看到了四大姓一手遮天、富可敵國的本事，這才覺得害怕，這些人連廂軍、水軍的人都籠絡在羽翼之下，下頭更有成千上萬的亡命之徒，真要有人圖謀不軌，只怕比天一教，比方臘更加令人頭痛。

眼下既能斬草除根，又爲國庫增加收益，一舉兩得，如此大功，卻被人群起攻之，趙佶封這個郡王，原本還在猶豫，被這麼一激，自然就毫不猶豫的送了出去。

傳旨意的太監八百里加急，一路趕赴泉州，入泉州時，已過了半月光景。

此時的泉州，人人皆兵，操練的就有三四萬人，隨時準備出海進剿。外海的那些海盜，一直在等四大姓的消息，可是左等右等，才知道自己的主子已經被人斬草除根，這個時候再攻泉州，也已不可能，卻又不敢回去，只能乾耗著。

沈傲能耗，海盜們卻是耗不起，泉州的糧秣從各府各縣源源不斷的過來，軍餉也給得足，可謂是厲兵秣馬，兵強馬壯。可是海盜卻不同，困守在外頭的孤島上，連商船都不見幾艘，壓根就沒有商船出過海，囤積的糧食吃一頓少一頓，再耗下去，人家根本不必進剿，自己就得餓死。

眼見時候差不多了，沈傲也有了進剿的心思，才得知汴京來了旨意。

轉運司中門大開，辦公的博士、校尉、差役紛紛在這裏集結，設下了香案，等沈傲穿著朝服過來，一齊納頭拜下，沈傲朗聲道：「臣沈傲接旨。」

傳旨的公公無比肅穆的展開聖旨，正色道：「制曰，毅國公沈傲有功於朝，明禮有識，進退得益，肆命敕蓬萊郡王，督海路，敕海路招討使。」

這一封聖旨，嚇到了不少人，所有人驚愕抬頭，目光落向沈傲，眼中是羨慕不已，大宋異姓封王的少之又少，大多數都是追封，也只有死後才有封王的可能，這位沈大人這樣年輕，就已貴為郡王，這前程，這聖眷，可算是前所未有了。

沈傲倒是沒什麼，臉色平淡，心裏卻在想，待會兒我寫日誌，該怎麼寫？是說凜然受命呢，還是惶惶不敢受呢，為難啊，還是凜然受命好一點，多幾分男兒氣概，最好再添一筆神色若常更好，這樣才能表現出榮辱不驚的氣節。

「好，就這樣想定了，待會兒就去寫。」沈傲心裏打定了主意。

對這郡王，他倒並沒有太大的驚喜，大宋的爵位根本就是坑爹，蓬萊郡王，不知道的還以為有個蓬萊府做封地，其實什麼都沒有，只不過每個月比國公多領些月錢罷了，至於其他的福利，也沒什麼太多的好處，最多是幾項特權而已，比如以後犯了法，不再受刑部和大理寺審理，要宗令府出面才行，只是這個，和沈傲實在是八竿子打不著，沈傲是久經陣戰，京兆府、大理寺、刑部，哪裡沒去挑過場子？到時候出了事去宗令府，人生地不熟，反而容易吃虧，還不如去大理寺更實在，好歹在那兒有不少熟人。

他按部就班的謝恩接旨，隨手拿了張錢引給這公公，這公公面生，可是但凡是在汴京當差的，見了沈傲都是如沐春風，誰不知道沈楞子的厲害，楊公公和他關係不知道多好呢，得罪了他，還要不要混？

「王爺，咱家先恭喜了。」

沈傲只是呵呵一笑：「同喜，同喜，本官加了爵，公公不也是有賞錢嗎？走了這麼久，公公也不必急著回宮去，先進去喝茶，到時候再替你接風洗塵，在泉州好好玩幾天再走。」

這公公笑嘻嘻的道：「王爺往後該稱本王了，怎麼還叫本官，王爺，您先請。」

沈傲只是笑，本王……這麼叫有點兒不太習慣，哈哈一笑，率先引路。

迎公公進了衙堂去坐，少不得要問起汴京的事，這公公道：「王爺放心便是，汴京那邊，有官家在那兒撐著，又有誰敢挑王爺的錯處？崔志也死了，眼下這個局面，楊公公在咱家臨行時就囑咐過，讓沈大人在泉州儘管放開手做。」

沈傲嘻嘻笑道：「這就好說，本官正要大幹一場呢！」說罷，沈傲便請那公公去歇息，又立即招了人來。

眾人聽說欽差封了郡王，紛紛過來道賀，這年頭混江湖的，當然要找棵大樹靠著，還是欽差大人靠譜，殺了這麼多人，還以爲朝廷會下旨意整飭一下，誰知道來了一個郡王的封賞，旨意的背後，更是一種讓人眼熱的信任，許多人心裏嘀咕，這便是真正的簡在帝心了。

能被請到這裏來的商人，當真是與有榮焉，平常人要見堂堂欽差、郡王駙馬一面那都是千難萬難，蓬萊郡王請自個兒來議事，從前還不覺得什麼，可是現在不同了，大宋朝的郡王，掰著手指頭也只有這麼幾個，且大多數都是姓趙的，這樣一個一人之下萬人

之上的人請自個兒議事，那便是天大的面子，足以臨到老時去和子孫吹噓一陣子了。

泉州大小官吏、水軍、廂軍、民團的將校、還有泉州城上叫得上名號的商人，今日濟濟一堂，上百人稀稀落落地搬了凳子坐下，蓬萊郡王還沒有來，也不知要議什麼，有人猜測是要出海剿賊，也有人認爲是泉州新政的事，眾口不一。

正在這個時候，外頭有校尉道：「蓬萊郡王到。」

話音剛落，所有人都站起來。

這一次加封並沒有按照朝廷的法度來辦，原本是門下省擬了旨意，再送去宗令府驗明，此後旨意發出來，連帶著郡王的蟒袍、玉帶、玉魚袋一併賜下去。只是這道旨意是從中旨發出的，直接繞過了門下省、宗令府，略顯得有些倉促，因而沈傲仍穿著紫衣公服，戴著進賢冠進來。

裏頭的人絡繹不絕地行禮道：「見過王爺。」

沈傲聽了這些話，心裡想放肆得意地大笑出來，卻還得憋著作出一副淡定從容，榮辱不驚的樣子，否則就和自己日記裏寫的形象不符了，所以只是很矜持的微笑著。

沈傲頓時覺得自己偉大了幾分，頷首嗯了一聲，慢吞吞地尋了首位坐下，撫案沉默了一下，略帶著幾分矯揉造作，終於抬首道：

「今日叫大家來，爲的就是剿賊，海盜一日不除，泉州商船一日下不得海，這般耗下去，不止朝廷損失巨大，便是在座的商賈也要支撐不下去。」

沈傲開門見山，下頭的商賈也紛紛配合地發起牢騷：「大人所言甚是，轉眼就要入夏，再不出海，就要耽誤半年了，再拖延，坐吃山空下去，還不知要等到什麼時候。」

沈傲頷首道：「就是這個道理，不能再拖了，就是不知水軍、民團準備得怎樣？」

周處道：「大人，準備得差不多了，泉州的水手也不必操練，他們本就是在海裏討飯吃的，水軍士氣高昂，就等大人一聲令下。」

沈傲的臉色莊重起來：「既如此，明日出海，本王的賞格今夜就頒出去，繳獲海賊一艘船，賞千貫，殺賊一人，賞十貫；錢，不是問題，只要肯用命，保你們富貴。另外，讓人把消息放出去，本王釐清海事，只除首惡，願意歸降的，既往不咎。可要是敢負隅頑抗，本王也絕不姑息，殺無赦。」

「還有……立即清查出海賊的出身，把他們的家人都先控制住，告訴他們，不降，夷三族！」他冷笑一聲，又道：「若有人以為本王不敢殺人，就叫他們試試看，既已殺了一千七百個，本王也不在乎再多殺一萬七千個。」

這句話聽得讓人心寒，大家心裏都想，這時候還相信蓬萊郡王不敢殺人的，那真是這輩子白活了。

消息放出去後，整個泉州立即變成了一處軍港，四五萬人做好了準備，就等著出海

剿賊。

到了第二日清晨，晨霧蕩漾在海水上空，數個港灣，幾十個碼頭，一艘艘船攜帶著手持弓箭、刀槍的水手、武夫們出海，浩浩蕩蕩，上千隻大小船隻，壯闊極了。

沈傲在望遠樓喝著早茶，目送那一葉葉起航的風帆漸行漸遠，臉上沒有任何表情，海戰的事他不懂，也不需要他去懂，他只知道，他有的是錢，拿錢砸下去，就有人肯去拼命，給人飯吃，給人衣穿，就有人敢把腦袋別在褲腰帶上。

坐在沈傲身旁的，是吳三兒，吳三兒忙中偷閒，陪著沈傲在這兒吃早點。這望遠樓已經被吳三兒租下來，改作了茶坊。

吳三兒偷偷看了沈傲一眼，覺得這個沈大哥，已經和從前的沈大哥不同了，從前的沈大哥雖說永遠都是那麼自信，可是現在，除了自信之外，更有一種懾人的氣度，這種氣度配合著他的身分，讓吳三兒對沈傲除了親近之外，更多了幾分恭敬。

「三兒，你還記不記得當初我們做生意的時候？想起來，若不是騙了一筆錢來，或許我們現在還是窮光蛋呢。」

沈傲說罷，不由地哂然一笑，在吳三兒面前，他沒有偽裝的必要。

吳三兒笑吟吟地道：「我沒有出路是真的，沈大哥是人中蛟龍，早晚有出頭的一日。」

沈傲只是笑了笑，喝了口茶，道：「哎，你現在說話倒是比從前拘謹多了，泉州這邊的生意怎麼樣？」

吳三兒道：「大致都已經上了軌道，咱們手裏的餘錢不少，只要肯出錢，酒坊用不了幾天就可以開張。」他猶豫了一下，又道：「聽人說海貿的利潤大，不如咱們也設一個船隊？反正錢放著也是放著，汴京那兒，茶坊裏還有七十萬貫可以調用。」

沈傲沉吟了一下，搖了搖頭道：「算了，這生意誰都可以做，就是我們不能做；做了，肯定要惹人非議的，從前沒錢的時候天天想著賺錢，現在有錢了，也該懂得適可而止。現在最重要的是擴大邃雅周刊的影響力，目前邃雅周刊各處都有銷售點，唯有成都府路那邊還缺一個據點，這個事不能耽誤了。」

吳三兒頷首點頭，道：「我聽沈大哥的。」

這些年，吳三兒顯得成熟了許多，生意做大了，看事也比從前明白，不再說什麼，吃了一塊糕點，道：「沈大哥在這裏安坐，我去下面照應一下。」

沈傲點了頭，在這兒吃了早茶，便從望遠樓出來，騎著馬，帶著親衛到海邊轉了一圈，接著又回到城裏。這時，整個泉州都充滿了肅殺之氣，不止是官軍和商人下頭的船隊，便是一些小規模的船主，也都會拉上一些同鄉出海去，說不準能尋到一些落單的海

盜，好弄些賞錢。

至於泉州的防禁，都交給了廂軍，廂軍的將校由水軍校尉替補進去，所以漸漸地也牢牢掌控在沈傲手裏，因爲今日是出海的日子，整個泉州城的防禁自然而然地森嚴了幾分，三步一崗，五步一哨，到處都是扛著槍的廂軍。

市集裡，絡繹不絕的叫賣聲傳過來，沈傲興致勃勃地打馬過去，心想：是不是該給夫人們買些胭脂水粉什麼的，叫人郵寄回去，據說泉州的珍珠粉是天下知名的，倒是可以多買一些。

只是他心裏也在猶豫，一個大男人，還是個貴爲郡王的男人，去買女人的玩意兒是不是有傷體面？晚上寫日誌該怎麼寫？不好交代啊！

終究還是臉皮的厚度戰勝了理智，心裏狠狠罵道：「老子想買就買，隨他們怎麼說。」

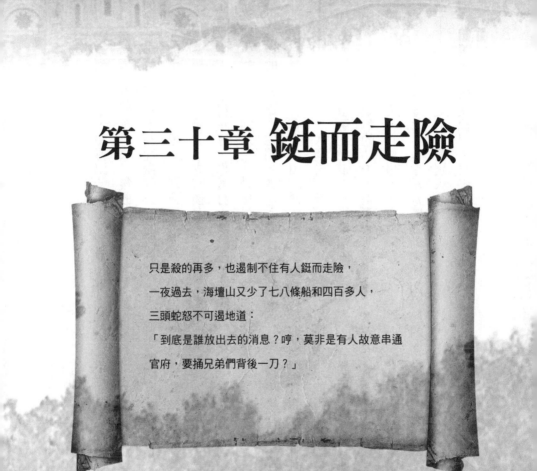

第三十章 鋌而走險

只是殺的再多，也遏制不住有人鋌而走險，
一夜過去，海壇山又少了七八條船和四百多人，
三頭蛇怒不可遏地道：
「到底是誰放出去的消息？哼，莫非是有人故意串通官府，要捅兄弟們背後一刀？」

剛剛到了集市，便傳出一陣激烈的爭吵聲，有人大叫：「打人了，打人了……」

沈傲還沒有反應過來，後頭的親衛一下子緊張起來，紛紛拔刀四顧，更有幾個力壯的扛著兩方大盾包圍在沈傲的正前左右兩翼，幾十個人瞬間將沈傲包裹得密不透風。

沈傲倒是膽大，道：「圍得這麼緊做什麼？叫個人去看看發生了什麼事。」

一個校尉拔刀過去，立時便有人分出人流出來，兩個漢子相互揪著對方的衣襟，一個道：「王爺來得正好，你敢打人，讓王爺公斷。」

另一個傻乎乎地道：「是你自己胡說八道，打你又如何？」

身後的校尉踹了他們一腳，厲聲道：「胡說個什麼，還不快拜見王爺？」

這個時候，許多人不由地湧了過來，饒有興趣地圍觀，有的是想看看王爺長得什麼樣，有的是想看這二人還會不會打，只片刻功夫，這邊便水泄不通了。

有人驚呼地望著沈傲道：「原來郡王這麼年輕。」還有人道：「看他也不像凶神惡煞的人。」只是短暫的功夫，整條街便被堵住了，人山人海。

沈傲不由苦笑，心裏想，有這麼好看嗎？不看這熱鬧會死啊。隨即想到，自己以前在街上遇到了什麼事，也常常會興致勃勃地去看熱鬧，也就不再說什麼了，藝術大盜都改不了這毛病，更何況是別人？

想著，沈傲便板起了臉，等那兩個渾人給自己行了禮，便大聲道：「好大的膽子，當街毆鬥不說，居然到了本王面前還敢放肆，你們知罪嗎？」

這二人一聽，便一齊叫冤，這個道：「王爺，小人真真是冤枉，小人只是和這渾人生了幾句口角，這人便動粗打人，小人氣不過，才衝撞了王爺。」另一個道：「不對，明明是他胡言亂語，我氣不過才打他的。」

二人爭執不下，誰也不肯忍讓認輸。

沈傲聽他們嘰嘰喳喳，也給煩得火了，大怒道：「到底是什麼事，一個個說！」

二人立即給嚇得縮了下脖子，先前那個說話的才道：

「王爺，是這樣的，小人叫鄭籌，方才路過時，剛好撞到這廝在那裏說什麼遇見過三條腿的青蛙，我便對他說，世上哪裡有三條腿的青蛙。他便火了，扯著要我認錯，還說我孤陋寡聞，我便和他爭辯，結果……」

叫鄭籌的人頓了一下，摸了摸腦袋，才又道：「結果他便打了小人，小人冤枉啊，求王爺做主。」

邊上的看客們紛紛笑道：「就爲了這般狗屁倒灶的事也敢勞煩郡王爺，真是兩個渾人。」

鄭籌聽了，立時大叫爭辯：「我哪裡渾了？是這廝犯渾，哪裡怪得我來？王爺，真真是冤枉啊，我見他胡言亂語，便忍不住辯駁兩句，誰知是這樣結果，竟還挨了這廝毒

打，求王爺做主。」

沈傲坐在馬上，差點要笑跌下馬，撞到這一對活寶，真是倒了楣。此時，見所有人都眼睜睜地看向自己，分明是要看看蓬萊郡王到底有什麼手段做到公正裁決。沈傲咳嗽一聲，板起臉道：「好，本王便替你們做主！」說罷，看向另一個人道：「你叫什麼名字？」

跪在鄭籌邊上動手打人的人畏畏縮縮地道：「小人大石頭。」

鄭籌忍不住大叫道：「你看，果然是塊石頭，又蠢又笨。」

眾人忍不住哄笑，覺得那叫大石頭的，也真是不可理喻，三條腿的青蛙誰見過？虧得他說得出口，人家好言糾正，他居然還動手打人。

沈傲呵斥鄭籌道：「本王沒問你。」說罷又問大石頭：「他方才說得可是真的？」

大石頭理直氣壯地道：「是真的，我真的見過三條腿的青蛙，本來是有四條腿的，後來被我撕了一條，不就是三條嗎？」

鄭籌大罵道：「胡說八道，便是撕了一條腿，那也是四條腿的青蛙。」

大石頭執拗地道：「就是三條腿。」

鄭籌道：「四條腿。」

這二人一吵，又是不肯干休，沈傲大喝一句：「再廢話，本王拿了你們去殺頭。」

沈殺頭的效果這個時候立即出來了，二人再蠢，這個時候也不禁閉上了嘴。

沈傲慢吞吞地道：「既然你們要本王裁處，那本王可就判決了。」看客們聽了，都支起耳朵，早聽說這郡王是狀元出身，汴京第一才子，倒要看看他如何釐清這筆糊塗賬。

沈傲慢吞吞地道：「來人，把他們都送到知府衙門去，各打二十大板。」

話音剛落，鄭籌就大聲叫屈：「王爺……小人冤枉啊，小人明明是糾正這蠢人，還挨了他的打，爲何還要治小人的罪？」

大石頭也叫屈道：「大人，青蛙明明有三條腿。」

看客們都覺得這郡王也不過如此，又是議論紛紛，只是這些竊竊私語，都是刻意的將聲音壓到最低。

沈傲安撫著座下的馬兒，摸了摸鬃毛，對鄭籌道：「鄭籌，你不服？」

鄭籌咬著牙道：「小人不服。」

沈傲道：「好，本王就叫你心服口服。」說罷喝問道：「本王問你，那大石頭是不是個蠢人？」

大石頭大叫：「王爺，我不蠢，我見過三條腿的青蛙。」

鄭籌連連點頭：「他不但蠢，還是個渾人。」

沈傲頷首點頭：「這就是了，你明知他是蠢人，還要和他爭辯，那你自己是不是蠢人？但凡有幾分聰明的，誰會和一個渾人計較？那你是不是渾人，你和一個蠢人當街鬥毆，不管誰先動手，不管誰吃了虧，就已擾亂了市集，這頓板子，該不該打？」

這個道理說出來，鄭籌一下子癟了，額頭上冒出冷汗：「王爺教誨，小人現在明白了，是小人犯渾，不該和他爭。」

沈傲又看向大石頭：「大石頭，你知罪嗎？」

大石頭爭辯道：「王爺，我不蠢也不渾，青蛙撕了一條腿，本來就只剩下三條腿，四減去一，就是三，這是我娘教我的。」

沈傲感覺既可氣又可笑，道：「你娘有沒有教你不能隨便動手打人？」

大石頭想了想，點頭道：「許是教了，依稀記得一點。」

沈傲便道：「這就是了，你不聽你娘的話，知罪不知罪？」

大石頭脖子縮了縮：「不聽話要挨打的。」

「當然要打。」沈傲哭笑不得：「來人，把他們拉去知府衙門。」

又叫來個校尉，聲音放低了一些：「你去知府衙門那邊跑一趟，告訴那裏的差役，叫他們下手輕一些，意思意思就是了。」

看客們一開始還對沈傲不以爲然，這時聽出了沈傲的道理，紛紛頷首點頭，有人轟然叫好：「王爺判得好。」於是掌聲如潮。
聽說郡王在這邊被人圍了，立即便有校尉帶了許多人來，分開一條人流，接沈傲撥馬回去，沈傲這時也顧不得再買珍珠粉，這般惹人注目，只怕再待下去連動彈都是休想，便撥馬而去，再不理會這裏的事。
這件插曲，在泉州只是一件津津樂道的談資，可是說了兩天，大家的注意力最終還是落在了剿滅海賊的大事上，眼下消息還沒有傳回，也不知海外是什麼境況，更有不少有親人出海了的家人焦灼如焚，四處去打聽消息。
沈傲好不容易閒下來兩日，心力全部放到寫奏疏和日記上頭，偶爾也作點詩畫打發時間，家書也寄了兩封，都是些囑咐，讓春兒不要太過操勞，讓安寧睡覺時蓋好被子，問蓁蓁繡的荷包如何了，茉兒近來可寫了什麼文章，周若可曾回過娘家，娘家那邊可有什麼口信之類的。
離家久了，便忍不住有些想家，可是這裏的諸事才剛起了個頭，豈能說走就走？泉州對沈傲來說也只是個開端，泉州的新政能否推行下去，事關重大，不把這裏的事署理乾淨，是絕不可能輕易回京的。
海壇山。

這裏距離內陸不過半日功夫，比之澎湖雖小了一些，卻也足夠容納數萬人，早先這裏便是不少海賊歇養的基地，沿岸的各府縣雖然飽受這些海賊的侵襲，卻大多是睜一隻眼閉一隻眼，並不理會。

其實這也是情理之中的事，這裏的海賊都是窮凶極惡之徒，若是奏請水軍去圍剿，今日剿滅了，過幾日海賊們又聚起來，如此反覆，誰受得了這個折騰。剿得好，沒有你的功勞，可要是剿賊途中出了差錯，罪過可擔不起。

大宋雖然不禁商貿，也依賴於海貿，可是對外海的海盜，卻實在抽不開精力去招呼。只是如今，風向變了，泉州那邊磨刀霍霍，早有海賊的內應將消息送到這海壇山來。

原本海壇山已制定了襲擊泉州的計畫，與四大姓相互呼應，那什麼狗屁欽差算個什麼鳥，大家夥兒都是靠海吃飯的，惹急了，一樣跟你拼命。只是後來，泉州那兒來了消息，等於是給海壇山澆了一盆冷水，說是姓沈的帶了水軍已在泉州登陸，剿了廂軍，還拿了四大姓上下人等，全部砍頭示眾，夷三族。

一千七百多口人，一聲令下，全部做了刀下鬼，這裏頭既有尚書郎的兒子，有宮裏的太監，有四五品的封疆大吏，還有那些富可敵國的海商。一轉眼，什麼都沒剩下。

都說在海上混飯吃的人狠，撞到了那姓沈的，才知道那些什麼號稱混江龍、九頭鰲、浪裏鯨的江洋大盜，實在是狗屁，你揚名立萬，手裏頭幾十樁血案，和人家姓沈的一比，真真是不值一提，人家一句話，輕描淡寫，微微帶笑，便是千萬人頭落地，你再狠，能狠得過他嗎？怕是提鞋都不夠。

莫說是京城的文武百官，便是這海壇山裏一向自詡好漢的人，都是牙縫裏滋滋冒冷氣——姓沈的，算你狠。

出了這麼一個凶神惡煞，再加上四大姓都完了，這個時候還裏應外合個什麼？海壇山的計畫一下子悉數推翻，只能在這島上先耗著，做些無本的買賣看看風向再說。

凡是做海賊的，非但要狠，更要懂得審時度勢，不懂這個道理的海賊，大多都葬身魚腹了，所以別看這些好漢拍著胸脯吹噓的聲聲作響，嘴巴上已用十八般酷刑幹掉了沈欽差十次、百次，真要動手，卻還沒有這麼傻。

如今，又是一個重磅消息傳來，泉州千船齊發，數萬人出海，準備剿滅海賊。整個海壇山數個山寨，還有四大姓的頭目，今日都會聚在黑風寨的聚義廳裏。

聚義廳有些簡陋，座椅大多還是用舢板製成的，大家也沒嫌棄，喝了一口米酒，便有人拿出了一張單子。

單子裏頭密密麻麻地寫著許多蠅頭小字，揚著單子的人，匪號叫「三頭蛇」，乃是黑風寨寨主，也是福建路海域響噹噹的角色，這時，在他的臉上除了恐懼，還是恐懼。

「這是自家兄弟冒死帶回來的告示，諸位可要看看，泉州那邊上千條船已經出海，姓沈的也發了話，投降的既往不咎，不降的，株連三族，殺無赦。」三頭蛇將單子放在桌上，便默不做聲了。

在座的都不由自主地倒吸了口涼氣，換作是別人，這告示他們或許不信，海壇山上將近兩萬人，真要株連，那得殺多少人？流多少血？可是沈楞子的話就難說了，這種殺星，什麼事做不出？

一些有名有姓，有家有業的人更是心裏發虛，尤其是那四大姓海商裏的人，這些人都是登記在冊的，姓名籍貫都在四大姓的府邸裏，四大姓被查抄，那單子肯定是落在姓沈的手裏了，人家照單抓人，一點壓力都沒有。再者說，姓沈的底細大家都打聽過了，死在姓沈的手裏的，什麼太尉、什麼蘇杭造作局的官員、太監、將校，哪一個在這些海賊眼裏不是了不得的人物？姓沈的殺起來，都沒有皺一下眉頭，而他們那些窮親戚，就更不必忌諱了。

衆人面面相覷，陷入沉思，那一雙雙眸子，也不禁多了幾分狐疑，從前大家兄弟在一起，大碗喝酒，大口吃肉，可是眼下，這兄弟的情誼還在不在，也只有天知道。

道理很簡單，能坐在這裏的，誰知道人家會不會爲了保全妻兒老小出賣了自家兄弟？尤其是對那四大姓出來的，更是多了幾分提防，這些人在岸上還有幾分身分，如今家主也都死了，哪裡會肯做一輩子海賊？家人在岸上又是走不脫的，心裏有顧忌，說不準待會兒就反目成仇，殺了自家兄弟去報功。

這種事，海賊們見得多了，莫說是關係著妻兒老小，便是同穿一條褲襠的好兄弟，都能爲了分贓不勻而殺得你死我活，什麼狗屁兄弟，那是酒桌裏叫出來的，真要信這個，早就死了不知多少遍了。

聚義堂裏只有沉默，誰也沒有說話，只有偶爾的咳嗽聲，卻都是狐疑地四顧張望，你看看他，他看看你，眼神中有猜忌，有畏懼。

先前說話的三頭蛇見大家這個樣子，用指節磕了磕桌子：「兄弟們這是怎麼了？有什麼話，但說就是。」

有人道：「說，說個什麼？姓沈的不給我們活路，殺他娘的就是，三頭蛇，你拿這個東西出來做什麼？難道是要拿了單子，帶著弟兄們去投奔姓沈的？哼，海上吃飯的兄弟，沒一個貪生怕死的，你若是敢出賣兄弟，我水上飄第一個饒不了你。」

三頭蛇狠狠一拍桌案，怒目道：「你這是什麼話，你水上飄不怕死，我三頭蛇難道就不是好漢？」

有了人引頭，大家紛紛道：「對，和姓沈的打到底，他殺咱們全家，咱們也殺他全家。」

「攻泉州去，看他敢如何。」

這些狠話，倒像是要撇清自己的干係一樣，一個比一個說得狠，聚義堂裏終於有了幾分生氣，鼓噪一番，多了幾分殺伐。

倒是那四大姓的頭目，此刻卻是異常的冷靜，這些人都是官商家裏最信得過的主事，這一次出海，是奉命勾連海盜，與泉州的家主裏應外合的，只是如今家主滅了門，他們頃刻間變成了無根浮萍，一時也尋不到什麼出路。

若讓他們一輩子去做海賊，亦狠不下這個心，這些人裏哪個不是有家有業，在府外頭有些別業的？一大家子老小又攥在姓沈的手裏，連一點僥倖都沒有。雖然他們也放出了幾句抵抗到底的話，可是說話時並不熱烈，再加上許多海盜頭目狐疑地看向他們這邊，更令他們心裏頭有些不悅。

放完了狠話，大家像是完成了任務，至於如何抵抗，那就不是好漢們的勾當了，反正也商議不出什麼，走一步看一步再說，於是大家各自散去，紛紛告辭。

四個海商的主事是一塊兒出去的，幾個海賊頭目看到四人離去的背影，不約而同地叫來了小嘍囉，吩咐道：「盯著他們，若是他們敢有異心……」

這些海盜頭目陰惻惻地笑著，把話留了半截。

四個海商裏頭，以崔正爲首，崔正是崔家的家僕，自小便是孤兒，蒙崔家收養，便改了崔姓，幾十年來如一日爲崔家做事，也算是忠心耿耿，做了這麼多年的主事，其實和做官差不了多少，總能養出幾分喜怒不形於色的氣度。

出了黑風寨，前方是一處懸崖斷谷，四人眺望著遠處的營盤，先有個人打開了話匣子：「眼下這個田地，那姓沈的真要動手株連，動靜也太大了吧？」

崔正眼眸中閃過一絲複雜，道：「沒有什麼事是姓沈的不敢做的，他連咱們的主子都敢殺，還有誰不敢動？」吁了口氣，目光堅定地道：「只是我等蒙主上不棄，委以重任，如今家主們滅了門，又豈能……豈能苟且偷生，哎……」說著，不禁想到了家裏的兩個孩子，心裏更是悵然，咬著唇，不再說下去。

另一個主事道：「主上都已經死了，我們是不是該爲自己想一想……」

崔正只是苦笑，正色道：「到了如今這個地步，說這個做什麼？走一步看一步吧。」

正說著，走在後頭的一個主事臉色一變，低聲道：「小心，後頭有人跟著。」

崔正幾個故意住腳向後瞥了一眼，果然看到有幾個人遠遠地背過身故意低聲說笑，時不時朝他們這邊瞄過來，崔正鼻子裏發出一聲冷哼，冷聲道：「鬼魅伎倆！」

四人加快了腳步，也不再在這裏廝磨，待步入自家的地盤，這才鬆了口氣，叫了幾

個夥計在附近盯梢，才在沙灘上漫步，一個主事道：

「海賊只怕提防著咱們，這不是長久之計，他們的疑心本就重，說得難聽一些，咱們這些人，能和他們廝混一輩子？在泉州，大家都是有家有業，現在裏外不是人，泉州那邊要株連我們，海賊也信不過我等，再遲疑，等姓沈的真動了手，咱們就真的完了。」

另一個主事亦是苦笑道：「崔先生，從前咱們家主還在的時候，那些海賊是怎麼看咱們的？哪個不像是哈巴狗一樣，就想著從咱們手裏討碗飯吃？現在他們這個樣子，早晚要生變的。」

崔正遙望著遠處的海天一線，突然嘆了口氣，道：「怎麼就到了這個田地，真是令人想不到。」

四人默然，相互交換眼色。正在這個時候，有個夥計過來道：「三頭蛇來了。」

崔正臉色鐵青，道：「他來做什麼？叫他到這裏來。」吩咐了一句，又補上一句：「把他的兵器解下來，只許他一個人來。」

換作是從前，也沒有提防的必要，這個時候卻不得不防了，人家派出人來盯梢，說不準下一步就要動手了。

那夥計立即去了，過了一會兒又過來，道：「三頭蛇不肯來。」

崔正厲聲道：「來是他要來，爲什麼又不肯了？」

夥計道：「三頭蛇說，要解下兵刃，又不許帶人，這是……咱們信不過他。」

崔正冷笑道：「他不來就不來，請他走吧。」

那三頭蛇原本也是想試探一下崔正幾個，大喇喇地過來，誰知卻讓他解下兵刃，不許帶隨從，頓時大怒，本來對崔正幾個便有幾分狐疑，這個時候更加猜忌了。心裏想，他們提防大爺，大爺還怕他們誆我進去砍了頭，送去泉州冒功呢，等到崔正說請他回去，更是怒不可遏，對那夥計罵：

「要降！沒這麼容易！實話跟你們說了吧，進了這海壇山，就得落草爲寇；敢跟爺爺耍什麼心機，海壇山的兄弟活剮了你們。」

放了一番狠話，這狠話自然是說給崔正幾個聽的，是對崔正他們的警告，便快快地帶著幾個小嘍囉走了。

那夥計又回到海灘上去，將三頭蛇的話實言相告，崔正臉色變了變，道：「看來，我等現在真是上天無路，下地無門了。」

一個主事慢吞吞地道：「還有一條路……回泉州去，一來給弟兄們一條生路，二來也爲我們自己打算。」

崔正猶豫了一下，道：「那姓沈的真肯既往不咎？」

「這是肯定的，他要爲難我等，將來這海裏混飯吃的還有誰肯信他的話？這叫立木爲信，肯定是要拿咱們做個標杆，給福建路大小海賊做個榜樣。」

到了這個境地，崔正忍不住嘆了口氣，心裏也知道，海商這幫人早晚要和海賊們反目，要不就是被水軍圍剿，也是時候爲自己打算一下了，家主都已經滅了門，又憑什麼去報仇？

崔正猶豫了一下，道：「去，把這個消息放出去，越多人知道越好。」

幾個主事只稍微想了想，立即便明白了崔正的意思，紛紛道：「還是崔先生想得周全。」

海壇山說大不大，消息傳得極快，只兩個時辰，那份告示的內容便人盡皆知，整個海壇山漸漸不安起來，獨來獨往的還好些，岸上沒什麼親眷，也不怕什麼。一些有親族在內陸的，雖說官府不一定能偵緝得到，卻也是憂心忡忡。

倒是在那黑風寨裏，三頭蛇大是懊惱，心知不該把消息在聚義廳裏公佈，想不到竟傳得這麼快，只是這告示，就算他不說，其他頭目也有其他辦法能得知。眼下整個海壇山人心惶惶，等官軍來了還能不能負隅頑抗，也只有天知道了。

到了下午，便有數百個小嘍囉偷偷出海而被抓了回來，這些人都是惦念著內陸親眷，想一走了之，被堵截之後，幾個頭目商量了一下，直接砍了他們的腦袋，懸掛在幾處簡陋的碼頭處。

只是殺的再多，也遏制不住有人鋌而走險，一夜過去，海壇山又少了七八條船和四百多人，三頭蛇將所有頭目召集起來，怒不可遏地道：「到底是誰放出去的消息？咱們在這裏說的話，豈能隨便洩露出去？哼，莫非是有人故意串通官府，要捅兄弟們背後一刀？」說著最後一句話時，三頭蛇幾乎是赤裸裸地看著崔正說的。

聚義堂裏其他人也都沉默，這時，崔正慢吞吞地道：「或許是有人自己放出去的風聲，做賊喊捉賊也不一定。」

三頭蛇脾氣本就火爆，被這一激，拍案而起，大喝道：「崔正，你這是什麼意思？」

他話音剛落，隨三頭蛇來的幾個心腹立即作勢要拔刀。

崔正徐徐站起來，直視著三頭蛇：「我就是這個意思，怎麼？當家的還能殺了我？」

崔正身後的幾個主事都霍然而起，一個道：「本來呢，大家同在一條船上，自該以和爲貴，三頭蛇你疑神疑鬼，是信不過我等嗎？」

另一個道：「信不過咱們就一拍兩散，真要打，咱們四大字號也不怕你。」

這一句話只說到一半，四個主事帶來的部眾皆紛紛拔出刀來，明晃晃的刀從鞘中抽出，寒芒陣陣，惹得整個聚義堂裏，所有人都拔出武器，一下子變得劍拔弩張起來。

三頭蛇猶豫了一下，這四大姓的實力不容小覷，人手占了整個海壇山的一半不說，便是船也比海賊的要多得多，這個時候翻臉，實在不值得，勉強地在臉上擠出一點笑容道：「誤會，誤會，張主事說得好，咱們同在一條船上，自該要以和爲貴的。」

今早的商討，又是不歡而散，雖說那三頭蛇一直將崔正送出了山寨，更是再三致歉，崔正也笑吟吟地表示既往不咎，可是在座之人誰都明白，要出事了。

送走了崔正幾個，留下的都是海壇山從前的各寨頭目，對那幾個主事，大家早已看不慣，自然發了幾聲牢騷，三頭蛇沉吟了一下，道：「要保住咱們海壇山，崔正幾個不可信，得想方設法除了他們。」

說罷繼續道：「就今夜動手，突襲他們的山寨，先殺了這四個不知天高地厚的東西，再收攏他們的部下。」

對崔正幾個家底眼紅耳熱的不在少數，鼓噪之聲立即散開：「對，他們既敢有異心，弟兄們還顧忌什麼？殺了他們，奪了他們的人手和船隻，還怕守不住這海壇山嗎？」

崔正與三個主事出了黑風寨，一路到自家範圍內的碼頭處歇下，叫人煮了茶，這海壇山裏的酒又臭又臊，他們四人好歹也享受過一些養尊處優的日子，是不肯和那些海賊為伍的，以往去議事，聚義堂裏上了酒，他們連動都不願動一下，回來這裏，才命人泡了茶喝。

待那龍岩茶斟上來，只聞一下茶香，崔正不由地打起了精神，慢吞吞地道：「這次出海，只帶了幾包這樣的茶葉來，今次吃完了這杯茶，不知什麼時候還能再嘗到這個滋味了。」說罷，小心翼翼地舉起了茶盅，小飲一口，茶水在口齒之間溢出濃香，崔正仔細回味之後，才戀戀不捨地咽入喉中。

邊上一個主事道：「回到內陸，回到咱們泉州去，還怕吃不到龍岩茶？」

崔正嘆了口氣道：「回到內陸，哪有這般容易！」他搖了搖頭，哂然一笑道：「昨日這麼多人要跑回去，結果如何？」

三個主事面面相覷，大家都知道，昨日幾百人出海，被截了回來，都掉了腦袋。

一個主事道：「崔先生過慮了，我們若真要出海，誰敢攔？」

崔正想了想，慵懶地抬了抬眼皮：「就怕起衝突，再者說，咱們空手回泉州去，固然能逃過一死，往後失了主子，又能靠什麼為生？」

一個主事猶豫了一下，試探地問：「崔先生的意思是，咱們宰了三頭蛇的人頭，拿

去獻禮給沈欽差？」

崔正眼眸一張，平淡無奇地道：「本來呢，我是不願做這等苟且事的，可是你們說要爲自個兒著想，崔某倒也想清楚了，既然如此，那便一不做二不休，爲自個兒做個長久的打算。」

三個主事面面相覷，紛紛點頭：「好極了。」

海壇山裏頭磨刀霍霍，卻又出奇的平靜，反而到了傍晚，崔正請了各寨寨主來喝酒，三頭蛇這些人早就打定了主意今夜動手，本不想去，可是轉念一想，若是不去，難免讓人起疑，便多帶了不少兄弟，到海裔的範圍赴宴。

崔正也不打算在這裡殺他，見三頭蛇這些人帶來的隨從又多，便故意作出光明磊落的樣子，大家相談甚歡，澄清了從前的誤會，喝得不亦樂乎，連一向不愛喝酒的崔正都多喝了幾杯，臉上泛起紅光，口裏道：

「若不是諸位收留，我等真要死無葬身之地了。」

三頭蛇拍著胸脯道：「崔先生這是什麼話，上了這海壇山，便是自家兄弟，海壇山也是崔先生的家，崔先生這麼說，太見外了。」

宴畢，三頭蛇幾個醉醺醺地出去。

出了海商的範圍，海風一吹，立即變得清醒無比，其中一個頭目道：「我看那姓崔的倒是想和咱們和好，今夜還動不動手？」

三頭蛇冷笑連連：「爲什麼不動？吃了他們，天高海闊，咱們哪裡去不得？打不過官軍，咱們也可以去流求，繞過了澎湖，在流求打出片天地都足夠。」

流求乃是大宋海域第一大島，島中也有漢民繁衍，只是這時候，宋軍只控制住了澎湖，只是讓流求王稱藩納貢，這流求看上去國土不小，足有兩府之地，可是那流求王帳下，便是五百條船都湊不齊，遇到這些亡命的海盜幾次突襲，都是捏著鼻子認了，以這些海賊從前的實力，自然吃不下那片大島，可是若能得到四大姓的人手和船隻，倒還真有割據一方的希望。

打定了主意，各寨寨主各回寨中點選人手，他們並不知道，就在那宴會的地方，油燈的搖曳之下，忽明忽暗的將崔正的臉映得更是陰惻，崔正從口齒中擠出一句話：

「動手。」

半個時辰的時間，這沉默終於打破，殺聲四起。

大家原本都以爲是突襲，誰知道竟是對戰，有的人馬是在中途遭遇，隨即廝殺在一起，有的人馬摸到了對方一處水寨，卻發現人家早有準備，刀槍都準備好了，誰都想占對方便宜，結果卻演變成了這個局面，到了這個地步也沒什麼可說的，打吧。

這一夜，喊殺聲沒有斷絕過，誰也不知道哪邊占了上風，只知道黑暗之中，無數的人馬綽綽，接著與另一隊人相交一起，便是一陣廝殺，落下一地的屍體，說不準很快又有一隊人馬過來……

在這座孤島上，誰都沒有退路，狹路相逢勇者勝，所有人都只能有一個使命，殺人，將對方殺乾淨，才有生存的希望。

雙方從前的部署或許都無比周密，可是臨時生變，到最後任何部署都是扯淡，因爲任何計畫都只能約束到自己，而不能控制對方，就像是偷營，你能部署嚴密的去偷襲敵人大營，卻不能讓對方待在營裏睡著大覺等你來偷。當雙方都想著摸到對方的營地去偷一下的時候，當在夜霧之中突然遭遇到對手，所有人都只能硬著頭皮，動真格的了。

大火也逐漸蔓延開來，喊殺、火光、淒厲的慘呼、金屬入肉的聲音、金鐵的交鳴，將這平凡的一夜變得很不平凡。

請續看《大畫情聖》第二輯　三　利益集團

大畫情聖II 二 兵行險著

作者：上山打老虎
發行人：陳曉林
出版所：風雲時代出版股份有限公司
地址：105台北市民生東路五段178號7樓之3
風雲書網：http://www.eastbooks.com.tw
官方部落格：http://eastbooks.pixnet.net/blog
Facebook：http://www.facebook.com/h7560949
信箱：h7560949@ms15.hinet.net
郵撥帳號：12043291
服務專線：(02)27560949
傳真專線：(02)27653799
執行主編：朱墨菲
美術編輯：吳宗潔

法律顧問：永然法律事務所 李永然律師
北辰著作權事務所 蕭雄淋律師

版權授權：蔡雷平
初版日期：2014年6月
初版二刷：2014年6月20日
ISBN ：978-986-352-018-4

總 經 銷：成信文化事業股份有限公司
地　　址：新北市新店區中正路四維巷二弄2號4樓
電　　話：(02)2219-2080

行政院新聞局局版台業字第3595號 營利事業統一編號22759935

定價：280元　　特惠價：199元

國家圖書館出版品預行編目資料

大畫情聖II ／上山打老虎 著. -- 初版. -- 臺北市：
風雲時代，2014.04 -- 冊；公分

ISBN 978-986-352-018-4（第2冊；平裝）

857.7　　103003450